VINCI ET L'ANGE BRISÉ

Du même auteur

Le manoir d'Orleur, Magnard, 1996.
À ce cher Romuald, Magnard, 1999.
Les dix petits Blacks, Magnard, 1998.
Les trois crimes d'Anubis, Magnard, 2000.
La petite brocante intime (collectif), Le Pré aux Clercs, 2000.
La petite géographie intime (collectif), Le Pré aux Clercs, 2001.
Le triangle secret I, Les larmes du pape, Fayard, 2006.
Le triangle secret II, Les cinq templiers de Jésus, Fayard, 2007.
Disparitions (avec Jacques Mazeau), Fayard, 2008.

Didier Convard

Vinci et l'ange brisé

thriller

Fayard

ISBN : 978-2-213-65549-9

À Gilles Chaillet, avec qui j'ai marché dans les pas du Vinci, de Milan à Florence. Je le remercie de m'avoir guidé et fait partager une partie de ses connaissances. Il se retrouvera un peu dans ce récit, prenant tour à tour les traits du prévôt ou ceux du maître.

À mon ami pour toujours.

PREMIÈRE PARTIE

L'OMBRE

L'ÉCORCHAGE

L'écorchage d'un visage n'est guère chose aisée. De nombreux praticiens prétendront détenir la seule méthode qui convienne à ce genre d'opération. Soulever la peau, l'arracher des muscles, la tirer comme une fragile pelure en une pièce unique, la décolleter de sa chair, est un art. Car c'est un masque souple, presque translucide, que vous devez soustraire du tissu conjonctif, non un vulgaire épicarpe blet. La subtilité réside dans le choix des premières incisions à effectuer… En ce qui me concerne, je dois procéder rapidement. Le sujet est encore vivant lorsque je l'opère. Les trente muscles de son visage n'expriment que douleur et effroi. Et c'est cette épouvante que je lui dérobe. Cette angoisse ignoble imposée par une agonie douloureuse est l'incarnation parfaite de ce que je recherche…

J'agis la nuit. Je me suis exercé si souvent que je pourrais voler la face de mes victimes les yeux fermés. Sept gestes tout au plus… Oui, seulement sept interventions de mon scalpel, et je retire la figure encore tiède de l'homme que j'ai choisi, l'abandonnant aussi nu et humilié que si je l'avais violé en lui infligeant le plus immonde des outrages. Je le laisse là, gisant et grimaçant, pareil à une créature que le diable aurait déjà commencé à dévorer. Ainsi le découvrent les passants, la police, ses parents… Ainsi ne cesse-t-il de hurler dans les ténèbres où je l'ai plongé pour l'éternité.

On m'a surnommé le voleur de visage.

Tous me craignent. Ils ne sont cependant que quatre à devoir me redouter.

VAULUISANT

Le cortège va bon train. Six cavaliers armés encadrent le carrosse du roi François Ier et les sabots de leurs chevaux arrachent d'épaisses mottes de terre qui éclatent en poussière ocre. Le jour baisse, il fait encore chaud. Ce mois de mai mille cinq cent dix-neuf a été particulièrement clément. L'été s'annonce dans l'odeur sucrée que les arbres fruitiers en fleurs abandonnent à un léger vent naissant.

Après avoir longuement sinué entre les collines, la route bordée de saules file maintenant droit sur l'abbaye cistercienne de Vauluisant, que l'on devine enfin, élevant haut le clocher de sa chapelle comme pour signifier qu'au-delà de cette dernière borne le voyageur ne dispose plus d'aucun chemin parmi les forêts denses et sombres. Entre Bourgogne et Champagne. Là où demeurent encore des dolmens moussus et des pierres gravées de signes magiques… Là où les dieux anciens se sont endormis.

Les roues du carrosse dérapent sur le gravier devant la double porte cintrée de l'abbaye. L'un des hommes descend de sa monture pour actionner le heurtoir de bronze. Il ne patiente que peu de temps ; le petit vantail du judas se lève pour laisser apparaître le visage d'un vieux moine aux traits avenants comprenant aussitôt de quoi il retourne.

– Je vous ouvre, messire, dit-il de sa voix de crécelle aigre et chevrotante. Je vous ouvre sur-le-champ. Il n'est guère aimable de faire attendre Sa Majesté, n'est-ce pas ? Il est certain qu'après un tel voyage elle appréciera de se reposer. On souffre rudement sur la caillasse de nos chemins ! L'abbé Antoine attend son hôte à la bibliothèque. Mais Sa Majesté veut-t-elle d'abord se délasser et prendre une collation ?

– Le roi a demandé qu'on le conduise immédiatement auprès du père abbé, répond le soldat.

Malgré son âge, sa petite taille et ses jambes courtaudes, le vieillard écarte en grand les deux vantaux pour laisser entrer le convoi, qui traverse une étroite cour pavée avant d'emprunter une allée ombragée par deux rangées de châtaigniers. Quelques moines croisent le cortège sans s'étonner de sa présence, révélant ainsi qu'ils connaissent l'identité du visiteur dont on ne voit que la main gantée posée sur le rebord de la portière.

Le carrosse s'arrête devant le bâtiment abritant le scriptorium et sa bibliothèque. Un moine d'une cinquantaine d'années se tient sur le seuil. C'est un homme assez grand, le crin blanc tonsuré, de hautes pommettes saillantes lui donnant la physionomie d'un ascète, les épaules légèrement voûtées. Le père abbé Antoine Pierre apprécie les visites que lui rend souvent le roi, avec lequel il entretient de surcroît une correspondance régulière. Le jeune monarque aime venir se reposer en cet endroit serein où le temps semble retenir son cours.

Dès son élection, en mille cinq cent deux, l'abbé Antoine Pierre entreprit la restauration de l'abbaye médiévale. Un long et coûteux chantier qui remit à neuf les cloîtres, la chapelle, le colombier, les logis et le moulin, qui menaçaient de tomber en ruine. L'ouvrage plut immédiatement à François Ier, qui en fit l'un de ses lieux de villégiature préférés. L'amitié naquit ainsi entre ce dernier et l'abbé. À petits pas. Au cours des lentes promenades dans le vaste parc ou des tranquilles soirées hivernales dans l'appartement aménagé non loin de l'oratoire.

Le roi descend du carrosse. Aussitôt, Antoine Pierre remarque le paquet plat entouré d'un linge que le monarque tient sous son bras. Le jeune homme atteint sa vingt-cinquième année. La chasse et les nombreux exercices qu'il pratique assidûment lui ont donné un corps d'athlète. Solide, fier et hautain, le menton entouré d'un mince collier de barbe brune, le regard soutenu, acéré et nerveux, le nez maigre et très long ; les hommes le trouvent laid, mais il plaît aux femmes.

– Sire, je suis bien heureux de vous recevoir à nouveau, dit l'abbé, mais n'aurait-il pas été préférable de dépêcher un messager plutôt que de vous briser les reins sur les mauvaises routes ?

– Je tenais à vous remettre cet objet en main propre. Je ne m'attarderai pas ; comme je vous l'ai appris dans mon courrier, mon second fils vient de naître. L'accouchement a épuisé la reine, qui, depuis, me réclame instamment auprès d'elle.

– Votre lettre me parlait d'un tableau, précise l'abbé.

– En effet. Une œuvre de mon vieil ami qui s'est éteint au manoir du Cloux, au début du mois. Mais entrons, je préfère être certain que personne ne nous entendra.

– Vous m'intriguez, Sire, dit l'abbé en entraînant son hôte dans la bibliothèque.

François Ier sourit à la vue de la petite table sur laquelle l'ecclésiastique a placé un chandelier, une carafe de vin, deux gobelets et une coupe de fruits secs. Il note aussi que le prélat a pris soin, comme à son habitude, de distinguer les deux sièges qu'il a disposés de chaque côté de la desserte. Un beau fauteuil de bois avec son haut dossier aux montants torsadés, et un vulgaire tabouret. C'est naturellement le fauteuil que l'abbé désigne à son invité.

Le roi dépose son paquet sur la table et s'assied. Il consacre quelques minutes à admirer la pièce, dont il estime les dimensions parfaites, avec ses grandes voûtes à liernes et tiercerons qui lui donnent de la hauteur et de l'élégance. Et son silence… Ce silence protégé par la multitude de livres et de parchemins qui tapissent les murs.

Patient, l'abbé attend, en dépit de sa curiosité pour le paquet entouré d'un cordon de soie rouge.

Puis le roi se décide :

– Vous savez combien je portais de tendresse à ce merveilleux maître que certains prenaient pour un magicien, tant ses talents étaient multiples. Je l'aimais comme un père et l'admirais au-delà de tout. Figurez-vous qu'il se contentait d'une rente de sept cents écus d'or que je lui versais chaque année. Il en méritait des mille et des mille ! Cet homme était un véritable enchanteur ; son art et sa science n'avaient pas de prix. Chaque moment passé auprès de lui se transformait en ravissement ; il paraissait avoir vécu plus de dix vies ! Quel habile ingénieur ! Quel peintre subtil ! Quel musicien !

Tout en parlant, le roi dénoue le cordon de soie.

– Je lui ai fait une promesse, poursuit-il. Le serment de cacher cette œuvre en lieu sûr. C'est pourquoi j'ai pensé à votre abbaye, car j'ai toute confiance en votre discrétion.

– Loin de moi l'idée de discuter votre souhait, Majesté. Je m'étonne néanmoins que l'on doive placer au secret une œuvre de ce génie. Pour quelle raison ?

François Ier a achevé de déballer le panneau de bois qu'il pose verticalement sur la table, tourné de manière que son ami ne puisse distinguer l'image qu'il représente.

– La raison ? Vous allez la comprendre en regardant ceci…

Le roi fait alors pivoter le tableau sur sa base. Et Antoine Pierre, qui s'était penché pour mieux admirer, se rejette en arrière avec une expression de dégoût.

– Seigneur, quelle horreur ! s'exclame-t-il en portant les mains à son cœur. Quelle chose hideuse !

Il tremble. La répugnance se lit dans ses traits, dans la pâleur de sa peau, dans ses pupilles élargies. Mais, envoûté, attiré par le laid comme nous pouvons l'être par le beau, il reste hypnotisé.

– Est-ce bien lui qui a commis cette abomination, Sire ? S'agit-il réellement de lui ?

Le roi sourit.

– Si vous saviez, mon père… Si vous saviez, vous considéreriez cette peinture comme sa plus belle composition. La plus sincère, aboutie au point d'être plus vraie que la réalité elle-même, car il y a jeté toute son âme en un immense élan de passion. Tout Léonard est contenu dans ces lumières et ces ombres… Dans cette *chose !*

– Le sujet, Sire… Un esprit sain ne peut imaginer une telle atrocité !

– Cette laideur ne s'imagine pas, elle se vit comme une malédiction que l'on subit en martyr. Vous dissimulerez cette peinture en prenant soin que le temps ne la corrode point. Qu'elle demeure en l'état comme la relique d'une sainte. Mais surtout, que personne ne pose jamais les yeux dessus. Vous y engagez-vous ?

– J'y veillerai, Majesté.

– Vous êtes un ami, l'abbé, et je me fie à votre parole. Ce tableau clôt le dernier chapitre de l'existence du plus grand génie de tous les siècles. Refermons le livre de sa vie et prions pour que son âme trouve la paix. Il a éclairé notre temps et mérité la sérénité éternelle.

– Cependant… Le modèle ?

– Oui, bien sûr, dit le roi en baissant la voix. Je vous demande de ne révéler à personne l'histoire que je vais vous conter.

– Mes lèvres resteront muettes, promet l'abbé en se signant.

Le jeune monarque emplit les deux timbales du vin rosé qu'il affectionne. Il en boit une gorgée en fermant les yeux à demi et, après un long moment passé à en dénombrer tous les arômes, il repose son gobelet avec satisfaction et commence :

– Il nous faut remonter au rude hiver de mille quatre cent quatre-vingt-quatorze, qui figea Milan dans la neige et la glace… L'année de ma naissance ! C'est à croire que le destin a souhaité que j'entre en scène à cet instant précis pour que je sois présent à l'épilogue de cette tragédie… Car il s'agit effectivement d'une tragédie qu'aucun chroniqueur ne devra jamais connaître. Oui, je suis né le jour où l'on découvrit la première victime du *voleur de visage !*

LE PREMIER VISAGE

Milan tarde à s'éveiller dans les brumes d'une aube glaciale. La cathédrale se distingue à peine, blanche, cristalline et fantomatique, encore brouillée de minuscules flocons chassés par un vent d'est.

Le prévôt Vittore remonte sur sa nuque le col de fourrure de son épais manteau, frappe le sol de ses pieds pour s'assurer que la neige a tenu et se décide :

– Ma foi, nous allons descendre, Menanzzo. Il le faut bien !

Le jeune homme à qui le prévôt vient de s'adresser hausse les épaules et grimace en se retournant vers ses deux compagnons, Perello et Isacchi, satisfaits de ne pas avoir été désignés par leur supérieur.

– Tu es notre cadet ! souligne Perello. C'est à toi de prendre des risques.

– Certes, admet Menanzzo, mais quelle idée a poussé ce sot à se jeter dans le canal par une nuit pareille !

Des badauds se sont massés autour des quatre hommes de police qu'un voisin a alertés une heure plus tôt. C'est maintenant une petite foule qui commère sur le haut talus dominant le canal Martesana. On s'interroge sur l'identité du cadavre gisant plus bas, le torse nu à demi prisonnier de la glace, cul au ciel, sans chausses, et bras en croix.

– Passe devant, commande le prévôt à son jeune assistant. Je me retiendrai à tes épaules.

– Pardi ! souffle Menanzzo. C'est à cela que l'on juge l'utilité de la jeunesse, n'est-ce pas ?

Mais comment ne pas obéir sur-le-champ à l'austère prévôt Vittore ? Vêtu de noir des bottillons à la coiffe, barbe et œil compris, la voix coupante, le geste sec, le sourire avare, l'homme est apprécié pour les vertus cardinales auxquelles il se réfère de son lever à son coucher. Prudent en toutes circonstances dans l'exercice de son métier, il s'ingénie à cerner le bien dans chacune de ses actions et à ne point nuire à son prochain tant que la tempérance le lui permet ; contrôler ses instincts et favoriser la raison demande souvent une volonté qui peut faire défaut ! Force et justice complètent le portrait de cette âme moulée pour être celle d'un excellent policier, consciencieux, méthodique, intègre, probe et scrupuleux au point que son entourage le considère comme maniaque. Incorruptible et sévère, il regrette cependant de n'avoir jamais trouvé une épouse qui aurait su apprécier à leur juste valeur ses nombreuses qualités. Il s'accommode de son statut de célibataire âgé de quarante-trois ans, source de railleries à la prévôté. Sa solitude est pourtant devenue une compagne domestique qui lui permet de consacrer tout son temps à une profession qu'il chérit.

C'est pourquoi ce matin, alors que sept heures n'ont pas encore sonné, le prévôt Vittore descend sans rechigner un talus verglacé qui le conduit vers le cadavre d'un homme quasi nu, le buste plongé dans le canal Martesana. Et, comme l'imagination n'est guère son fort, il attend de se trouver au-dessus du défunt pour juger s'il s'agit d'un accident, d'un suicide ou d'un crime.

– Sait-on quand la glace a figé le canal ? demande-t-il.

– Un chien aurait aboyé et réveillé un riverain vers minuit, répond Menanzzo. Celui-ci lui aurait crié de sa fenêtre et affirme que le canal n'était pas encore pris.

– Donc l'homme est tombé ou a été jeté dans l'eau entre minuit et le moment où il a été découvert, vers six heures.

– Un ivrogne ? Que faisait-il le torse nu par un froid pareil ?

Le prévôt et son jeune lieutenant sont parvenus au bas du terre-plein. Ils doivent accomplir quelques pas sur la surface gelée, et c'est avec d'infinies précautions et des gestes fort lents qu'ils progressent. Leurs attitudes sont ridicules ; les badauds ne peuvent s'empêcher d'en rire malgré leur impatience. Tous attendent que l'on retourne sur le dos ce mort si peu banal pour découvrir s'il s'agit d'un paroissien de leur entourage.

Le prévôt Vittore se penche sur la dépouille et désigne une blessure au côté gauche. Un minuscule trou noir au centre d'un large hématome violet.

– Je crois qu'on a sorti ce bougre de chez lui après l'avoir agressé. Et regarde cette petite plaie sous l'omoplate.

Menanzzo s'incline à son tour et ajoute :

– Oui, il semblerait qu'on lui a percé la poitrine à la hauteur du cœur. Si vous me permettez d'avancer une hypothèse, monsieur, je dirai que ce n'est pas le travail d'une lame. L'assassin aurait utilisé un poinçon que je n'en serais pas étonné.

– Une conjecture que je partage, en effet... Une épinglette précisément dirigée pour atteindre le cœur par-derrière ! Au moins, nous savons que notre inconnu a été pris par surprise. Et, à en juger par sa tenue, il se préparait à se coucher et n'avait point encore achevé de se vêtir chaudement pour la nuit.

Puis, mettant un genou au sol :

– Aide-moi à l'extraire de la glace.

– Ma foi, je vais vous obéir, mais je ne trouve pas sensé de jouer avec cette eau à demi figée !

– Comment comptes-tu t'y prendre autrement ? le rudoie Vittore. Souhaites-tu attendre midi ?

– Bien, bien, fait Menanzzo, s'agenouillant à contrecœur auprès du corps.

L'un saisit le cadavre par les hanches, le second, par les jambes. Ils tirent l'un et l'autre de toutes leurs forces. De premiers craquements... Le suaire gelé se fissure tout autour des chairs blêmes.

Plus haut, Perello et Isacchi s'inquiètent :

– Menanzzo est jeune, il se remettrait d'un bouillon glacé, mais notre prévôt risquerait d'y laisser la vie !

– Certes, il a beau arborer une gueule de cerbère et se montrer aussi gai qu'un vase d'aisance, j'aime bien travailler sous ses ordres.

Vittore et son assistant, de leur côté, redoublent d'efforts pour exhumer le mort avant que le sol ne se dérobe.

– Cette fois, dit le prévôt, j'ai l'impression que nous en venons à bout. Mets donc plus d'ardeur à lui tirer les jambes !

– Je fais ce que je peux. Notre client pèse le poids d'un bon bourgeois prenant ses trois repas quotidiens !

– Bien observé. Nous avons là un homme qui vivait certainement dans un milieu aisé. Il arbore sur les côtés la graisse des gens qui ne se privent de rien.

– Et son fessier est aussi replet que celui d'un porc sérieusement engraissé, ajoute Menanzzo.

Le torse est enfin libéré de sa gangue. La glace grince. En hâte, les deux policiers regagnent l'étroite berge.

– Mettons-le sur le dos, commande le prévôt.

Menanzzo comprend qu'il lui revient, à lui seul, de procéder à l'opération. D'ailleurs, son supérieur s'est déjà redressé pour examiner avec contrariété l'état de ses vêtements trempés.

– Nom de Dieu ! s'exclame le jeune homme qui vient de retourner le cadavre. Nom de Dieu de nom de Dieu !

Vittore oublie son manteau et regarde.

– C'est épouvantable, monsieur ! Je n'ai jamais vu une telle charcuterie !

– On lui a arraché le visage… L'œuvre d'un dément ! Prions le ciel que celui-ci ait agi alors que sa victime était déjà morte !

– Je ne l'assurerais pas, prévôt. Voyez sa bouche déformée par la souffrance. On dirait qu'il crie encore ! J'ai bien peur que le coup de poinçon ne soit venu qu'après la dissection…

En effet, le mort semble hurler de terreur et de douleur. Écorchés, les muscles de sa face sont noués en une effroyable épouvante. Et ses yeux vitreux sans paupières, gelés par l'eau du Martesana, ne cessent d'appeler à l'aide.

Au sommet du talus, la foule a un mouvement de recul comme une grosse vague voulant se retirer. Puis, revenant en silence, en un chœur aigu, elle pousse un long cri d'effroi.

LE TÉMOIN

Ils parlent tous en même temps. Lui, légèrement à l'écart, écoute leur caquetage en souriant. Il les connaît presque tous pour leur avoir mendié un quignon ou une pièce qu'ils lui ont refusés autant de fois qu'il leur a tendu ses mains crasseuses.

Ils parlent du mort que le prévôt et ses hommes remontent. Ce pauvre bougre avec sa gueule qui n'est plus qu'une plaie vive, la bouche grande ouverte à vous donner des cauchemars pour le restant de votre vie.

Il sait, lui… Il sait bien comment s'appelle la malheureuse victime sur laquelle dégoisent ces bourgeois qui ont vite réprimé leur nausée pour s'approcher et satisfaire leur curiosité. Les femmes ont beau faire mine de se détourner ou feindre l'évanouissement, elles se poussent du coude pour mieux regarder. Les hommes font semblant de les retenir, mais avancent avec elles, avides d'en apprendre un peu plus.

Comment pourraient-ils reconnaître cet écorché que l'on a étendu sur le sol, avec son gros ventre de poisson crevé tout tendu par le froid, pointant au ciel un nombril bleui ?

Le prévôt, cet animal pataud et noir au poil mouillé, peut réfléchir en se grattant le front à s'en rougir la peau, il ne saura jamais quel monstre a grafigné le visage de ce macchabée si lui, qui a tout vu, ne le lui dit pas !

Ainsi, l'adolescent quitte son poste d'observation, résolu à éclairer les policiers sur le mystérieux événement qui s'est produit cette nuit. Après tout, il se pourrait qu'il en ait été l'unique témoin.

Il fait quelques pas. Ses chausses béantes, lacées par des ficelles, lui donnent une démarche de héron. Avec sa tête de belette, son long nez, ses yeux chassieux, sa bouche édentée aux lèvres craquelées de gerçures, on ne lui donne pas d'âge. Il est pourtant bien jeune sous son bonnet de grosse serge mitée, et engoncé dans les loques qu'il a entassées sur sa maigre carcasse comme autant de pelures d'oignon. Il vient à peine de quitter l'enfance ; c'est déjà un vieillard.

Il est arrêté brutalement, pris au collet.

– Tu es encore là, sac à bouse ? On t'avait pourtant demandé de déguerpir hors du quartier ! Nos filles n'aiment pas trop ton fumet et tes mains baladeuses.

Les injures nourrissent son ordinaire. Elles lui glissent sur le cuir comme la pluie. Peu importe les averses d'affronts et de gnons ; il s'ébroue après leur retombée comme un chien errant et s'en retourne de son pas bancal.

– Feriez mieux de vous méfier de ce qui clapote dans le fond du canal, couine-t-il, sûr que c'est plus dangereux qu'une main sur les fesses de vos donzelles !

Une matrone s'écarte en lui lançant :

– Tu pues la vinasse, sale crapaud ! Regagne ta bauge !

D'une feinte rapide d'anguille, il se dégage de la prise de l'homme, tire la langue à la matrone et entreprend de traverser la foule, sachant déjà qu'il se fera rosser le bas des reins et bousculer mille fois avant de pouvoir atteindre le prévôt.

Perello et Isacchi tentent de maintenir les badauds à bonne distance du cadavre que leur supérieur observe de plus près.

– C'est de la belle ouvrage de chirurgien, à en juger par la qualité des incisions, considère-t-il. Nettes et précises ! Le tueur a échancré le pourtour de la face pour la retirer comme un masque !

– Et, cette besogne accomplie, il serait reparti avec son trophée ? interroge Menanzzo. Cela ne va pas nous aider à identifier l'individu. L'assassin l'a sans doute défiguré dans ce but.

– Tu as certainement raison, marmonne Vittore. Oui, probablement... Cependant, quelque chose me tracasse. Cet acte ressemble à un rituel, ne penses-tu pas ? J'imagine volontiers qu'un fou s'acharne sur le visage de sa victime pour une raison connue de lui seul, mais pourquoi le lui décolleter aussi soigneusement et l'emporter ?

– S'il l'a emporté, le coupe Menanzzo. Rien ne nous le prouve. Il a pu le jeter plus loin comme une vulgaire pruine !

Soudain, des cris dans la foule attirent l'attention du prévôt Vittore, qui se retourne vers un épouvantail en guenilles courbé sous les coups, qui l'appelle d'une affreuse voix aigrette.

– Messire prévôt ! lance le jeune vagabond. Si l'on cesse de me frapper et qu'on me permet de vous approcher, je pourrai vous donner le nom de votre cadavre. J'ai pas grande réputation dans la paroisse, cependant j'ai bon œil et fine oreille… Dormant pas trop la nuit à cause du froid, j'ai tout vu de ce qui s'est passé.

– D'où sort ce drôle ? s'exclame le prévôt, l'air contrarié.

Le garçon a réussi l'exploit de se faufiler jusqu'au prévôt, auquel il adresse une révérence grotesque.

– Matteo Ucello pour vous servir, articule-t-il avec sérieux. Remarquez, je suis pas certain que ce soit réellement mon nom ; j'ai pas trop connu mon cochon de père ni ma truie de mère… Ce gros bonhomme sans visage, il sort tout droit de la maison du notaire Cristoforo Di Rodrigo, et…

– Maître Di Rodrigo habite en effet dans ce quartier, le coupe froidement le prévôt. Peux-tu affirmer qu'il s'agit de lui ?

Matteo désigne le pont enjambant le Martesana, qui abrite son gourbi au pied de sa première pile, un misérable assemblage de planches et de toiles entassées sur l'étroite berme contre laquelle vient mourir le talus.

– Voyez, je crèche pas trop loin de sa propriété… Cette haute bicoque rose, là ! Nous sommes voisins, en quelque sorte ! C'était un brave type de bourgeois qui me donnait souvent une pièce et me gueulait jamais dessus. Que Dieu lui rende ses bienfaits en l'accueillant au paradis… On lui recoudra sûrement une nouvelle tronche ! Une excellente affaire pour lui, d'ailleurs, tant la première était moche !

Un voisin intervient :

– Ne prêtez pas attention à ses racontars, ce vaurien n'est qu'une outre pleine d'alcool, un gredin à l'esprit dérangé et tordu.

– Qu'il poursuive pourtant, insiste le prévôt Vittore. Je t'écoute.

Se redressant et goûtant avec fierté l'intérêt que Vittore lui accorde, Matteo précise :

– La glaçure mordait crûment cette nuit, et m'empêchait de dormir. Ma moelle se caillait dans mes os à m'en faire souffrir le martyre. Sûr que je tétais un peu pour me réchauffer couenne et boyaux ; j'avais pas vraiment le désir de calancher. Il tombait une toute petite neige piquante, et ça me distrayait. Je me disais même que, lorsque la neige aurait cessé, le Martesana tarderait pas à grumeler pareil au gras d'une bonne soupe.

Le prévôt Vittore s'impatiente :

– Va au fait, mon garçon. Je compatis à ta misérable situation, mais, pour l'amour de Dieu, dis-moi enfin où tu veux en venir.

– J'y arrive. Une heure avait juste sonné quand j'ai vu – que la Vierge en témoigne – sortir du canal une créature noire qui s'est aussitôt dirigée vers la maison du notaire. Et la bête marchait sur ses pattes de derrière comme vous et moi, monsieur. Elle a grimpé le mur d'enceinte de maître Di Rodrigo et j'ai pas attendu plus d'un quart d'heure pour la voir ressortir en portant sur son dos un gros paquet…

– Ce gosse délire ! s'écrie Menanzzo en levant la main pour lui administrer une taloche.

Vittore retient le poignet de son assistant en disant :

– Je souhaite tout de même l'écouter jusqu'au bout.

Le gamin, satisfait d'avoir évité le coup, poursuit :

– Le monstre a redescendu le talus pas loin de ma cahute et a jeté son barda dans l'eau, juste au bord de la berge, comme s'il se débarrassait d'un vulgaire sac d'ordures. Puis il s'est enfoncé dans le Martesana et a disparu… Oui, oui… Je croyais que je faisais un mauvais rêve, étant donné que j'avais bu ma dose de vin. Je viens de comprendre que le gros paquet, c'était ce bonhomme sans visage.

Perello, qui s'est approché, lance :

– Nous perdons notre temps à écouter les élucubrations de ce garçon.

– J'en ai l'impression, admet Vittore. Chargeons le corps dans une charrette et transportons-le à la morgue, où je le ferai examiner soigneusement.

Cependant, le vagabond insiste :

– Vous avez tort d'ignorer mon témoignage, monsieur le prévôt. Je vous répète que j'ai vu un monstre tout noir de nuit… Avec un seul gros œil au milieu de la figure !

Et, tournant les talons pour regagner son taudis, tête basse, le dos rond, il marmotte pour lui-même :

– Pourquoi j'aurais inventé cette histoire ? J'ai pas assez d'imagination pour ça, moi !

Le prévôt a réquisitionné une carriole et un cheval. Menanzzo, Perello et Isacchi déposent le cadavre dans le véhicule quand les cris pointus d'une femme les font tous se retourner ensemble, en un même mouvement :

– Au secours ! Au secours ! À l'aide ! Du sang… Il y a du sang partout ! Plein la chambre !

Une femme vient de sortir de la propriété de maître Di Rodrigo. Elle court comme une poule à qui l'on a tranché le cou, brassant l'air de ses bras comme pour s'extraire d'un cauchemar. Elle court de toute la vitesse que lui permettent ses courtes jambes, s'enfonçant dans la neige jusqu'aux chevilles.

Dans l'assistance, une jeune fille la reconnaît :

– C'est Loredana, la gouvernante du notaire.

Cette dernière fend la foule en ne cessant de hurler :

– Seigneur ! Il est arrivé malheur à mon maître. Sa chambre est pleine de sang ! Du sang sur le lit, les murs…

Elle aperçoit les pieds nus du cadavre qui dépassent de la charrette, accélère encore le pas. Vittore s'adresse à Menanzzo :

– Empêche cette femme de voir le corps. Inutile de l'effrayer plus qu'elle ne l'est déjà. Évitons d'ajouter l'hystérie à l'horreur !

Loredana garde les yeux fixés sur les pieds blancs, fripés comme de vieilles pommes.

– Mon Dieu, s'exclame-t-elle, que fichez-vous tous ici ? Avez-vous retrouvé mon maître ? C'est lui, n'est-ce pas ? C'est bien lui ?

Elle manque de s'évanouir ; le prévôt et Menanzzo la retiennent.

– Nous avons tout lieu de penser, en effet, que Cristoforo Di Rodrigo a été victime d'une agression cette nuit, lui annonce le prévôt d'une voix basse et douce. Logez-vous dans sa maison ?

– Non, monsieur, parvient à répondre la gouvernante en recouvrant un peu son souffle. Je prends mon service à sept heures. Je réveille mon maître pour lui servir sa collation : une infusion et du pain au miel… Son déjeuner avalé, il se prépare pour se rendre à son étude… Il est veuf et vit seul…

– Je vous remercie, madame, dit le prévôt. Nous ferons sans doute appel à vous plus tard pour consigner votre déposition.

Il va pour s'en retourner lorsque la femme le retient par la manche.

– Je voulais ajouter… Au sujet des pas…

– Des pas ? s'étonne Vittore. Quels pas ?

– Le vestibule et la chambre en étaient maculés. D'énormes empreintes de neige boueuse… Par ma foi, ces traces-là ne peuvent pas appartenir à un homme, sinon à un géant ! D'ailleurs, seul un géant pouvait fracturer la solide porte de chêne de la maison. Avec une telle violence !

– Décidément, remarque Menanzzo, un gosse alcoolique voit un monstre sortir du Martesana et la domestique de la victime certifie que le tueur est un colosse ! Une bien étrange nuit de sabbat, ne pensez-vous pas, prévôt ?

Vittore hausse les épaules.

– Tu sais que je ne prise guère tout ce qui touche à la magie ; je considère que ce que l'on admet parfois comme sortilège trouve son explication à la suite d'un examen rationnel des événements. Il nous appartiendra de démêler le bon sens des chimères qui le travestissent.

– Cela risque de nous prendre du temps, raille Perello.

– Je suis opiniâtre, rétorque sèchement le prévôt.

Vittore ne peut avouer que les récits du vagabond et de la gouvernante de maître Cristoforo Di Rodrigo lui ont effectivement embrouillé l'esprit. Un tueur arrachant le visage de sa victime pour l'abandonner ensuite toute dépenaillée sur la berge du Martesana, telle une vulgaire dépouille animale, ce n'est guère une affaire habituelle…

– Allons, Isacchi et Perello, conduisez le défunt à la morgue, ordonne-t-il. Que Menanzzo me suive dans sa demeure.

Isacchi prend les brides du cheval attelé à la charrette. Le convoi se met en marche et passe devant deux silhouettes encapuchonnées se tenant dans l'ombre d'une porte cochère… La première, très grande, a posé une main gantée de velours blanc sur l'épaule de la seconde, toute menue, fragile.

– Nous devrions rentrer, mon amour, dit la plus imposante. Il fait si froid, et ce spectacle est très laid. Viens, je te raccompagne…

La voix est celle d'un homme. Une voix suave qui chante presque. Un peu lente.

– Oui, Léonard, rentrons, répond une voix féminine avec un murmure de lassitude.

LA PETITE SILHOUETTE

Ils s'en vont par les rues de Milan, le grand homme prenant soin de calmer son pas pour le mettre à l'unisson de celui de sa petite compagne.

Il est vêtu d'une longue et ample houppelande blanche dont la capuche en fourrure a été relevée. Elle porte un manteau bleu nuit que recouvre une chape noire lui donnant l'aspect d'une nonne. Ils sont la lumière et l'ombre épousées. Main dans la main, doigts croisés, ils montrent qu'ils s'aiment et que le temps des citadins n'est pas le leur. Car la ville s'éveille à peine. Loin du canal Martesana, peu de passants s'aventurent dans le froid mordant. La neige s'est remise à tomber.

Ils pénètrent dans le quartier du Duomo. La cathédrale jette au ciel sa centaine de flèches, répondant ainsi à son surnom de *hérisson de marbre*. Des échafaudages sont restés accrochés au dôme dans l'attente du printemps, quand les ouvriers reprendront l'œuvre inachevée.

Léonard connaît les fragilités de la tour-lanterne dont il est urgent de s'occuper ; on l'a consulté, ainsi que Luca

Fancelli, malheureusement décédé récemment. Le duc de Milan – le More – lui a demandé et a su écouter son avis. Certes, des années passeront encore avant que le Duomo ne soit définitivement abouti, mais ce dernier demeurera pour l'éternité comme le plus grand et le plus insolent des édifices religieux.

À cette époque, Léonard vit et travaille dans la Corte Vecchia, l'ancien palais ducal qui donne sur le parvis. Cependant, le couple n'y entre pas. Il poursuit son chemin en silence, semblant se plaire à recevoir cette neige duveteuse sur la tête et les épaules.

Léonard et la petite silhouette empruntent plus loin une ruelle étranglée par les hautes façades de deux palais aux murs décrépis. Ils s'arrêtent devant une porte grillagée au-delà de laquelle une allée mène à une modeste demeure grise. D'une poche de son manteau, la femme sort une clef qu'elle engage dans la serrure. Elle s'immobilise. Après un instant, elle se tourne vers Léonard et se presse contre son torse.

– Ne me laisse pas trop longtemps seule, implore-t-elle de sa voix monocorde. Les heures sont lourdes quand je ne suis pas à tes côtés. Je les compte toutes au carillon… et t'attends en maudissant le temps de se faire si cruel à mon égard.

– J'ai promis de me rendre cet après-midi à Santa Maria delle Grazie pour préparer mes enduits avec quatre de mes élèves. Ludovic s'impatiente…

– Je sais, soupire la femme.

– Cela fait plus d'un an que le duc m'a passé commande de la fresque. Bramante, lui, a déjà présenté les plans de toutes les modifications qu'il espère apporter à l'architecture de l'église.

– Je ne te verrai donc pas de la journée ?

De son index, Léonard redresse doucement le menton de la petite silhouette, approche son visage tout près du sien qui reste dans l'ombre, et murmure avec une infinie tendresse :

– Je viendrai souper avec toi, mon amour. Je prendrai ma lyre et chanterai le dernier poème que je t'ai écrit. Nous boirons de ce vin rosé qui te fait sourire et je te conterai ces fables que tu aimes tant.

– Me poseras-tu l'une ou l'autre de ces devinettes folles que tu inventes chaque jour ?

– Bien sûr… J'en ai trouvé de nouvelles fort cocasses qui t'obligeront à méditer et te contrarieront un peu, comme toutes les fois où tu ne parviens pas à les résoudre.

– Peux-tu déjà m'en donner une ? J'y réfléchirai auprès du feu.

Léonard sourit.

– Soit, écoute cette phrase : « *Les hommes dresseront leurs plumes vers le ciel ainsi que font les oiseaux.* »

– Cela me semble en effet bien obscur. Maintenant, embrasse-moi longuement afin que je puisse t'attendre en paix.

Léonard doit se courber et la petite silhouette se dresser sur la pointe des pieds pour qu'ils puissent unir leurs lèvres.

Ils se séparent à regret, paraissant se déchirer. Le blanc manteau de Léonard abandonne les reflets bleutés de la chape recouvrant la petite silhouette. Enfin, celle-ci se résout à tourner la clef dans la serrure. Léonard l'aide à pousser le portail qu'un bourrelet de neige encombre au sol.

La femme s'avance dans l'allée ; Léonard la regarde et attend qu'elle ait pénétré dans l'austère bâtisse pour reprendre son chemin.

« *Les hommes dresseront leurs plumes vers le ciel ainsi que font les oiseaux.* » La petite silhouette prononce l'énigme à voix haute alors qu'elle traverse le vestibule glacial pour se rendre dans une pièce où végète un feu qu'elle va devoir raviver.

Elle prend son temps. La voici seule dans cette maison triste, à peine meublée. Seule, inconnue, morte depuis longtemps. Morte quand Léonard n'est pas à ses côtés, l'aidant à revivre par la magie de ses talents de musicien et de conteur. Par le charme de son amour. Par cette grâce que les hommes abandonnent le plus souvent aux femmes, jugeant indignes les manières que donnent les gestes délicats.

Léonard ignore les sexes. Hommes et femmes méritent son attention sans distinction. Ne peint-il pas des anges ?

Elle se réjouit de voir les mains de son amant s'envoler dans l'espace pour y créer des chimères éphémères qu'aucune toile ne conservera. Il sculpte à son intention des formes offertes à sa seule mémoire. Il lui bâtit des mondes oniriques afin qu'elle y love son chagrin. Cette peine intense et perpétuelle qui lui fouaille l'âme, pareille à un rat dévorant des entrailles.

Ce n'est plus de la douleur, pourtant. Depuis bien longtemps, la souffrance s'en est allée, progressivement remplacée par une langueur qui en est devenue l'écho. Cette affliction ne la quitte jamais. Léonard parvient seulement à la repousser un moment.

Elle prend son temps…

Une bûche posée sur les braises, la chape ôtée, le manteau ouvert… Se déchausser, enfiler des pantoufles chaudes, s'asseoir devant la cheminée et attendre la prochaine heure au carillon.

Pleurer, aussi.

SALAÏ

Léonard évite de passer par le portail principal de son palais donnant sur le parvis de la cathédrale. Il préfère emprunter une poterne basse de la façade nord, interdisant de la sorte à d'éventuels curieux d'observer ses allées et venues. Il agit toujours ainsi lorsqu'il quitte la petite silhouette…

Il lui faut ensuite traverser une cour, pénétrer dans la demeure par une salle sombre qui lui sert de remise, monter quelques marches et atteindre un minuscule couloir où il a pris l'habitude d'enlever sa houppelande pour la pendre à une patère.

Débarrassé de son manteau, Léonard apparaît dans toute l'arrogance de ses habits blancs et roses. Son abondante chevelure d'or rejetée en arrière encadre un visage que l'on pourrait prendre pour celui d'un saint si un regard incisif, d'un bleu trop pâle, ne le rendait inquiétant. Le front est haut, sérieux, barré en permanence de deux rides. Le nez est droit, les lèvres sensuelles, le menton glabre.

Il émane de cet homme très grand et puissamment bâti une véritable force que tempère pourtant une délicatesse presque féminine.

Léonard a quarante-deux ans et en paraît dix de moins.

Il reste immobile devant la porte donnant accès au hall. Lorsqu'il l'aura franchie, il sera redevenu le Vinci…

Une toux légère, derrière lui. Il se retourne vivement.

– Vos élèves sont déjà dans l'atelier, maître Léonard. Est-ce bien la peine de les obliger à venir de si bon matin pour les faire mariner ainsi dans leur jus ?

– Ah ! c'est toi ! Salaï l'effronté !

Quittant l'ombre où il patientait, un magnifique garçon brun de quatorze ans s'approche. La peau mate, les yeux sombres et moqueurs. Quoique fort délicatement habillé, il n'en paraît pas moins débraillé. Sa tignasse rebelle laisse pointer des épis cornus qui lui donnent l'air d'un jeune diable.

– Salaï l'insolent, l'impertinent ! reprend Léonard. Que faisais-tu dans ce réduit ?

L'adolescent a posé les mains sur ses hanches et dresse le menton pour répondre :

– Je vous attendais en me demandant pourquoi vous ne passez pas par la grande porte lorsque vous revenez de vos promenades matinales.

– Aurais-je des comptes à rendre à un vaurien de ton espèce ? Tiens, prends mes gants et fais-les sécher.

– Oui, père.

Léonard chahute la crinière ébouriffée de Salaï d'une rugueuse friction en souriant. Il y a de l'amour dans le regard du maître.

– Cesse de m'appeler ainsi ; tu n'es qu'un voyou que j'héberge par bonté d'âme… et parce que tu me rends d'appréciables services.

– Et que je suis beau ; vous me l'avez souvent dit ! Le plus délicat de tous vos modèles !

Léonard gagne au plus vite son cabinet pour écrire certaines phrases qui le libéreront. Mais Salaï lui colle aux basques, pareil à un chien dévoué usant son indulgence par sa trop grande tendresse, ne cessant de lui donner du *père !*

Père… Léonard ne le sera jamais. La nature a condamné le seul ventre qui pourrait recueillir sa semence. Il ne laissera aucune descendance. Cet enfant qu'il a trouvé mourant sur le bord d'un chemin le vingt-trois avril de l'année mille quatre cent quatre-vingt-dix ne portera pas son nom. Malheureuse loque décharnée venant de se défaire des griffes de parents miséreux qui le battaient et l'exploitaient tel un esclave. Le gamin avait traversé champs et forêts, se nourrissant de baies, se désaltérant aux sources, volant dans les basses-cours. Fuyant toujours à perdre haleine, dormant à même la mousse, courant sans cesse par les caillasses et les ronces. La peau déchirée, ses plaies s'infectant, les lèvres boursouflées d'eczéma, les yeux fiévreux, il s'était laissé tomber un soir dans un fossé pour y attendre la mort.

Le Vinci avait chargé cette défroque squelettique sur son cheval afin de la ramener chez lui…

Le petit inconnu se révéla être un jeune loup menteur, chapardeur et sournois. Léonard le surnomma Salaï. *Démon !* Un démon dont il fit un piètre préparateur de couleurs, un dessinateur peu habile et un médiocre serviteur. Mais auquel il parvint laborieusement à inculquer des rudiments de savoir-vivre qui pouvaient faire illusion dans la société qu'il fréquentait.

La première année de leur vie commune fut un désastre. Salaï, qui s'appelait en réalité Giacomo, se conduisit si mal que Léonard dut puiser en lui des trésors de patience, une qualité dont il avait toujours été dépourvu. Le jeune coquin s'introduisait dans l'atelier du maître, alors que ce dernier avait mis ses élèves en récréation, pour fouiller dans leurs sacoches et voler tout ce qui présentait une quelconque valeur à ses yeux. Un ruban de velours, un bijou… Une livre par ci, deux ou trois sols par là… Il se tenait fort mal à table, dévorant avec une gloutonnerie obscène, se servant en premier avec les mains, renversant bouteilles, coupes et vases, crachant ou rotant… Un soir, en présence de l'un des meilleurs amis du maître, le distingué architecte Jacopo Andrea da Ferrara, il s'amusa à produire des chapelets de pets malodorants, se plaignant que le souper en était la cause et se demandant pourquoi son père et son hôte ne l'imitaient pas pour libérer leurs intestins encombrés. Ferrara s'étonna que le Vinci ne se fâchât point, considérant même que cet artiste raffiné faisait montre d'une tolérance inhabituelle. Salaï étant doué d'une exquise beauté, l'architecte, qui avait prêté l'oreille à certaines rumeurs, fut persuadé que le maître et l'élève entretenaient des relations coupables. Il ne pouvait imaginer que le peintre pût garder à demeure une canaille si grossière sans en tirer quelque compensation.

Salaï multipliait les frasques, les mettant sur le compte de sa mauvaise éducation.

Puis le temps émoussa ou tempéra ce caractère vulgaire et brouillon. Le maître, ce géant aux gestes élégants et précis, à la voix douce et chantante, parvint à apprivoiser le petit sauvage. À chacun de ses éclats, il répondait par de l'affection. Aussi, le louveteau, qui n'avait jamais été habitué à recevoir des caresses, rentra ses griffes et lima ses crocs. Il ne fit pour autant aucun progrès dans les arts que Léonard s'échina à lui enseigner, ni n'excella comme valet.

– Vous ne rejoignez pas vos élèves ?

La voix de l'adolescent arrache Léonard à ses pensées.

– J'ai encore à faire dans mon bureau ; je les retrouverai sous peu.

– Votre bureau ? Votre antre secret, oui ! On dit en ville que vous y pratiquez des expériences de magie.

Prenant une lanterne et se dirigeant vers un étroit escalier descendant sous les fondations du palais, le maître répond :

– On dit tant de choses ! Milan est une commère fardée... une putain cancanière qui s'enivre de ses propres ragots.

Salaï hausse les épaules. « Non, mon père, pense-t-il, Milan est une cité magnifique, opulente, grasse comme une oie farcie, rieuse et dansante. Les femmes y sont belles, rondes ou maigres, crasseuses ou parfumées ! La peste ne les a pas toutes emportées... J'aime les frôler les jours de marché, dans la cohue des chaleurs d'été ou des froideurs d'hiver. Mais vous, mon père, vous accrochez des sourires aux lèvres de vos anges alors que votre visage est souvent fort grave. »

Léonard est parvenu au bas des marches. Il lève sa lanterne devant une épaisse porte cloutée défendue par un verrou qu'il a lui-même conçu. Un cadenas à molettes crantées, magnifique ouvrage d'ingénieur que seul son inventeur peut ouvrir à l'aide d'une combinaison secrète.

De sa main libre, Léonard tourne trois des quatre molettes de quelques crans vers la gauche, et la dernière vers la droite. Puis il pousse la lourde porte qui geint sur le pavé.

La pièce est sans fenêtre ; l'ombre y stagne, épaisse et humide. Le Vinci pose sa lanterne sur une petite table de bois, tire un tabouret, s'assied, se saisit d'une plume qu'il trempe dans un encrier et déplie une sorte de cahier. Quelques grosses feuilles cousues par ses soins.

L'encre est froide ; Léonard doit forcer sa plume au point d'en graver le vélin. Sa main gauche trace plusieurs lignes d'une étrange écriture. Une langue imaginée par un esprit torturé…

Car le Vinci écrit à l'envers, de droite à gauche. Pareil à l'image que donnerait un miroir de son modèle.

Tandis qu'il laboure le papier, il énonce chaque mot à voix haute. « *Le 15 décembre 1494, vers 6 heures, on découvre le cadavre du notaire Cristoforo Di Rodrigo au bord du canal Martesana. Son visage lui a été volé. L'Ange se venge… La Lumière jaillit de l'Ombre.* »

LA CHAMBRE DU NOTAIRE

Le prévôt Vittore et son assistant inspectent la chambre du notaire Cristoforo Di Rodrigo sous les yeux de Loredana qui ne cesse de geindre, répétant en une ritournelle hallucinée :

– Que de sang ! Mon Dieu, que de sang !

Cette insupportable turlutaine, moulinée entre de minuscules hoquets et de longs sanglots, exaspère au plus haut point Menanzzo, qui ne possède pas la célèbre patience de son supérieur.

– Seigneur ! murmure le jeune homme, les nerfs en pelote, comment faites-vous pour endurer cette épouvantable ressassée, monsieur ? Si cette femme continue ainsi, je la passe par la fenêtre et vous me mettrez les fers !

– Prends exemple sur moi, mon garçon ; concentre-toi sur notre enquête. Observe le moindre objet, de manière que ta mémoire s'en imprègne avec une grande précision, puis considère ensuite la pièce dans son ensemble en tournant très lentement sur toi-même.

– Ah ! vous ne dansiez pas ! réalise Menanzzo en riant. Je me demandais bien à quel jeu vous vous exerciez tout à l'heure.

Le prévôt fronce sa face épaisse en ajoutant :

– Je peignais cette pièce. Je la dessinais dans mon esprit, élément après élément, apportant à ma composition couleurs et reliefs, motifs et matières. Je m'efforçais de ne rien omettre… Il n'est vétille ni amusette dans ce genre d'exercice ! Tout tient sa place. Lorsque nous aurons quitté les lieux, je dois être capable de te livrer l'inventaire de ce que contenaient ces murs au moment où nous y sommes entrés.

– Faut-il en avoir, de la mémoire, pour se gaver la tête d'autant de broutilles !

– Mon ami, l'imagination n'est pas l'une de mes qualités essentielles. Mon esprit raisonne selon les lois qu'imposent les mathématiques, la géométrie, la physique et la médecine. À la supputation, je privilégie la déduction. Et, si deux postulats se présentent à moi, j'opère en appliquant la bonne vieille méthode de l'apagogie.

Menanzzo écarquille les yeux d'incompréhension.

– Et qu'est-ce que l'apagogie ?

– Cela consiste à utiliser une proposition totalement absurde pour démontrer la vérité d'une seconde proposition.

– Ma foi, cela me paraît bougrement théorique.

– Détrompe-toi, ignare ! Examine ces traces de neige boueuse sur le carrelage…

– Eh bien, je peux dire que la gouvernante avait raison, monsieur. À en juger par la taille de ces empreintes, leur propriétaire doit nous dépasser de trois ou quatre bonnes têtes.

– Écoute-moi attentivement : tu es suffisamment sensé pour admettre qu'un tel colosse n'existe pas et que la proposition que tu me soumets est absurde ; en as-tu conscience ?

– Certes, concède Menanzzo, presque à regret.

– Selon ma méthode, comme je me refuse à accepter l'existence d'un monstre et que je n'entends rien aux affaires du surnaturel, je conclus qu'un homme a laissé ces empreintes. Les fantômes ne tuent pas, Menanzzo ! Par contre, les êtres humains s'y emploient très souvent. Je préfère penser que l'assassin a chaussé de grosses bottes pour se déplacer aisément dans la neige, qu'il a fracturé les portes à l'aide d'un outil fort efficace et a massacré le notaire qui s'apprêtait à se coucher.

– Il n'empêche que ce tueur-là est un boucher que le sang n'effraye pas. Un boucher habile, j'en conviens !

« Que de sang ! Mon Dieu, que de sang ! » radote Loredana sur le pas de la porte.

– Allez-vous enfin vous taire, madame ? tonne le jeune policier.

– Patience et bienveillance, dit le prévôt. Décris-moi cette pièce ; je t'écoute.

Menanzzo se racle la gorge et, se sachant mis à l'épreuve, prend soin de dépeindre la chambre avec minutie :

– J'avancerai au jugé que je franchis sa longueur en une trentaine de pas et sa largeur en moins de vingt. Ses murs sont couverts de *rinceaux* peu originaux qu'un artiste de seconde main a dû bâcler. La lumière du jour provient de ses deux larges fenêtres aux épais meneaux ; les volets étaient fermés quand nous sommes entrés et vous les avez écartés vous-même pour donner de la clarté. Nous trouvons une armoire sur notre gauche, non loin de la porte donnant accès à un vestibule, un coffre sur notre droite, qui s'ouvre frontalement par deux vantaux surchargés d'arabesques, une cheminée à droite des fenêtres et une commode de toilette à gauche, en tête de lit. Passons sur les tapis orientaux dont je ne prise ni les couleurs ni les entrelacs, sur la vaisselle renversée ainsi que sur le banc qui a été jeté cul par-dessus tête, et envisageons le lit, le meuble le plus volumineux de cette pièce. Les quenouilles supportant le baldaquin sont torsadées comme les intestins d'un porc et ont été sculptées dans un vilain bois noir. C'est le théâtre du crime ; les draps ne sont plus que des torchons rougis du sang du notaire. Notons aussi les taches de sang sur le sol jusqu'à la porte, des gouttelettes qui s'espacent progressivement.

Menanzzo regarde son maître en éprouvant une apparente fierté. Il attend d'ailleurs en récompense un compliment agréablement tourné. Au contraire, le prévôt Vittore le glace en lui jetant :

– Mon garçon, tu crois observer, mais tu n'es qu'un aveugle ! Tu es passé à côté de l'essentiel.

– Tudieu, vous me vexez, monsieur ! Ne vous ai-je point tout strictement détaillé ? Ne vous ai-je pas tout décrit scrupuleusement ?

– Justement, reprend le prévôt, tes yeux sont embués et n'ont pas remarqué l'évidence. Je vais te dire ce que je vois, moi… Écoute : maître Cristoforo Di Rodrigo vient de se dévêtir ; devant son lit, il a déposé soigneusement son pourpoint, sa chemise, sa calotte et ses chausses sur ce tabouret, comme il doit procéder chaque soir. Le tout est resté en place, n'ayant pas été chahuté lors de l'attaque. Si tu ouvres l'armoire (ce que tu n'as pas fait), tu trouveras un manteau long, une pelisse en fourrure, des manteaux courts dont un soutaché d'or, trois capes, deux paires de bottes et trois de chausses. Le manteau long et une paire de bottes sont encore légèrement humides ; il les portait en revenant de son étude. En culotte, pieds nus, le tabellion se débarbouille le visage avec l'eau de ce broc qu'il a préalablement fait chauffer dans la cheminée. C'est à cet endroit qu'il a été agressé. La porte ne fermant qu'avec un vulgaire loquet, l'intrus l'a enfoncée d'un coup d'épaule, s'est rué sur sa victime et l'a entraînée sur le lit pour l'opérer.

Menanzzo siffle entre ses dents et s'étonne :

– Mince, pour quelqu'un qui dit ne pas avoir une once d'imagination !...

– Mais je n'invente rien ! Je constate... Je vois ! Je vois les traces de pas de notre fameux géant qui me racontent sa danse macabre. Je vois la carpette qui a été froissée sous les pieds du notaire au moment où il se fait attraper, la cuvette en porcelaine qui tombe et se brise, la lutte vaine au cours de laquelle sont renversés ce banc et ce grand vase, l'agresseur et sa proie chutant sur le lit, y laissant un creux encore visible. Là, l'assassin l'immobilise de toute sa masse, l'étouffe presque de son poids, et entreprend de lui taillader le visage. Cristoforo Di Rodrigo griffe les draps et la courtepointe de ses ongles... Le sang jaillit de ses blessures et inonde le pourtour de sa tête qui dessine sur les draps une image fantomatique à peine rougie.

Menanzzo s'est penché sur le lit et constate avec admiration :

– Vrai de vrai ! Il y a effectivement une empreinte dans le matelas où les draps sont moins souillés.

Le prévôt poursuit :

– Cristoforo Di Rodrigo hurle. Sa demeure se situe à l'écart, et nul ne l'entend. Le tueur accomplit sa besogne. Il écorche vif le malheureux, le met sur le côté et l'achève d'un coup de poinçon dans le dos ; regarde tout le sang, ici… Puis il charge le cadavre sur une épaule et s'en retourne en traversant la chambre dans ses propres pas. Tête en bas, le mort saigne en abondance à la hauteur du pied du lit ; nous suivons les taches de sang jusqu'à la porte, où, comme tu l'as d'ailleurs justement noté, elles deviennent gouttelettes et s'espacent désormais plus largement…

Captivée malgré l'horreur de la description du prévôt, Loredana a cessé ses jérémiades.

Menanzzo avance prudemment :

– J'admets volontiers que vous m'avez livré une démonstration d'une rare précision, et je loue vos talents de déduction, prévôt, mais avouez que le criminel est un solide gaillard !

– Je ne le nie pas. Le notaire pesait son poids ; il faut assurément être un sacré gaillard pour le porter sur une épaule, descendre les escaliers avec un tel fardeau, traverser le parc de la propriété et regagner le Martesana.

– Bien, bien, ajoute le jeune homme, et que faites-vous du gros œil unique que le taupin avait en plein milieu de la face ?

– Pour l'instant, je laisse ce détail pittoresque de côté, celui-ci nous ayant été délivré par un adolescent alcoolique.

– Tout de même, nous sommes devant un cas singulier !

Vittore sourit en donnant une tape amicale dans le dos de son assistant.

– Oui, Menanzzo, singulier, original, effroyablement cruel, anormal… Dément ! Cependant, plus je réfléchis et plus je pense que cet ogre épouvantable possède des qualités peu habituelles chez les traditionnels coupe-jarrets et autres occiseurs. Notre homme connaît parfaitement l'anatomie d'un visage et sait précisément trouver le cœur d'un coup d'aiguillette. De plus…

– De plus ? demande Menanzzo en écho, suspendu aux lèvres de son supérieur.

– De plus, il a commis un meurtre gratuit !

– Pourquoi dites-vous cela ?

– L'assassin n'a emporté que la dépouille de sa victime ; il n'a pas touché aux bijoux et à l'or que contient le coffre. Il n'a dérobé aucun vêtement, n'a pas fouillé la demeure, ne s'est pas attardé sur les lieux. Non, c'est bien pis… Tellement plus terrifiant…

Menanzzo attend. Le prévôt Vittore s'est renfrogné, a mis son menton dans la paume de sa main, a baissé les yeux. Tous ses traits se contractent sous l'effet de la concentration. Il est devenu fort pâle.

– Monsieur…, appelle le jeune policier en murmurant. Monsieur, à quoi pensez-vous donc de la sorte ?

– Ah, fait le prévôt en se redressant comme s'il se réveillait brutalement, je songeais que je me trompais ; le tueur est bien un voleur… Il est venu dans cette chambre pour n'escamoter qu'une seule chose : le visage du notaire !

LA MORGUE

Dans le palais que lui a alloué le duc, Léonard a installé l'atelier dont il a toujours rêvé. Il en a naturellement conçu lui-même les plans et a imposé des prouesses aux artisans.

La salle est très vaste ; de nombreux élèves peuvent s'y tenir sans se gêner, chacun disposant d'un chevalet, d'un coffre et d'un petit banc. Les fenêtres immenses laissent passer toute la lumière du jour, que l'on atténue à sa guise grâce à un ingénieux dispositif de stores et de draps. Ainsi, le maître dose avec minutie la clarté nécessaire à ses étudiants, et, considérant que le peintre ne doit pas faire des efforts trop amples qui contrarieraient le travail de sa main, il a imaginé que les chevalets soutenant les tableaux puissent monter et descendre à volonté, mus par un jeu de poulies. Chaque soir, les artistes font entrer dans de larges saillies creusées dans le sol leur tableau, qui reposera à l'étage inférieur.

Ce matin, en pénétrant dans son atelier, tout de rose, de parme et de blanc vêtu, comme à son ordinaire, Léonard s'exclame avec emphase :

– Que Dieu soit loué pour cette éclatante lumière d'hiver qu'il nous offre ! Saurez-vous en user avec intelligence ?

Les disciples auxquels il s'adresse se retournent ensemble pour le saluer. L'un d'eux, Romano, dit :

– Nos respects, maître. Quant à moi, je préférerais plutôt l'ombre… Cela m'aiderait peut-être à restituer la physionomie de Judas. Voyez… Ses traits sont trop légers, bien trop affables.

Léonard s'est approché de l'élève qui peine sur son traître. Le garçon désigne avec une moue de contrariété le portrait qu'il a esquissé au fusain. Un homme d'une trentaine d'années sans grande expression.

– Tu n'y parviens pas car tu ne dessines que la surface de ton modèle. Il est nécessaire de plonger au plus profond de son âme pour y trouver le mal.

Les autres élèves quittent leurs bancs et leurs études pour venir auprès du Vinci, devinant que celui-ci ne va pas tarder à les éblouir.

Léonard poursuit :

– Si tu exprimes cette chose immonde enfouie en lui, tu transformeras le visage d'un saint en celui d'un démon. L'abject, l'ignoble et le hideux ne se portent pas toujours sur la figure, Romano… Cela transpire juste, et ce que nous en découvrons est le plus souvent à peine perceptible. Telle une vilaine sueur.

De la main gauche, Léonard s'empare du fusain de Romano, tandis que de la droite il pointe un index sur le cœur du jeune homme.

– Le traître Judas devait ressembler à un garçon comme toi, ajoute-t-il en souriant.

– Comme moi ?

Sans s'asseoir, Léonard se penche sur la feuille de vélin pour retoucher le visage impersonnel ébauché par son élève. Quelques traits rapides qui cernent les yeux... Puis une courbe particulière donnée aux sourcils... Le regard du Judas se durcit, s'épaissit, s'enfièvre, s'emplit de haine et de honte.

– Oui, comme toi, reprend Léonard. Ou comme n'importe lequel d'entre nous, ici. Moi compris... Il avait juste le cœur sombre, jaloux et vénal ! Ce qui l'empêchait de regarder Jésus en face. Les yeux, Romano ! Les yeux parlent plus que nos lèvres. Ils sont notre mémoire et le miroir de nos reproches.

La main gauche du maître accuse un accent dans les prunelles du portrait. Judas apparaît, le regard fuyant, fourbe dans sa paradoxale beauté.

– Qui peut jurer ne s'être jamais comporté en Judas ? interroge-t-il, donnant le sentiment de se parler à lui-même.

Salaï, qui vient d'entrer dans l'atelier, l'interrompt :

– Père, désolé de briser votre élan... Mais vous êtes demandé par le prévôt Vittore, qui attend dans l'antichambre.

Léonard rend le morceau de fusain à Romano, se redresse et se retourne, contrarié.

– En quoi puis-je lui être utile ?

– Cela, il ne me l'a pas dit. Il m'a seulement traité de moricaud et m'a rudoyé pour que je vous fasse venir au plus vite, avec le ton de quelqu'un qui souffre d'hémorroïdes !

Léonard abandonne ses élèves à regret. Sur le seuil de la porte, il leur conseille :

– Poursuivez, et surtout, n'oubliez pas : habitez vos modèles de l'intérieur ! Quant à notre Judas, nous le trouverons… Bientôt !

Romano attend que les pas du Vinci et de Salaï aient décru derrière la porte pour jeter :

– Comment notre maître peut-il supporter la grossièreté de cette teigne de Salaï ?

– Il lui passe tous ses caprices, précise son voisin, rembourse les bourgeois qu'il vole, ne le punit pas pour ses frasques et le traite comme un fils.

– Justement, qui nous dit qu'il n'est pas son bâtard ?

– Ou son amant ?

– Nul ne le sait !

– Ça se murmure, pourtant… Quelqu'un a-t-il déjà vu une femme au bras du maître ?

– Il est vrai qu'aucun jupon ne franchit jamais sa porte.

– Je donnerais bien volontiers ses traits à mon Judas si je ne craignais pas de me faire renvoyer ! conclut Romano.

Salaï a laissé Léonard rejoindre seul le prévôt Vittore, qui attend dans une superbe antichambre dont il admire les proportions.

– Vous êtes fort matinal, prévôt !

– Je suis désolé de vous importuner, mais je souhaiterais que vous me rendiez un service.

Léonard use de sa séduction. Il domine d'une bonne tête son interlocuteur, petit taureau râblé qui ne peut rivaliser avec un athlète au sourire carnassier, à la chevelure ostensiblement féminine, aux yeux profonds.

Le maître, sur un ton enjoué, énonce :

– S'il s'agit de musique, de mécanique, d'architecture ou de sculpture, je peux en effet vous être d'une quelconque utilité. Je gage néanmoins qu'il ne sera guère question de ces disciplines.

– Vous en avez oublié une... On considère que vous êtes meilleur anatomiste que le plus renommé des chirurgiens de cette ville.

Les deux hommes se faisant face, Vittore est obligé de lever légèrement le menton et de se hausser un peu pour s'adresser à son hôte.

Ce dernier précise :

– Un artiste ne restitue la réalité des corps humains que s'il en connaît parfaitement les moindres rouages. Il est vrai que j'ai commis quelques traités sur l'ossature et la musculature de mes semblables.

– Je souhaiterais que vous m'accompagniez à la morgue pour y examiner un cadavre découvert ce matin. Je viens de l'y faire porter.

– Ne disposez-vous pas de bons médecins légistes ? s'étonne Léonard. De ces savants docteurs qui tisonnent les entrailles à la recherche de quelque poison ?

– Votre avis m'éclairerait, maître. L'affaire est particulière... Il n'est aucunement question de poison, vous verrez. Je pense même que vous serez surpris tout autant que je l'ai été.

– Vous piquez ma curiosité, prévôt ! Soit, je m'habille et vous suis.

Salaï, qui écoutait la conversation derrière l'une des portes entrouvertes de la pièce, referme celle-ci avec précaution et se retire sur la pointe des pieds. Son visage habituellement espiègle se voile alors d'une obscure contrariété qui le vieillit.

Léonard a rapidement revêtu son ample manteau blanc. Après avoir aspiré une bonne goulée de cet air hivernal milanais qui casse les marcheurs en deux, recroqueville les vieillards et presse le pas des belles, il monte dans le carrosse du prévôt.

La voiture s'engage dans une avenue passagère, prenant grand soin de ne pas verser sur les amas de neige encombrant la chaussée.

Au terme d'un long temps de silence, Vittore demande :

– Ce garçon ? Ce Salaï qui m'a ouvert la porte…

– En réalité, il s'appelle Giacomo. Je l'ai affublé de ce surnom de « petit démon », car il possède l'âme rouée d'un chat sauvage.

– Je me disais seulement… Le comptez-vous parmi vos élèves, vos serviteurs ou les membres de votre famille ?

– Il est devenu un peu tout cela à la fois. Je l'ai recueilli sur le bord d'un chemin, maigre, crasseux et moribond.

– Mon Dieu ! souffle le prévôt avec une sincère compassion.

– Justement, poursuit Léonard, je crois que Dieu avait oublié ce gamin, trop occupé qu'il était à accueillir les morts de la peste qui sévissait alors.

Vittore toussote et avance prudemment :

– Vous êtes un bien brave homme, maître. Mais je crains malheureusement que ce diablotin ne vous apporte que des déconvenues. Mes services me signalent régulièrement ses larcins.

– Et je sais que vous fermez les yeux sur ses méfaits. Vous aussi êtes un brave homme, prévôt. Je vous en remercie.

* * *

Salaï a enfilé en toute hâte une capeline pour sortir du palais par la même petite poterne que le Vinci emprunte au retour de ses vagabondages nocturnes. L'adolescent se fait félin, vif et discret, rasant les murs, pressant le pas.

En quelques minutes, il atteint la demeure où son maître a conduit la silhouette encapuchonnée, plus tôt. Il pousse la grille et traverse le jardin engourdi de froid. À la porte, il frappe trois coups brefs rapprochés suivis d'un quatrième, espacé de quelques secondes.

La porte s'entrouvre.

– Salaï ! s'exclame la voix féminine. Si le maître apprenait que tu me rends visite et que tu… *sais !*

– Ni toi ni moi ne le lui dirons ! Je voulais t'avertir ; le prévôt est venu le chercher à l'instant. Laisse-moi entrer, je gèle sur pied.

La petite silhouette ouvre la porte en grand, Salaï pénètre dans la demeure, accompagné d'un soudain courant d'air frais.

– Viens près du feu, propose la femme. Et raconte-moi…

– Il n'y a pas grand-chose à savoir, sauf que ce bestiau tout noir a réclamé mon père pour le conduire à la morgue. Il y aurait un corps particulièrement original à étudier.

La petite silhouette se laisse tomber sur sa chaise en soupirant :

– Léonard a-t-il accepté de le suivre ?

– Ma foi, il n'a pas traîné ! Il a passé son manteau et chaussé ses bottes fort rapidement, et puis il a emboîté le pas au prévôt ! J'ai pensé que cela t'intéresserait de l'apprendre.

– Tu as bien fait, gémit la femme. Oui, tu as bien fait, mais cela me chagrine beaucoup.

– Je m'en doute, dit seulement Salaï en tendant ses mains bleuies vers les hautes flammes de la cheminée.

* * *

La nuit a été particulièrement redoutable pour les sans-logis ou les vieillards. Les tables de la morgue sont toutes recouvertes de cadavres. Certains reposent même au sol, le long des murs. Anonymes dépouilles ignorées par les deux docteurs en chirurgie, chapeautés et portant un tablier de cuir protégeant leurs habits empesés, qui s'affairent au-dessus du corps du notaire Cristoforo Di Rodrigo.

Au moment où Vittore et Léonard pénètrent dans la grande salle, les deux savants se livrent à une joute oratoire.

– Je suis désolé de ne pas partager votre avis, cher confrère, avance le premier médecin. Remarquez la perte des substances labiales, preuve évidente d'un mode opératoire fort violent.

– Je conviens que le tubercule médian a totalement disparu, accepte le second, mais admettez que l'outil qui a ôté ce visage n'a jamais tremblé. L'écorcheur était calme au moment où il commettait son geste.

Les deux médecins se retournent d'un même mouvement sur Vittore et Léonard qui se rapprochent. Les hommes de science manifestent une incontestable irritation. Le premier esquisse une moue dédaigneuse et hautaine en murmurant :

– Ah ! le prévôt nous amène le Vinci ! Depuis quand un peintre donne-t-il des leçons aux gens de science ?

– L'homme a dépecé plus de macchabées qu'il n'a barbouillé de toiles ! Il aurait même disséqué une femme enceinte morte pour étudier le fœtus dans son ventre.

– Ce cuistre va pérorer et s'écouter parler.

– Que voulez-vous, tous les ducs, princes et notables lui font la cour ! Comment voulez-vous, dans ces conditions, que ce faraud ne soit pas imbu de sa propre personne ?

Vittore et Léonard sont arrivés près de la table sur laquelle repose le tabellion. La mort a violacé les chairs et noirci les articulations. Minable épave humaine, sans visage, à la nudité exposée.

– Voici ce qu'il reste du sieur Cristoforo Di Rodrigo, annonce le prévôt. Je gage que nos deux estimés docteurs en chirurgie en sont à débattre ainsi qu'ils s'y emploient à l'université…

– Nous confrontions seulement nos thèses, dit froidement l'un. Nous n'étions pas loin de conclure.

– La science est exigeante, poursuit l'autre, elle impose de précis examens.

Toujours souriant, Léonard écarte les deux chirurgiens d'un geste du bras qui, s'il n'est pas foncièrement rude, n'en est pas moins autoritaire.

– Permettez qu'un amateur apporte ses observations, propose-t-il. De la candeur naît parfois la lumière.

Léonard a conservé ses gants pour examiner le corps. Les deux médecins, qui se sont mis légèrement en retrait, le regardent opérer avec une expression de dindon que seuls les sots peuvent afficher avec autant de suffisance.

Penché sur le cadavre, le maître observe ce dernier comme s'il ne s'agissait que d'un vulgaire morceau de boucherie. Les praticiens fulminent sur place.

Enfin, après un très long temps, Léonard annonce :

– Une lame au fil à peine plus épais qu'un cheveu… Première entaille au centre du front… Geste circulaire sans reprise… Puis décolletage du derme comme on arrache la première peau d'un oignon.

– Un oignon ! reprend le premier médecin en ricanant. Un oignon !

Léonard, peu sensible au spectacle matinal qui lui est offert, retourne de lui-même le notaire sur le côté droit et approche son visage si près de la blessure dorsale que son nez frôle le mort. Vittore, très attentif, figé, attend avec impatience.

– Mmm… Intéressant ! Particulièrement intéressant.

– Oui ? fait le prévôt.

Léonard se redresse et précise :

– N'importe quel assassin, désireux de tuer sa victime, utilise un poignard… Une arme large…

– Afin de ne pas manquer le cœur, pardi ! s'exclame le prévôt. Cela tombe sous le sens.

Les deux chirurgiens lèvent les yeux au ciel. Les ignorant ostensiblement, Léonard ajoute :

– Alors qu'ici le criminel s'est servi d'un outil remarquablement effilé. Une alêne de cordonnier aurait fait l'affaire.

– Un cordonnier ! soupire le second médecin.

Vinci frotte ses gants l'un contre l'autre et déclare :

– Votre assassin, prévôt, est loin d'être un âne. Il sait manier un scalpel et situer le cœur à son endroit exact. Il possède une parfaite connaissance de l'anatomie, comme vous le supposiez. C'est une certitude.

– Nos soupçons pourraient-ils se porter sur un médecin ? s'inquiète le prévôt.

C'en est trop pour les deux esculapes, qui, outrés, livides de colère, ergots sortis, regagnent la place qui leur est dévolue auprès de la dépouille du notaire.

– Notre ordre ne saurait compter un tel monstre dans ses rangs ! s'offusque le premier.

– Nous avons fait le vœu sacré de respecter les principes d'Hippocrate le grand ! s'indigne le second. Notre apostolat nous prescrit mansuétude, charité et bonté. « *Je passerai ma vie et j'exercerai mon art dans l'innocence et la pureté. Dans quelque maison que je rentre, j'y entrerai pour l'utilité des malades, me préservant de tout méfait volontaire et corrupteur, et surtout de la séduction des femmes et des garçons, libres ou esclaves.* »

– Et pourquoi pas un docteur ? tonne une voix, dans leur dos. Le mal n'épargne aucune corporation !

Tous se retournent sur Ludovic Sforza, dit le More, le duc de Milan. Âgé de quarante-deux ans, l'homme est de taille moyenne mais en compense le désavantage par un port altier et fier, reins cambrés, front haut. Brun, sans barbe, habillé de riches et chaudes étoffes, il rejoint le groupe d'un pas lent et appliqué.

Le prévôt Vittore s'incline respectueusement.

– Excellence ! Je vous ai fait prévenir, j'ignorais que vous viendriez ici. Si j'en avais été informé, j'aurais tenté de rendre présentable ce malheureux.

La voix du More est grave, épaisse, rocailleuse, et l'on devine qu'il la force pour lui donner un timbre aussi imposant.

– Maître Di Rodrigo était un proche, j'ai accouru dès que j'ai appris l'épouvantable nouvelle.

Se penchant à son tour sur la victime ignoblement mutilée :

– Je n'aurais jamais pu imaginer une chose semblable.

Se redressant, il paraît découvrir Léonard pourtant si voyant. Lui posant une main sur l'épaule, il lui dit :

– Vous êtes venu aussi, mon ami. J'ignorais que vous connaissiez Di Rodrigo.

– Je ne le fréquentais pas. Le prévôt m'a fait l'honneur de penser que mes facultés d'observation lui seraient utiles. Je me suis contenté d'évidentes constatations.

– Seigneur ! s'exclame le duc. Comment un homme peut-il commettre un acte si abject ? Savoir que dans ma ville un écharneur peut perpétrer une horreur pareille me révolte !

– D'autant que ce drame va se répandre dans Milan, porté par un vent de panique, souligne Vittore. La terreur s'emparera de nos habitants en moins de temps que la foudre n'en met pour frapper !

– C'est pourquoi vous devez vous acharner sur cette enquête, insiste Ludovic. S'il vous faut des milliers de ducats, des hommes, n'importe quel moyen, je répondrai favorablement à toutes vos demandes. Trouvez ce monstre ! Trouvez-le vite, Vittore ! Ce tueur peut sévir de nouveau ; gardez cela à l'esprit. Un dément prend rapidement goût à ses manies. Qu'en pensez-vous, Léonard ?

Vinci, qui semblait détaché de la conversation, les yeux rivés sur la dépouille, acquiesce d'un mouvement de la tête en précisant :

– Vos craintes sont fondées, Excellence. Cet infortuné notaire ne sera certainement pas l'unique victime. Il y a dans ce meurtre quelque chose qui ressemble à un cérémonial. Nous devons en effet redouter de nouvelles agressions.

* * *

La petite silhouette pousse doucement le garçon dans le dos vers la porte.

– Il est temps que tu partes, Salaï. Ne crains rien... Évite seulement de te saouler, car tu ne maîtrises plus ta langue dans ces moments-là et tu deviens un dangereux bavard.

– Je te le promets. Ce sombre prévôt me fiche la chair de poule. Quand je l'ai vu, tout à l'heure, avec ses yeux de buffle, j'ai cru qu'il allait me charger et me piétiner !

Sur le seuil, la petite silhouette qui vient d'ouvrir la porte, frissonne de tous ses membres.

– Ne lui donne pas l'occasion de te prendre au collet. Léonard subvient à tous tes besoins, pourquoi ne cesses-tu pas tes chapardages ?

– À chacun son art ! Mon talent est bien maigre, mais je l'exerce avec la conscience d'un bon ouvrier. Je te jure pourtant de me calmer de ce côté-là. Dussé-je me ligoter les mains dans le dos !

– Je saurai me souvenir de ta promesse. Pars, maintenant... Pars vite, mon cher Salaï.

L'adolescent, après un bref geste d'adieu, un baiser envoyé du bout des doigts, s'en retourne ; derrière lui, la femme referme vivement la porte pour revenir à son siège, près de la cheminée.

Elle s'assied, se plie en deux comme si elle venait de subir un choc violent au ventre, et, plongeant son visage au creux de ses mains, elle laisse aller sa peine… Un long sanglot. Une plainte qui emplit la maison, pareille à un miaulement de détresse. Le malheur inconsolable d'une âme brisée.

CONVERSATION AVEC LE DUC

Les hommes d'armes du duc piétinent ; il s'est remis à neiger fortement ; les épaules blanchies, la goutte au nez, ils se battent les flancs pour se réchauffer. C'est avec un immense soulagement qu'ils voient enfin le More sortir de la morgue en compagnie du prévôt Vittore et de maître Léonard.

Mais aucun des trois ne se presse. Ils poursuivent leur conversation comme s'ils se tenaient dans un salon ; les gardes se désespèrent à nouveau.

– Prévôt, ordonne le duc, lancez-vous sans tarder sur les traces de ce... ce *voleur de visage !* Sinon, nul ne sourira jamais plus dans cette ville. Mes fêtes ne deviendront alors que de piteuses et morbides mascarades !

– Je vais commencer par fouiller dans l'entourage de maître Cristoforo Di Rodrigo... Il me faut bien un point de départ pour attaquer mon enquête ! Tous les éléments de l'affaire paraissent plus insensés les uns que les autres...

– Je sais, le coupe le duc. Vous êtes l'homme le plus méthodique, le plus rationnel et le plus discursif que je connaisse ; j'ai conscience que ce meurtre vous met mal à l'aise. Pourtant, j'ai confiance en vous, prévôt. Vous chercherez et vous trouverez !

Enfin, le groupe se sépare. Vittore regagne son carrosse en maugréant. « C'est plutôt dans les asiles que je devrais chercher ! Parmi les fous ! »

– Je serai ravi de vous ramener, Léonard, dit le duc en donnant à sa voix un peu de malice. Nous parlerons ainsi des deux œuvres principales que je vous ai commandées.

– J'y travaille, Excellence. Je m'apprête d'ailleurs à me rendre sous peu au couvent Santa Maria delle Grazie…

Entraînant le peintre vers sa voiture, Ludovic laisse passer un certain temps avant de demander, de plus en plus ironique :

– Soit ! Discutons alors de ce monumental cheval en bronze qui doit magnifier le tombeau de mon père. L'ouvrage avance-t-il ? Vous m'avez montré plus d'une dizaine d'épures, présenté tout autant de maquettes en cire, certes… Cependant, je vois que vous ne vous êtes arrêté sur aucun de ces projets.

Théâtral, Vinci ouvre ses bras en grand pour répondre :

– La fonte, Excellence ! La fonte… Je veux que votre père, le duc Francesco, chevauche un animal cabré. Le tout en une seule pièce. Je vous assure que l'opération me pose problème.

– Je vous crois, mon ami. Néanmoins, je ne vous ai pas nommé ingénieur ducal pour que vous ne franchissiez point quelques menus obstacles.

Montant dans la voiture à la suite de Ludovic, Léonard, soupire :

– J'ai rencontré les meilleurs artisans de nos fonderies et interrogé les maîtres des arsenaux… J'en suis arrivé à la conclusion que je devrai trouver un nouvel alliage. Je crains même, à mon regret, devoir réduire le mouvement du cheval. Le poids, Excellence ! Le poids supporté par les membres postérieurs sera considérable.

Le carrosse s'ébranle. Ses roues patinent un peu sur la neige et le cocher doit menacer les chevaux de son fouet pour leur interdire de ruer.

– Ne nous sommes-nous pas laissé emporter par trop d'enthousiasme ? s'interroge Ludovic.

– De quoi parlez-vous, Excellence ?

– Le cheval, pardi ! Et mon père Francesco le chevauchant… Rappelez-vous, Léonard, lorsque je vous ai soumis mon intention de concevoir une statue équestre pour honorer ce tombeau, je pensais à quelque chose de raisonnable, n'est-ce pas ? Mais, avec votre esprit qui n'imagine qu'en grand, qu'en large et qu'en superbe, vous avez gonflé mon ambition, en évoquant le *Colleone* que votre défunt maître Verrocchio avait entrepris de fondre !

– Je ne vois toujours pas, ment le Vinci.

– Votre souhait, mon ami, est de surpasser celui qui vous a tout enseigné ! C'est à croire que vous péchez par orgueil… Je pense d'ailleurs que vous agissez le plus souvent comme si vous aviez une quelconque revanche à prendre.

Léonard ne bronche pas. Le sourire qu'il s'impose en public disparaît de ses lèvres quelques secondes. Pourtant, il se ressaisit et dit :

– La vie m'a beaucoup donné et me comble encore plus chaque jour que Dieu m'offre. Quant à ma volonté de réaliser la plus haute et la plus magnifique des statues de bronze, elle a rapidement été partagée par Votre Grâce. N'avez-vous point souscrit à mon entreprise ? Je me souviens encore de votre enthousiasme.

Ludovic éclate d'un rire sincère.

– Oui, oui, Léonard ! Vous savez être un ardent avocat de vos désirs. Vous plaidez avec une remarquable conviction et abusez de l'art de la persuasion. J'admets avoir effectivement abondé dans votre sens. Mon père sera donc le géant de vos rêves ! Mais je vous mets cependant en garde…

– Ah ? s'inquiète le Vinci.

– Je risque de perdre patience ; on m'a parlé de quelques artistes florentins qui, plus modestes que vous – mais très talentueux –, parviendraient à fondre ce monument que j'attends déjà depuis fort longtemps.

Léonard s'assombrit. Les deux rides de son front se creusent et son regard se durcit un très bref instant.

– Vous pensez sans doute aux frères Pollaiuolo ! Des graveurs de médailles, oui ! Des cabosseurs ! Désirez-vous un cheval nain sur le tombeau de votre père, Excellence ?

Le duc s'amuse manifestement. D'une voix qu'il rend encore plus grave que de coutume, il poursuit sa charge :

– On m'a dit qu'Antonio Pollaiuolo était au contraire une référence dans de nombreux domaines et que ses ouvrages étaient fort prisés par les aristocrates. Il excelle, aidé de son frère Piero, dans le portrait et le marbre. En effet, tous les deux sont aussi de bons graveurs, comme vous semblez le savoir, mon ami. À mon avis, ils parviendraient rapidement à imaginer des proportions convenables pour la statue que je réclame. Toutefois, nous n'en sommes pas là… Je me sens responsable de ce retard ; je vous sollicite régulièrement pour organiser les mises en scène de mes fêtes, vous obligeant à vous disperser.

Le sourire de Léonard a réapparu et illumine son visage de Christ. Il a réalisé que Ludovic s'est distrait à ses dépens et qu'il n'y avait rien de malveillant dans les quelques flèches qu'il lui a décochées. Le duc a simplement voulu chasser de son esprit l'épouvantable image du notaire défiguré gisant sur la table de la morgue.

À présent, le Vinci en est certain, Ludovic repense à Cristoforo Di Rodrigo. Il a baissé la tête et s'est abîmé dans une réflexion si profonde qu'il en oublie l'artiste.

Le chemin se poursuit sans qu'aucun des deux passagers ne se décide à raviver la conversation. Ce n'est que lorsque la voiture s'arrête devant le palais du maître que Ludovic se redresse et, très bas, demande :

– Quel genre d'homme peut arracher le visage de sa victime, Léonard ?

– Ou quelle femme, Excellence ! rétorque le Vinci en descendant du carrosse. Le crime n'a pas de sexe.

– Par ma foi, je n'avais pas pensé à cette éventualité ! Votre esprit est étrangement tourné et me laisse perplexe.

– La nature m'en a fait don ; je ne peux que m'en accommoder.

Léonard est à peine entré chez lui que Salaï surgit, tout broussailleux, l'œil pétillant d'une curiosité gourmande.

– Vous me racontez, père ?

– Eh bien quoi ? Que veux-tu savoir ?

– Par quel tour de passe-passe vous partez avec le prévôt pour revenir avec le duc…

Léonard se dirige vers l'escalier qui conduit à ses appartements et, se retournant sur son jeune protégé :

– Si tu me confectionnes un bon vin chaud à la cannelle et au miel, je te répondrai peut-être ! Pour une fois, n'en bois pas la moitié en chemin !

Il se met à gravir les larges marches de marbre. Sans sourire. Plus personne ne le regarde, il peut reprendre sa véritable physionomie et abandonner ce rôle qui lui impose de se contrôler en permanence, asservissant douloureusement et sans cesse sa nature profonde.

Tous le voient comme un homme de lumière. Il n'est pourtant qu'une ombre torturée.

LA CHAUVE-SOURIS

Le soir, fenêtres et portes sont closes dès que la clarté s'en est allée. La nouvelle du crime odieux du *voleur de visage* s'est répandue comme un mauvais vent dans Milan, terrifiant les habitants ainsi que le craignait le prévôt. Aussi celui-ci s'est-il empressé de faire quadriller la ville par de nombreuses patrouilles armées, persuadé que cette initiative rassurerait ses concitoyens.

Les deux gardes Cirillo et Erminio qui ont été désignés pour surveiller la place du Duomo et les rues avoisinantes ont décidé de faire de leur mission une promenade agréable, profitant d'une belle nuit étoilée.

– Bienheureux qu'il ne neige plus ! dit Cirillo avec entrain, toujours enclin à apprécier les minuscules bonheurs de la vie qui lui procurent une félicité simple dont il comble son ordinaire.

Et, levant le nez, il ajoute :

– Comme la lune est belle ; elle sera pleine dans trois nuits.

– Certes, poursuit Erminio, elle sera alors aussi ronde que le cul de cette jolie grassouillette de Carolina que j'ai rencontrée dans le Carrobbio. T'ai-je dit qu'elle excellait au lit ?

– Mille fois, mon ami ! Tu ne m'as d'ailleurs pas épargné les détails de vos ébats… Et, par la Sainte Vierge, je ne me permettrais pas de proposer à ma bonne épouse de telles pratiques sur ma personne ! Pour sûr qu'elle me jetterait hors de ses draps et me battrait de son balai en me traitant de débauché avant de m'envoyer me confesser.

Erminio donne une rude tape dans le dos de son compagnon.

– Tu te contentes de peu, lui lance-t-il avec un léger ton de reproche. Tu n'es qu'un gros chien docile qui ne sait plus remuer la queue !

– Allons, s'exclame Cirillo, l'amour ne se résume pas à une affaire de gymnastique. Les sentiments… Les sentiments apportent naturellement plus de joie et de satisfaction que de savants exercices mettant les membres en tous sens et que désapprouve l'Église !

– Il n'empêche, reprend Erminio, que je préférerais me trouver entre les bras dodus de ma superbe Carolina… Bien au chaud entre ses seins, plutôt. Oui, j'aimerais mieux la léchouiller et la baisouiller que d'arpenter cette place, même en ta compagnie. Celle-ci fût-elle fort appréciable. Me diras-tu quel intérêt il y a à déambuler autour de la cathédrale ?

Pour Cirillo, dont l'obéissance est l'une des principales vertus, un ordre n'appelle aucun commentaire. Il répond de sa grosse voix de stentor :

– Nous sommes ici telles quelques dizaines de nos semblables à traverser la ville comme force de dissuasion.

Erminio ne peut s'empêcher d'éclater de rire et de donner une seconde claque dans le dos de son voisin.

– Tu t'imagines sans doute que le *monstre* prendra peur rien qu'en nous voyant tous les deux, munis de notre brette et de notre lance ? Tu es d'une naïveté, mon bon Cirillo !

– As-tu écouté ce qu'a dit le prévôt ? Il ne croit pas à une coquecigrue ou autre gorgone, mais à un être tout semblable à nous… J'ai beau ne pas posséder un esprit fin, je n'ai pas l'intention de faire cas de ces…

– Ces quoi ? s'enquiert Erminio, étonné que son compagnon n'achève pas sa phrase.

– Tais-toi donc, souffle Cirillo en scrutant le ciel, figé sur place, le cou tendu, sa tête massive allant à gauche à droite.

Erminio se concentre à son tour, à l'écoute de la nuit.

– Eh bien quoi ? dit-il au bout de quelques secondes, à quel jeu joues-tu ?

Cirillo est devenu soudainement très sérieux. Ses sourcils broussailleux forment une grosse barre de crin qui lui assombrit le regard.

– Tu n'as pas entendu ? demande-t-il à son ami. Comme un sifflement… Juste au-dessus de nos têtes. Quelque chose qui est passé très vite… En un souffle !

– Une chauve-souris, sans doute…

– En cette saison ?

– C'est peu probable, en effet, admet Erminio, qui tourne sur lui-même, le nez aux étoiles, ajoutant : Je ne vois rien !

– J'ai dû me tromper, concède Cirillo. Le vent nous joue l'un de ses tours.

Il s'apprête à reprendre sa ronde de son air bonhomme quand Erminio l'agrippe par le col et l'oblige à relever la tête en lui désignant le sommet de la cathédrale hérissé de sa multitude de flèches.

– Une chauve-souris, t'ai-je dit… Par la Sainte Vierge, par tous les saints du paradis, je n'en ai jamais vu de cette taille ! Regarde vite…

– Où ? s'impatiente Cirillo, qui a perçu de la peur dans la voix de son camarade.

– Là, précise Erminio, approchant sa joue de la sienne pour lui placer les yeux dans l'axe de son index droit. Là, la flèche de Giorgio Solari !

Et Cirillo voit ce qu'il n'aurait jamais osé imaginer… Au bout du doigt de son équipier apparaît, très haut, une forme fantomatique, une espèce d'énorme chéiroptère qui plane après avoir décrit une courbe admirable de douceur, et qui s'apprête à se poser sur l'une des terrasses de l'édifice, ses ailes immenses déployées comme celles de Lucifer sortant tout droit de l'enfer.

– Tripaille et gravelle du diable ! s'écrie Cirillo. Je n'ai pourtant bu que de l'eau au souper…

– Qu'est-ce que ça peut bien être ?

Après un bref instant, la chimère disparaît dans la forêt des flèches de pierre, cette multitude de racines verticales unissant le Duomo aux cieux.

Cirillo, le cœur battant à grands coups dans la poitrine et la gorge, s'emporte en une colère telle que peuvent en éprouver les caractères placides. Trop de bonté et de complaisance longtemps prodiguées s'effacent parfois pour qu'explosent de salutaires emportements.

– Cette abomination est en train de violer la maison du Seigneur ! Une honte ! Un démon dégueulé des entrailles de la géhenne venu souiller le Duomo ! Une chose immonde…

– Te mettrais-tu à croire aux monstres, mon ami ? ironise Erminio.

– Les monstres, certainement pas, le reprend Cirillo en éructant, mais j'ai été éduqué dans la Parole de Dieu et je sais que des anges noirs du Malin peuvent nous visiter !

Les deux gardes demeurent un moment à observer les flèches du Duomo, en vain.

– Il y a tout lieu d'admettre que nous avons rêvé, dit Erminio.

– Non point ! le contredit Cirillo qui s'ébroue comme un gros chien. Cours réveiller le recteur et ses bedeaux, grimpe avec eux sur la terrasse tandis que je vais sortir le prévôt de son lit…

– Monter là-haut ? chevrote Erminio. Est-ce bien nécessaire ?

Cirillo, partant déjà, se retourne à peine pour affirmer :

– Ne réfléchis pas et tu ne penseras pas à la peur ! File. Je rapplique avec la troupe…

Le pas lourd et la tête basse, Erminio prend la direction de la cathédrale pendant que son compagnon se lance dans une course que son épaisse stature n'aurait guère permis d'imaginer. Glissant sur la neige verglacée, se rétablissant comme un chat vif, souple malgré ses membres courts et empâtés, il bondit d'une ruelle à l'autre, dérape de nouveau, recouvre l'équilibre en un tour de rein, repart en ahanant, mais ne faiblit pas.

Avec une fierté d'enfant, Cirillo, le souffle rauque, frappe si fort à l'huis du palais communal qu'il ameute les alentours en s'attirant des bordées de jurons.

Pendant qu'on lui ouvre, le prévôt descend de son appartement, un manteau passé en hâte sur ses vêtements de nuit. Cirillo remarque que Vittore paraît bigrement moins impressionnant au saut du lit que dans ses habits noirs. Un laquais suit le policier en tenant un chandelier à bout de bras, prenant soin de ne pas manquer une marche dans l'escalier.

Le prévôt, la voix légèrement pâteuse, demande à Cirillo la raison de ce chambard qui a ameuté tout le voisinage. En quelques mots, le garde explique ce que lui et Erminio ont vu se poser sur une terrasse du Duomo.

– Une chauve-souris géante ? s'étonne Vittore, incrédule. Vous avez bien dit que c'était une chauve-souris géante ?

– Ma foi, poursuit Cirillo, la main sur le cœur, cet animal y ressemblait beaucoup, prévôt. Et nous sommes deux à l'avoir aperçu. Seul, je pourrais craindre d'avoir été la candide victime d'une hallucination… Mais deux, monsieur ! Deux témoins ! Je crois que nous devrions nous rendre compte par nous-mêmes sur les terrasses. Plus nous serons nombreux et mieux ce sera ; à quoi nous allons nous opposer ?

Le prévôt réfléchit brièvement. Puis il ordonne à son laquais :

– Sortez Menanzzo, Perello et Isacchi du lit, Fredanio… Constituons une troupe et courons jusqu'à la cathédrale. Vite, mon Dieu ! Vite !

Pendant ce temps, une scène similaire se joue à la sacristie du Duomo, où le recteur et trois bedeaux portant des lanternes, sortis à grand-peine de leurs draps chauds, débouchent sur le parvis pour examiner les sommets de la cathédrale.

– Je vous le répète, un énorme oiseau..., affirme Erminio pour la cinquième fois. Tout noir ! Avec de grandes ailes. Gigantesques !

– Vous m'avez dit ne l'avoir vu que deux ou trois secondes ! doute le recteur, un long homme momifié par une vie d'ascète.

– Trois secondes ont suffi, je vous l'assure ! La bête achevait son vol...

– Mmm... En pleine nuit, à cette hauteur... Soit, montons jeter un œil !

– N'attendons-nous pas le prévôt ? s'inquiète Erminio.

Le recteur, fait d'angles et d'arêtes, tout en os et en cuir sec, grand échalas aux yeux de hibou, désigne l'un des trois bedeaux :

– Lorenzo l'accueillera et le conduira par l'escalier. Il nous rejoindra là-haut. En route ! Et prenez votre souffle, soldat, nous allons devoir grimper cent cinquante-huit marches...

– Mon Dieu ! se lamente Erminio.

* * *

Sur une terrasse du Duomo, se penchant par-dessus une balustrade, la petite silhouette s'adresse à son compagnon :

– Ça grouille, en bas... Quelqu'un a dû te voir.

– Je replie mes ailes, mon amour ! Maintenant, je sais que je peux voler ! Je n'aurai besoin que de quelques semaines pour améliorer cet engin et le faire décoller du sol.

– Dépêche-toi. Es-tu certain que personne ne trouvera ta cachette ?

– J'en suis convaincu. J'ai mis plus de dix nuits pour la creuser !

La petite silhouette pousse un cri.

– Qu'y a-t-il ? demande Léonard.

– Il en vient de partout ! Et nombreux, cette fois.

Léonard referme la porte du coffre qu'il a creusé secrètement à la base de l'une des lances de pierre. Il se redresse, déployant son imposante carcasse d'athlète ; son visage ne trahit aucune inquiétude.

– C'est fait. Nous pouvons redescendre. Ne t'inquiète pas, mon ange, J'ai effectué maints repérages et pris l'empreinte d'une multitude de serrures. Je dispose d'un trousseau de clefs suffisant pour fausser compagnie à ces gêneurs.

Plus bas, accompagné de Menanzzo, de Cirillo et d'une douzaine d'hommes armés, le prévôt traverse le parvis.

– Vois-tu, Menanzzo, dit-il, je repense soudain à ce que nous a raconté ce jeune mendiant, ce matin… Au sujet d'un monstre sorti du canal.

– Auquel il aurait poussé des ailes cette nuit ? ironise le lieutenant. Allons, prévôt, je pense plutôt que la ville est devenue hystérique depuis cet épouvantable crime.

C'est justement ce qui déplaît fort à l'enquêteur pragmatique. Il ne goûte que très modérément ce qui n'appartient pas au domaine du rationnel. Sa nature austère et rigoriste ne lui ouvre que très rarement les portes de la fantasmagorie. Surtout quand cette dernière accompagne un criminel qui arrache le visage de sa victime… Et qu'une apparition monstrueuse volant au-dessus du Duomo l'oblige à mettre en doute sa propre logique, une mécanique jusqu'à présent bien huilée qui fonctionnait à son rythme avec beaucoup d'efficacité.

Arrêter des voleurs, traquer des brigands, préserver l'ordre public, administrer, sont des tâches que le sévère prévôt Vittore a toujours accomplies avec zèle et constance. Il en a fait son quotidien et exerce son devoir avec une dévotion aux allures d'apostolat. Mais voici qu'en quelques heures une créature ne possédant qu'un œil au centre de la face tue un notaire de la plus barbare des manières, et qu'une chauve-souris géante se pose sur le toit de la cathédrale !

– Par ici ! l'appelle le bedeau chargé de l'attendre.

Vittore, tout à ses contrariantes pensées, presse malgré tout le pas pour rejoindre le sacristain.

– Suivez-moi… Je suis terriblement inquiet, le recteur a pris beaucoup d'avance sur vous, prévôt. S'il tombait sur ce monstre…

« C'est ainsi, pense Vittore, le mot est lancé ! Le *monstre !* Les Milanais vont se le repasser de lèvres en lèvres comme un baiser de pestiféré. Il contaminera toute la ville, quartier après quartier, place après place, d'église en commerce, de taudis en palais… »

L'âme sombre, le cœur affligé, Vittore pénètre dans la cathédrale, ses hommes le suivant de près.

LES HÔTES DU DUOMO

La respiration hachée, les poumons brûlants, le recteur, Erminio et les bedeaux parviennent enfin au terme de leur ascension sur un belvédère situé légèrement en contrebas de la terrasse. Le courage qui avait poussé le recteur dans un magistral élan s'est émoussé à chacune des marches douloureusement gravies. L'homme austère aux yeux de rapace envisage désormais la poursuite sous un angle nouveau qui lui impose la prudence.

– Le prévôt ne tardera pas ; il serait plus sage de traquer votre… votre *apparition* en force, conseille-t-il au soldat qui a déjà porté la main au pommeau de son épée.

– Par ma foi, c'est une sage décision, recteur. Faisons seulement quelques pas…

Le recteur et ses abbés avancent précautionneusement, attentifs à bien poser leurs pieds dans les empreintes d'Erminio pour atteindre la terrasse recouverte d'une fine couche de neige cristalline.

Soudain, le garde pointe du doigt deux formes qui grimpent entre les flèches.

– Là-bas, s'écrie-t-il. Deux ombres… Vous les avez vues, n'est-ce pas ?

– Nettement humaines, précise le recteur en remerciant Dieu intérieurement que les hôtes du Duomo ne possèdent ni cornes ni queue fourchue.

– Il ne s'agit plus d'un monstre, souligne-t-il en soupirant d'aise.

– Vous devriez me croire, insiste le soldat avec aigreur. Mon compère et moi pouvons jurer sur la Bible avoir aperçu très précisément cette chauve-souris géante planer au-dessus de nos têtes… À mon âge, j'ai l'œil et l'esprit alertes !

– Certes, admet le recteur du bout des lèvres, je considère néanmoins que les nuits d'hiver sont tout aussi trompeuses que celles d'été, quand la chaleur de la journée vous a chauffé le sang. Celui-ci caillote autant par grand froid ; le cerveau, mal irrigué, s'abîme aisément dans de sournoises visions. Je me targue, sans vanité aucune, d'être suffisamment savant en médecine pour certifier mes dires. Il n'y aurait aucun déshonneur à accepter une telle méprise, mon jeune ami !

Erminio hausse les épaules et se retient de cracher sur les chausses de cet épouvantail noir. Il préfère s'aventurer sur la terrasse pour ne pas perdre de vue les deux silhouettes.

C'est alors que le prévôt et sa troupe surgissent à leur tour.

– Monsieur ! crie le garde, nous avons vu quelque chose bouger sur le toit. Deux personnes !

Vittore distribue ses ordres :

– Isacchi, prends cinq hommes avec toi et passe par le nord tandis que Menanzzo, le reste du peloton et moi-même tenterons de les arrêter par le sud.

– Nous allons refermer notre tenaille sur ces noctambules ! clame le lieutenant du prévôt avec excitation.

Ayant retrouvé Cirillo, Erminio lui souffle tout bas :

– Personne ne semble penser que la chauve-souris géante pourrait bien avoir son mot à dire !

– Le diable ne pointe jamais son groin quand on l'attend, l'ami ! C'est l'une de ses principales particularités.

Le recteur et ses bedeaux préfèrent regagner l'étroite plate-forme, non loin de la porte donnant sur l'escalier. Un poste d'observation suffisamment protégé pour suivre la traque en toute sécurité.

Les troupiers ont formé les deux groupes et se sont élancés. Leurs lanternes dessinent de petites taches de lumière mouillée dans la nuit à nouveau floquée de neige.

– Voyez, dit le préfet Vittore à sa troupe, le Duomo compte plus de deux mille statues ! Milan peut s'enorgueillir de posséder l'édifice religieux le plus majestueux d'Italie. Connaissez-vous, dans toute l'Italie, une flèche si haute ? La Madonnia !

– Les anges s'y accrochent certainement pour jouer lorsque la ville dort, lance un très jeune soldat aux grosses joues rouges.

Vittore se retourne sans cesser de marcher, examine l'adolescent avec la sévérité d'un précepteur et, d'un ton professoral affecté, poursuit :

– Contente-toi d'admirer les séraphins que nos imagiers ont sculptés. Ils ont l'air plus vivant que tous ceux que tu pourras imaginer, mon garçon. Contemple aussi ces festons merveilleusement ouvragés, ces fenestrons ourlés et ces rampes dentelées…

Soudain, Menanzzo s'exclame :

– Je les vois ! Ils prennent cette volée de marches… Par Dieu, je me fais fort d'attraper ces fantômes par la peau de leurs suaires !

Le lieutenant se rue à la poursuite des inconnus, épée en main. Il dérape à plusieurs reprises sur la neige verglacée, se retient au hourd glacé d'un contrefort et se retrouve à la hauteur des fuyards.

– Eh bien, on s'apprêtait à quitter le bal sans nous saluer ? J'aimerais connaître vos visages, faces d'ombre !

À peine a-t-il prononcé ces mots qu'il regrette d'avoir laissé une grande distance entre lui et la troupe. Le personnage auquel il s'est adressé le dépasse de deux bonnes têtes et, dans sa longue et épaisse houppelande, lui apparaît particulièrement redoutable.

Le géant dissimule derrière lui une forme frêle, emmitouflée des pieds à la tête dans un manteau de velours sombre.

Menanzzo se mord la langue, hausse le ton pour bramer crânement :

– Faudra-t-il que vous tâtiez de mon épée pour m'obéir ? Ma lame me démange…

Il lui semble que le colosse rit sous cape. Cela l'irrite tant qu'il fait un pas en avant, son arme brandie tremblant légèrement. Il ne s'attendait pas à une telle réaction de l'homme : à sa surprise, celui-ci exécute un original chassé sur son côté droit, s'apparentant plus à un mouvement de danse qu'à une feinte de lutteur.

Avec une souplesse animale, grondant comme un ours, l'athlète se fend ensuite sur la gauche, arrondissant le dos, et s'approche ainsi de son ennemi en passant sous son épée tout en moulinant l'air de son bras droit.

La large manche de la houppelande siffle aux oreilles de Menanzzo qui reste figé sur place, grotesque, sa lame désormais pointée dans le vide.

La manche l'atteint à la tempe, le coup violent qui résonne dans sa boîte crânienne est dû à une grosse bille de plomb logée dans le revers de l'ourlet.

En s'écroulant, Menanzzo perçoit un dernier son. Le rire moqueur de son adversaire... Un trille de gorge imitant le roucoulement d'un pigeon.

Il aurait offert son âme pour connaître le visage de cet inconnu roué. De cette créature.

Le Vinci revient à la porte qu'il avait entrepris d'ouvrir avant d'être interrompu. La petite silhouette n'a pas bougé durant le temps du bref combat, spectatrice discrète et fragile.

Silence.

Puis les ténèbres sont déchirées par une voix sévère. La morsure du froid dans les reins. Dents acérées fichées dans la chair. La neige. Puis cette voix, encore... « Menanzzo, vous reprenez vos esprits ? Que s'est-il passé ? »

Des mains qui le relèvent. Une colique acide qui lui strie les intestins. Une nausée brûlante lui boulant dans la gorge. Menanzzo s'entend répondre à son supérieur d'une voix lointaine, mal affirmée, chevrotante :

– Ah, prévôt... Le drôle m'a surpris... Juste un coup de manche... et j'étais hors de combat !

– L'un des inconnus avait dû coudre des pièces d'acier dans son manteau, comme le font certains moines pèlerins pour se défendre des brigands.

– Oui... Et le bougre a visé juste. Je n'ai jamais vu quelqu'un agir aussi vivement. En trois mouvements, il m'avait estourbi aussi proprement qu'un équarrisseur abat son bœuf ! Malgré tout, j'ai pu juger de sa taille ; un grand type aux épaules larges que cousinait un personnage nettement plus petit et menu. Je crains que vous ne deviez vous contenter de ce rapport fort peu détaillé, prévôt ; j'en suis sincèrement désolé... Ah si, je me rappelle aussi... Ils s'apprêtaient à passer cette poterne... Ils disposaient d'un important trousseau. Je gage qu'ils possédaient toutes les clefs nécessaires à leur évasion.

– Deux inconnus et un oiseau géant se baguenaudant sur le Duomo... Maudite nuit ! Quel procès-verbal vais-je bien pouvoir adresser au duc ? Je lui donnerais mille fois raison de me prendre pour un fou ! Dieu m'est témoin que je m'efforce de me montrer sous un aspect plus grave. Décidément, cette affaire aura entamé tout le crédit que j'étais parvenu à donner à ma personne !

En lui-même, Vittore brûle de déception et de colère. S'il ne se contrôlait pas, il piétinerait de rage et lancerait une bordée de jurons qui libéreraient ce trop-plein de fiel lui engorgeant la bile.

– Redescendons, grince-t-il brutalement sur une note de crécelle.

Cirillo et Erminio, de leur côté, lèvent le nez vers le ciel où apparaissent, pareils à des lucioles, des flocons que des rafales éteignent aussitôt.

Aucune chauve-souris géante ne se glisse entre les flèches de la cathédrale...

* * *

Léonard a pris la main gantée de sa frêle compagne. Sous le daim, les doigts sont gelés.

– Je suis désolé de t'avoir causé une telle peur, mon amour, regrette le maître.

– J'ai bien cru que nous allions être arrêtés.

– Dans ce cas, j'aurais été contraint d'avouer que j'étais le premier homme à avoir accompli le rêve d'Icare…

– Au risque de te briser le cou !

La neige s'engouffre dans la venelle qu'empruntent les deux marcheurs ; Léonard attire à lui la forme transie qui vient se placer sous son bras, absorbant aussitôt la chaleur de ce grand corps bouillonnant de vie.

– Qu'as-tu ressenti ?

Léonard respire profondément avant de répondre :

– Une ivresse semblable à celle que procurent les songes ! Lorsque je me suis jeté dans le vide, j'ai d'abord cru chuter en me maudissant d'avoir porté un orgueilleux crédit à mes calculs… Mais la confiance a rapidement chassé ce doute quand, tel un aigle, j'ai pris de l'altitude en donnant un solide coup de rein. Non, à la réflexion, la comparaison avec un oiseau me paraît injuste ; il conviendrait plutôt de parler d'un poisson…

– Un poisson ?

– Un poisson volant, chérie ! Oui, c'est ainsi que je me suis vu… Nageant dans l'espace, glissant sur d'invisibles vagues formées par des courants qui me portaient, plongeant dans un flot nocturne, brisant l'écume de neige, reprenant mon élan en étendant les empennages sanglés à mes bras pareils à d'immenses nageoires… Cette froidure qui me mordait la chair se sublimait en un feu intense m'emplissant la poitrine et les tempes tout en effaçant ma peur… Ce plaisir qui fouissait mon cœur se confondait progressivement en une extase mystique… Dieu n'a point souhaité que l'homme s'affranchisse de la pesanteur, mais moi, son indiscipliné serviteur, je me suis élevé à sa hauteur durant quelques instants. J'ai côtoyé les anges du Duomo immobilisés à tout jamais dans leur gangue pierreuse. J'ai contredit le Créateur !

Le Vinci a soudainement forcé la voix. La petite silhouette jette un regard par-dessus son épaule, craignant que des gardes ne surgissent.

– Rassure-toi, lui dit doucement Léonard, nous les avons semés ; le prévôt n'est pas homme à connaître les ruelles misérables de Milan. Nous serons au chaud dans très peu de temps. D'ailleurs, je n'ai guère sommeil, et, si tu te sentais le courage, nous pourrions descendre dans mon cabinet y travailler un peu…

– Je veux bien, quoique je pense que tu n'achèveras jamais cette œuvre. Je me demande surtout si cela en vaut la peine ! N'est-ce pas nous complaire dans la souffrance que lutter contre l'irréparable ?

– Ne dis pas cela ; tu sais que ma vie n'aurait plus aucun sens, si je renonçais… Ma mémoire est intacte, mon ange. Mais l'âge rouillera un jour mon esprit, et je désire alors avoir peint ce qui doit rester immortel.

Les deux fuyards sont parvenus à la poterne dérobée du palais. Le maître insère une grosse clef dans la serrure. L'épaisse porte de chêne grince en ripant sur le dallage du sol. Il s'écarte pour qu'entre la petite silhouette, jette un œil dans la rue et s'engage à son tour dans le vestibule humide et sombre.

– Cet amour…, commence la forme gracile, cet amour fidèle et absolu que tu me portes m'effraie parfois. Je crains qu'il agisse en toi comme une tumeur.

– Qu'il te rassure, au contraire. Mon amour survivra après ma mort. Ma chair aura quitté mes os qu'il bercera mon éternité.

Léonard abaisse alors doucement le capuchon de sa fragile compagne pour baiser ses lèvres froides. La bouche d'un cadavre auquel le temps offre une éphémère survie.

Ils descendent ensuite vers le cabinet de travail du maître comme l'on se rend au tombeau. L'un et l'autre silencieux. Leurs respirations accordées en un sanglot retenu.

Lorsqu'ils se sont enfermés dans la pièce, qu'un grand moment s'est écoulé, que toute la maison s'est alourdie dans la nuit, Salaï se glisse dans l'escalier, comptant les marches pour ne pas tomber, laissant sa main frôler le mur suintant. Échine de chat, pas de loup. Il plaque une oreille contre la porte, se tend comme une bête à l'affût, muscles saillants…

Il sait déjà qu'il les entendra pleurer tous les deux.

C'est ainsi que cela se passe la plupart des nuits. Cela commence par de courts sanglots que ponctuent de faibles soupirs. C'est elle… À ces gémissements s'en mêlent ensuite d'autres, plus longs, gutturaux. C'est lui…

Salaï en connaît la raison. Quand il remonte se coucher, lui, le petit diable espiègle, n'est plus que haine et chagrin.

MILLE CINQ CENTS QUINTAUX !

Le roi de France Charles VIII poursuit sa conquête de l'Italie, convoitant ardemment le royaume de Naples, qu'il revendique en tant qu'héritier de la maison d'Anjou. Il s'est déjà emparé de Florence, Pise, Sienne et Rome. À Milan, les bruits de batailles et de redditions font oublier le *voleur de visage* en nourrissant la plupart des conversations du récit des viols et pillages commis par les Français, qui combattent autant avec leur queue qu'avec leur rapière. Ces rustres se vantent de considérer la guerre comme un art, mais se comportent en bouchers et assouvissent leur orgueil de coqs en déflorant sauvagement les vierges des villes soumises.

Ce matin du vingt-quatre février mille quatre cent quatre-vingt-quinze, au château des Sforza, le duc Ludovic ne parvient pas à contenir sa stupéfaction en consultant les ébauches et les notes que le Vinci a étalées sur une large table.

– Combien ? Combien, maître Léonard ?

La voix du More habituellement grave et profonde prend des accents stridents. Son visage hautain et hiératique est parcouru de brèves crispations.

– Mille cinq cents quintaux, Excellence, répond le Vinci, tout miel et sucre. C'est la quantité de bronze que je coulerai en une seule pièce dans le moule du cavalier qui surmontera le tombeau de votre père.

Le duc hoche la tête et répète pour lui-même : « *Mille cinq cents quintaux…* »

Puis, criant presque :

– C'est colossal, Léonard ! Vous êtes un homme de démesure. Vous arrive-t-il de concevoir des ouvrages de taille humaine ? Devez-vous perpétuellement défier les lois de l'équilibre, de la géométrie ou de la science ? Certes, je suis votre premier admirateur quand vous orchestrez les coûteuses festivités que j'organise en mon palais, néanmoins elles n'égalent pas le prix qu'imposerait un cavalier pesant mille cinq cents quintaux. Rendez-vous compte, Léonard ! Seules l'arrogance de votre caractère et la vanité de votre génie vous portent à envisager ce que nul artiste avant vous n'aurait osé imaginer. Donnez-moi le temps de réfléchir. Pour l'heure, j'ai l'esprit ailleurs…

Le Vinci se rembrunit et entre la tête dans ses épaules, semblable à un ours en colère.

– Je comprends, grogne-t-il. L'avancée des Français vous préoccupe.

– En effet, pour se débarrasser des Aragon, Naples s'est offerte à eux telle une catin qui ouvre ses cuisses au premier soudard venu. Je n'ai aucune confiance en la fragile alliance que j'ai passée avec Charles VIII… Louis d'Orléans, ce rejeton des Visconti, le pousse à loucher sur le duché de Milan. Mon père me mettait déjà en garde : *on ne doit se résoudre à se marier avec un Français que lorsque Satan n'est plus libre !*

– La Ligue, Excellence…

– Oui ?

– Adhérez à la Ligue qui combat les Français, propose le Vinci, d'un ton bas. Rejoignez la république de Venise, le pape Alexandre, Maximilien d'Autriche et Ferdinand d'Aragon, des alliés de bonne compagnie qui vous aideront à garder la tête haute.

– J'y songeais… Je peux bien vous l'avouer, mon ami, je redoute l'artillerie française. Ses obus en acier vous démembrant des lignes entières de fantassins.

– C'est à cause d'elle que Mordano est tombée en octobre et que tous ses habitants ont été massacrés. Un voyageur m'a rapporté à quelle abominable curée se sont livrés les vainqueurs…

Le duc interrompt son hôte d'un geste de la main.

– Je dois vous dire autre chose, Léonard.

– Vous pouvez parler en confiance.

– L'accord avec Charles m'a coûté fort cher. Ce petit roi versatile est gourmand ! Sans oublier les nombreux travaux de rénovation que j'ai entrepris dans cette ville et qui ont asséché mes finances.

– Et mon cavalier est… démesuré ! jette sèchement le peintre en reprenant sa houppelande, comprenant que l'entretien est clos.

– Le bronze ! Combien de canons et de couleuvrines pourrais-je fondre avec *mille cinq cents quintaux ?* tente de s'excuser Ludovic en prenant son ingénieur par les épaules.

– Je l'ignore, seigneur. Je n'ai pas le cœur à faire le calcul.

Léonard tourne les talons, mais le duc le retient d'une main ferme.

– Mon ami, dit-il, ne me portez pas grief de cette décision ; vous n'entendez pas grand-chose à la politique et vous pensez que je ne suis qu'un béotien. Essayez plutôt de comprendre que je me dois de préserver le duché.

– Je l'admets, seigneur. Du moins, je m'y emploie.

– C'est mieux ainsi ; je ne souhaite pas qu'une ombre ternisse notre entente. Il n'est nul besoin de vous répéter combien je vous estime et vous admire. Toutefois, il est vrai que mon esprit est encombré par des tracas qui me privent de sommeil et d'appétit. La guerre potentielle… Et puis cette créature dont le prévôt Vittore ne cesse de me rebattre les oreilles !

– Aucun meurtre identique à celui du notaire Di Rodrigo n'a été commis, que je sache ? interroge Léonard.

– Certes. Cependant, si vous connaissiez mieux le pointilleux Vittore, vous réaliseriez rapidement que ce chien de chasse ne lâche pas son os aussi promptement. L'homme est un enquêteur méticuleux, scrupuleux… Obstiné !

– Et qui traque-t-il à présent ?

Le duc hausse les épaules et fait une moue qui le rajeunit brièvement.

– Que voulez-vous qu'il pourchasse ? Tout et rien à la fois, c'est ce qui chagrine ce brave fonctionnaire qui ne m'en étouffe pas moins sous des monceaux de procès-verbaux. Je gage qu'il convoquera bientôt la population entière de Milan dans son cabinet afin de la passer à la question ! Savez-vous qu'il monte sur le toit du Duomo une fois par semaine pour y fureter ? Cela depuis que deux alcooliques ont cru voir un étrange artefact aux allures de chauve-souris géante planer autour de la Madonnia.

Puis, riant d'une manière juvénile, il ajoute :

– C'est la chose la plus sotte que j'aie entendue depuis qu'un précepteur à l'esprit follet racontait à l'enfant que j'étais des fables à dormir droit dans mes chausses.

– On m'a parlé de cet événement, se contente de dire le Vinci.

– Pour sûr, la piquante menterie a même donné naissance à des chansons que l'on entonne sur le parvis de la cathédrale. Il arrive aussi que des gamins effrontés marmottent quelques couplets dans le dos du prévôt quand ce dernier s'aventure dans les faubourgs. Le pauvre homme ! Une âme bienséante et respectable devenue la cible de cruelles pipes pour avoir couru après un gros cavernicole...

Léonard rit à son tour.

– Vous êtes habile, duc !

– Par ma foi, pour quelle raison me dites-vous cela avec ce petit rictus que j'ai appris à connaître et qui me laisse deviner que vous me raillez ?

Le Vinci fait deux pas pour se rapprocher de la porte.

– Vous aviez vu que je m'apprêtais à vous quitter fort insatisfait, et c'est pourquoi vous avez sorti de votre poche les soucis du préfet Vittore dans le but de me distraire. Vous avez d'ailleurs parfaitement réussi votre affaire, seigneur !

Ludovic émet un long soupir amusé et, raccompagnant son invité :

– Vous êtes une anguille qu'on ne peut guère rouler dans la farine, mon ami. Oui, je l'admets... Je vous aime trop, Léonard, pour supporter que votre beau visage se fronce. Jurez-moi que vous partez sans colère.

– La déception n'est point de la colère, Ludovic.

Une fois hors du château, maître Léonard abandonne toute retenue et surprend deux gardes en faction dans leurs pelisses de fourrure :

– Des canons ! tonne-t-il. Si le More avait mieux géré ses ducats, nous n'en serions pas là. Des canons ! Mon bronze pour des bombardes...

Il remarque à peine Salaï qui l'attendait plus loin, tenant un pli à la main.

– Vous avez l'air de méchante humeur, père.

– Car je le suis vraiment, Salaï. Les princes sont de petites choses que les grandes œuvres dépassent. Que fais-tu là, au fait ? Tu es transi de froid.

– Deux inconnus sont passés au palais remettre ce pli scellé et m'ont dit qu'il était urgent que vous en preniez connaissance.

Léonard tend la main au garçon qui lui donne le document fermé d'un cachet de cire brune.

Poursuivant sa course à grandes enjambées, le talon de ses bottes frappant rageusement la neige croûteuse, il ouvre le message. Salaï s'efforce de demeurer à sa hauteur, aiguillonné par la curiosité, mais il a beau se hausser sur la pointe des pieds et progresser en dansant d'un pas de dindon, il ne parvient pas à lire ce que contient le billet.

Messagers à Maître L.
Église San Ambrogio
pour communication d'importance.
Dix heures.

– Je me suis dit que vous auriez peut-être l'intention de vous promener après votre entrevue avec le duc, et j'ai couru pour...

– C'est bon, Salaï. Tu as bien fait. Tu peux rentrer, maintenant. Retourne à tes études et ne t'arrête pas en chemin pour chaparder aux étals.

– Vous ne m'accompagnez pas ?

Le Vinci se radoucit :

– Je vais marcher un peu ; cet air frais et pur m'apaisera sans doute. Allez, file à tes devoirs.

Salaï ne peut s'empêcher de regarder s'éloigner son père adoptif, ses larges épaules de lutteur se frayant un passage dans la foule d'un marché, sa chevelure blonde flottant au-dessus de toutes les têtes.

Puis il s'efface. Salaï remonte jusqu'au nez le col de loutre de son manteau et abandonne la place à regret. Il aurait aimé suivre le maître. Savoir… Savoir pour quelle raison, à la lecture du message, le Vinci a eu ce sourire carnassier. Et pourquoi ses yeux se sont mis à briller, semblables à ceux d'un loup.

Durant quelques secondes, Salaï a eu peur en présence de son protecteur.

LES DEUX AGENTS SECRETS

Monaci et *Canonici*, les cloches de San Ambrogio, sonnent dix heures lorsque Léonard entre dans la basilique. Il remarque aussitôt les deux hommes qui attendent non loin de l'autel, mais s'attarde volontairement devant une fresque admirable de naturalisme des frères Lorenzetti. Il demeure un long moment pensif et pénétré d'une émotion intense qui le transfigure.

Les larmes lui viennent ; unique manifestation de la réalité de l'âme, le spectacle de la beauté l'a toujours profondément touché.

Car c'est son âme qui s'épanche face à la magnificence des couleurs soigneusement appliquées par les peintres Lorenzetti. C'est son âme, présence féminine délicate et sensible qui déverse à grands flots dans ses veines une chaleur qu'aucun plaisir physique ne lui a jamais offerte.

Il passe enfin une main sur ses yeux, s'ébroue tel un animal aux muscles ankylosés et reprend son chemin vers le couple disparate formé par les deux hommes s'impatientant près de l'autel. Habillés de sombre. Bottes de cavaliers. Chapeaux ombrant leurs visages. Armés tous les deux d'une épée que dissimulent mal leurs capes poussiéreuses et crottées. L'un taillé dans la masse, court sur pattes, la gueule carrée et balafrée d'une cicatrice mal recousue qui lui allonge un sourire à la diable, paraît plus âgé qu'il n'est. L'autre, trop grand, tout sec, trique sévère et austère d'une trentaine d'années, le menton agressif orné d'un bouc noir, le nez fiché en biais dans une face toute grise.

Ils ne portent pas de nom. Ils s'appellent le Court et le Long.

Les agents secrets affectionnent le mystère. Ceux-ci, au service du Vinci depuis de nombreuses années, sont d'habiles limiers, mais aussi – bien qu'ils n'en prennent jamais conscience – des figures comiques de pantomime. Regards de travers cherchant d'invisibles et potentiels ennemis, gestes mélodramatiques, voix basses à peine audibles formulant banalités et révélations sur un ton unique de gravité caricaturale.

Léonard les emploie pour leur truffe et leur obstination. Ils seraient deux chiens de chasse qu'il ne les considérerait pas différemment.

– Bonjour, maître, fait le Court.

– Bonjour, maître, reprend le Long en un parfait écho.

– Allons au but ! tranche Léonard d'un geste nerveux qui surprend les deux espions, peu habitués à le voir aussi fébrile.

– Nous croyons avoir remonté la piste du *troisième*.

– Vous croyez ou vous en êtes certains ? clabaude le Vinci.

– Nous devons nous en assurer, murmure le Long, son œil de fouine roulant de gauche à droite. Nous savons qu'à la sortie de l'École militaire de Florence il a été muté à Gênes pendant un temps. Nous poursuivons nos investigations à partir de là et, ma foi, nous le serrons aux basques.

– Et maintenant ? interroge Léonard.

– Justement, la danse se joue dorénavant sans sabots ! Nous devons graisser la patte des huissiers pour consulter tous les registres ; une affaire qui a son prix, maître !

– Sans compter que nous voyageons beaucoup ; l'homme n'a pas cessé de bouger. Nous ne sommes guère avares de notre temps et courons les chemins par toutes les saisons. Nous tenons le coup malgré nos reins qui souffrent sur les mauvaises routes, et nos gosiers que brûle la poussière, mais les chevaux… Ah, les chevaux…

– De bien braves bêtes, ajoute le Court. Mais elles ne possèdent point notre résistance et se brisent souvent les jarrets, à notre grand dam. N'est-ce pas pitié que de sentir crever entre nos cuisses ces malheureux roussins ?

– Combien ? s'impatiente Léonard.

– Heu… Quoique économes, jargonne le Long, nous avons épuisé notre crédit. Notre enquête s'éternise… Nous aurions besoin de cinq cents ducats supplémentaires.

– Oui, cinq cents… Cela fera l'affaire.

– C'est que nous devons nous rendre à Venise ; nous vous l'avons dit : il nous faut plonger dans les matricules, éplucher rôles et livrets, interroger des clercs, consulter des notaires, questionner divers quidams…

– *Il* serait à Venise ? s'emporte le Vinci, un afflux de sang teintant brutalement ses joues. À Venise ? Me l'affirmez-vous ?

L'échalas au bouc de jais met sa main en porte-voix pour souffler dans un murmure :

– La piste nous y conduit effectivement.

– À Venise…, répète le Vinci, paraissant oublier un instant les deux hommes.

Puis, le silence s'installant, le Court se décide :

– Cinq cents ducats et nous vous en apporterons une preuve tangible, irréfutable !

Léonard tourne les talons. Son ample houppelande rose et soyeuse accompagne son geste d'un sifflement.

– Vous recevrez votre or et vous vous remettrez immédiatement en chasse, annonce-t-il en repartant. Je vous retrouverai ce soir, à la porte de cette église, lorsque sonneront les vêpres. Quant au *deuxième*, l'*Ange* se vengera bientôt de lui !

– À ce soir, maître.

Ils le regardent traverser la nef, marquer un bref arrêt devant la fresque des Lorenzetti, l'imaginent s'incliner respectueusement dans l'ombre et disparaître enfin, happé par la lumière qui jaillit de la porte occidentale de San Ambrogio.

– Bigre, dit le Court, comment le juger ? Est-ce un dément ou un génie ?

– Les deux à la fois, compère. Comme ce qu'il peint… Noirceur et clarté ! Vertu et vice cohabitent en son âme, pareils au venin et à son alexitère.

– Il n'empêche… Je dois confesser qu'il me hérisse le poil. Satan en personne ne m'impressionnerait pas plus ! Cette manière de vous regarder… ou de ne pas vous regarder ! Des yeux qui vous traversent aussi bien que des aiguilles d'acier… Des pupilles minuscules…

– Allons, fait le Long en assenant une bourrade à son compagnon, avoue plutôt qu'il te trouble ; je n'en prendrai pas ombrage. T'ai-je déjà donné l'occasion de te plaindre de ma jalousie ?

Le Court hausse les épaules et ajuste son chapeau, prêt à lever le camp, laissant son ami poursuivre et entrecouper son discours de brefs ricanements mièvres et surets :

– Je suis bien placé pour savoir que tu apprécies les hommes de grande taille... Pardi, c'est un penchant qu'éprouvent souvent les courtauds de ton espèce ! La nature impose que l'on cherche en son voisin ce qu'elle ne nous a pas donné... Le géant sera attiré par l'*homonculus*, le gros par le maigre... Ainsi va la vie, camarade ! Nul ne doit blâmer le petit qui doit se servir de son esprit plus souvent que le grand pour se dépasser et vaincre le danger. Souviens-toi d'Ulysse terrassant Polyphème en lui crevant son œil unique... Rappelle-toi David abattant Goliath d'un seul jet de sa fronde... Eh bien, lorsque tu te retrouveras devant ce colosse de Léonard, plutôt que de laisser trembler tes prunes dans leur culotte, imagine-toi en Ulysse ou en David et tu recouvreras le courage, nom de Dieu !

À ces mots, le Court se signe vivement, se frappant le front et la poitrine convulsivement.

– On ne jure pas dans un lieu sanctifié ! Veux-tu attirer sur nous la colère divine ?

Le Long éclate d'un rire fluet.

– Voyons, compère ! Nous sommes déjà damnés pour avoir accepté d'être les rabatteurs de notre maître. Ne sens-tu pas le Cornu nous tirer par le pan de nos capes ?

– Tais-toi ! Certaines choses se font, mais ne se clament point...

Des larmes d'hilarité coulant sur ses joues osseuses, le Long conclut :

– Ne souffler mot de nos crimes ne nous absout pas pour autant ; nous sommes condamnés à nous gaver d'excréments gras et putrides en pataugeant dans d'immondes déjections durant l'éternité... Les gens simples d'esprit s'imaginent que l'on rôtit en enfer alors qu'on y bouffe toute la merde que l'humanité chie sur cette terre depuis qu'Adam et Ève y ont déposé leurs premières crottes ! Un extraordinaire cercle vicieux imposé par Dieu ! Du commencement à la fin... De la bouche au cul et du cul à la bouche... Là, nous détenons un avantage sur la plupart de nos alter ego ; nous sommes adeptes de ces baisers que l'Église réprouve. Nos nez ne s'offusquent pas d'un bon et chaud effluve d'étron... Après tout, le pandémonium se révélera peut-être une villégiature agréable !

MON JUDAS

Mes deux agents quittèrent Milan dès qu'ils eurent empoché leurs cinq cents ducats. Dans mon entourage, il n'est pas rare que l'on me dise pingre ; je ne suis qu'économe. Je savais que mes cachetiers m'avaient extorqué plus que ne réclamait leur mission, néanmoins je n'avais pas été regardant sur ma prodigalité et ne craignais point qu'ils prissent celle-ci pour de la munificence. Ils me redoutaient car ils connaissaient mon secret et ne chercheraient pas à s'attirer mon courroux. L'affaire pour laquelle je les employais avait eu raison de mes principes. Tuer devient malheureusement une habitude !

Je m'étais résolu à admettre que mon cavalier ne serait jamais coulé, aussi passais-je désormais la plupart de mes journées à m'échiner sur le dernier repas de Jésus de Nazareth, que le More m'avait commandé pour embellir le réfectoire de Santa Maria delle Grazie, souhaitant donner à ce monastère beauté et sainteté afin de le consacrer au mausolée des Sforza.

Jusqu'à présent, je n'avais guère montré d'assiduité dans mon ouvrage ; Bramante m'avait devancé en entreprenant, avec son énergie habituelle, une abside admirable qu'il aurait l'audace de couronner d'une originale et harmonieuse coupole.

Il m'était pénible de m'astreindre à une tâche quotidienne imposée par la buon fresco. *Mon esprit avait pris son envol des toits du Duomo ; les murs du réfectoire de Santa Maria delle Grazie m'étouffaient comme ceux d'une prison. Les espiègleries et saillies de Salaï, que j'employais à de petites besognes, ne parvenaient pas à me distraire. Ni même les affectueuses visites du neveu de ce bon et doux Matteo Bandello, le respectable prieur du monastère.*

Cependant, étant parvenu à détourner l'asservissement dicté par l'enduit, qui doit impérativement rester frais de manière à recevoir cinabre, lithophone et autres poudres que je prenais un soin d'alchimiste à confectionner, j'étais parvenu à recouvrer un peu de cette fierté que j'avais perdue. Je n'étais plus obligé de venir tous les jours travailler dans le réfectoire comme l'aurait fait n'importe quel tâcheron ; mon enduit conservait suffisamment d'humidité pour attendre mon pinceau sans se cailler. Ainsi, usant d'une relative liberté, je me mis à donner sans déplaisir un visage à Notre Seigneur Jésus Christ – que le More eut l'intelligence de comparer au mien –, des traits aux apôtres Barthélemy, Jacques le Mineur, André, Pierre, Jean, Jésus, Thomas, Jacques le Majeur, Philippe, Matthieu, Thaddée et Simon…

Seul mon Judas était démuni de physionomie. Je l'avais à peine esquissé, tourné de trois quarts, une main sur la bourse contenant les deniers de sa trahison. Il était là, fantomatique, le profil spectral, encore désincarné, fœtus ignoble que je ne ferais naître qu'après en avoir terminé avec les « quatre » !

Il représenterait l'agrégat des tares humaines que je devais réunir dans le sang, la déchirure de la chair, la douleur de la plus infâme des morts et l'abjection.

Mon âme martyrisée le vomirait bientôt sur le mur du réfectoire. Mon âme alors repue le cracherait telle une bile infecte. La

Cène *conserverait pour les siècles à venir cette ombre maudite oubliée par la lumière.*

À qui me demandait pour quelle raison je ne colorais pas son visage, je répondais que je cherchais encore la teinte de sa carnation. En réalité, j'avais déjà fabriqué le pigment pour sa peau. Je gardais dans un pot de terre hermétiquement clos et secrètement rangé dans mon officine un mélange de chaux et d'urochrome.

De l'urine !

LE PÈRE ET LE FILS

Mai mille quatre cent quatre-vingt-quinze, les Français abandonnent Naples ; Charles le huitième s'en retourne l'échine basse et la queue entre les jambes. Milan respire à nouveau, gorgée de soleil, ses façades roses et ocre ouvrent leurs fenêtres en grand, ses rues s'emplissent de foules bruyantes…

Les jours s'allongeant, le Vinci travaille tard dans le réfectoire de Santa Maria delle Grazie. Lorsque s'estompe la clarté, il passe une partie de la soirée à examiner *La Cène* à la lueur de nombreuses chandelles munies de réflecteurs métalliques.

Alors l'un des douze, appelé Judas Iscariote, alla vers les principaux sacrificateurs, et dit :

– Que voulez-vous me donner, et je vous le livrerai ?

Et ils lui payèrent trente pièces d'argent. Depuis ce moment, il cherchait une occasion favorable pour livrer Jésus. Le premier jour des pains sans levain, les disciples s'adressèrent à Jésus, pour lui dire :

– Où veux-tu que nous te préparions le repas de la Pâque ?

Il répondit :

– Allez à la ville chez un tel, et vous lui direz : Le maître dit : mon temps est proche ; je ferai chez toi la Pâque avec mes disciples.

Les disciples firent ce que Jésus leur avait ordonné, et ils préparèrent la Pâque. Le soir étant venu, il se mit à table avec les douze. Pendant qu'ils mangeaient, il dit :

– Je vous le dis en vérité, l'un de vous me livrera. Ils furent profondément attristés, et chacun se mit à lui dire :

– Est-ce moi, Seigneur ?

Il répondit :

– Celui qui a mis avec moi la main dans le plat, c'est celui qui me livrera.

Léonard n'a pas remarqué la présence de Salaï. Ce dernier se manifeste par une petite toux de chat.

– Tu m'écoutais donc ressasser mon évangile, vilaine fouine ?

L'adolescent sort de l'ombre et vient s'asseoir sur le banc qu'occupe le peintre, si près de lui que leurs hanches se touchent.

– Je n'ai pas tout entendu, père. J'ai cependant compris que vous évoquiez la trahison du Judas, à qui vous refusez toujours de donner un visage.

– L'heure n'est pas encore venue…

– Est-il plus aisé de peindre la bonté ?

Léonard laisse errer son regard sur les apôtres, omettant volontairement de s'arrêter sur leur Messie qui lui ressemble tant.

– La bienveillance ne demande que peu de traits. Le mal, lui, emprunte bien des formes. Je ne suis pas prêt à le représenter. Je sais néanmoins qu'il sera une composition de plusieurs physionomies... Les yeux de l'un, le nez d'un autre, les lèvres d'un troisième, le menton d'un quatrième...

Puis, se levant :

– Rentrons ! Cette fresque m'accapare tant que j'en oublie de te faire travailler les mathématiques et l'architecture.

– Je ne m'en plains pas ; je préfère de loin vous seconder dans la journée.

Le Vinci hausse les épaules et arrache littéralement Salaï du banc comme s'il ne s'agissait que d'un frêle pantin.

– Me seconder ? Quelle présomption, enfant outrecuidant ! Tu décrottes mes pots, laves mes brosses, mélanges mes couleurs en bâillant mâchoires béantes entre chacune de ces vulgaires actions.

– J'apprends en vous regardant, me louant de vous avoir pour père, protecteur et maître. Par mon âme, je puis vous affirmer avec une réelle sincérité qu'il ne se passe pas un jour sans que je remercie Dieu de m'avoir placé sur votre chemin.

Léonard s'apprête à répondre, mais se ravise. Il allonge le pas, traversant maintenant le jardin aux simples dont les senteurs s'offrent à la fraîcheur naissante de la nuit.

Salaï respecte le silence de son bienfaiteur jusqu'à ce que sa curiosité ne puisse plus résister :

– Me permettez-vous de rompre votre méditation, père ?

– Je ne méditais pas, Salaï... Je ne pensais à rien ; c'est ainsi que je m'efforce d'être après une laborieuse journée : vide ! Telle une outre ayant désaltéré le pire des assoiffés ! J'ai livré tant de ma personne au repas du Christ que mon corps est brisé et mon esprit fourbu. Je laisse dans ce réfectoire une partie de ma sève ; j'en ressors à chaque fois un peu plus aride et cachectique… Cette fresque m'aspire la moelle comme une goule avide… Ce sont des mains à reprendre sans cesse, mécontent de leur allure ! Ce sont des drapés à mouler, insatisfait de leur rigidité ! Car je me suis imposé de donner du mouvement à cette scène où, pourtant, tout devra paraître figé… Un élan immobilisé par le Temps lui-même ! Vois-tu, mon enfant, je fixe l'éternité d'un instant sacré dans le plâtre de ce mur. J'y projette une vision qui me dépasse, une image déjà inscrite en moi, gravée depuis que je me suis éveillé à la conscience… Et je souffre le martyre en tentant de la restituer, semblable en son moindre détail au modèle divin qui me hante.

Salaï émet un long sifflement avant de dire :

– Vous vous compliquez bien l'existence, père ! Vos prédécesseurs n'ont point charcuté leurs scrupules avec autant de douleur pour barbouiller Jésus et ses apôtres trônant à la sainte table !

– Tu ne profères que des sacrilèges ! plaisante Léonard. Je pense que tu t'y emploies à volonté pour m'exaspérer.

– Il n'empêche…

– Il n'empêche que je n'ai vu jusqu'à présent que des Christ dénués d'âme, inexpressifs et agnelets ! Des prophètes au regard sot ! Sans parler des malheureux apôtres engoncés dans une lourdeur de marbre, mâchoires de brutes et fronts de niquedouilles ! Plutôt mourir que de m'inscrire dans cette famille de badigeonneurs bâtards !

Salaï glousse dans sa main avant de lancer :

– Mais il ne s'agit que d'une fresque dans un réfectoire dominicain !

Maintenant, Léonard s'emporte. Sa voix tonne dans la nuit :

– Fruste et grossier philistin ! Damné morveux ! La face de Jésus serait peinte par mes soins dans un cabinet d'aisance qu'elle n'en prouverait pas moins l'expression de mon talent.

L'adolescent tourne plusieurs fois sa langue dans sa bouche avant d'oser :

– Père, vous m'avez appris à ne pas être vaniteux ; vous m'avez souvent réprimandé pour corriger ce défaut, et ce que je viens d'entendre trahit votre orgueil... Si vous acceptez de bonne foi que je me permette humblement cette critique...

Léonard baisse d'un ton pour préciser :

– Il te reste encore beaucoup à apprendre de moi ; je ne commets pas le péché d'orgueil en parlant de la sorte. Il n'est aucunement question de fatuité ni de pédanterie ; je connais la valeur de mes compétences et considère qu'il est inutile de jouer au modeste. Si le duc m'a pris à son service, me réclamant de produire un miracle en réponse à chacun de ses désirs, c'est que je pratique la plupart des arts avec passion, intelligence, ingéniosité et obstination. Je déclare que la fresque à la *détrempe* que je livre à Santa Maria delle Grazie sera l'une des plus belles œuvres qu'il m'aura été donné de créer !

– Si vous le dites, souffle Salaï.

– Je le dis, en effet ! tranche le Vinci. Et d'autres le proclameront.

– Oui, oui... Quelques moines chenus qui lèveront parfois un œil distrait de leur bol de soupe.

Salaï craint l'éclat. La tempête. Léonard ne l'a jamais frappé ; va-t-il s'y résoudre cette nuit ? Le jeune homme courbe déjà le dos.

Rien ne vient. Rien dans l'instant. Un léger vent parfumé de laurier effleure les deux promeneurs, pénètre dans leurs manches, frissonne sur leur peau.

Puis une pluie musicale résonne, éclabousse Salaï, que la surprise tétanise sur place. Une averse de rires pincés sur les cordes d'une harpe grave. C'est Léonard, enjoué comme nul ne l'a jamais connu.

– Ah ! fait-il, mon cher enfant ! Tu as raison de remercier Dieu de t'avoir jeté sur ma route ; non pas pour les quelques bienfaits que je te dispense, mais en gratitude de la joie que tu me donnes. Tu es drôle et insolent, irrévérencieux et démuni de vergogne. Surtout… Surtout, tu me forces à garder les pieds sur cette vilaine terre ! Sois béni ; tu m'aides à rester humain.

– C'est que je vous aime, père.

– Je n'en ai jamais douté, mon fils. Jamais.

LE DEUXIÈME VISAGE

Mai s'écoule, souvent tiède, parfois moite. Puis juin s'abat, porteur d'une brutale chaleur qui pousse la population vers les fontaines et les canaux dans lesquels plongent les jeunes gens, malgré les recommandations de prudence édictées par le prévôt.

L'alliance signée entre le duc et Charles VIII tient encore, protégeant Milan redevenue insouciante, jouissant de son opulence, oubliant la peur des canons et de la mitraille.

Nous sommes maintenant le vingt juin.

Un bâtiment imposant qu'un architecte pompeux a surchargé de pilastres cannelés comme des pâtisseries, de balèvres trop saillantes, d'entrelacs sinueux, de doucines grossières, de croisées disproportionnées… C'est dans cet édifice bouffi que Cosimo Vollone a installé ses bureaux.

Comme tous les soirs, il en sort en soupirant d'aise.

L'homme a dépassé la quarantaine depuis peu. Grand, solide et bien fait, il pratique sans doute quelque sport en dehors de son travail. Il a la mine de ceux qui réussissent et qui pensent que leur gloire est éternelle, arborant un soupçon de dédain pour le restant de l'humanité.

Vollone est accompagné du dénommé Alceo Fazio, lequel ne ressemble en rien à son associé. Petit, les jambes arquées, il a tout du vieux clerc célibataire, avare et fesse-mathieu. La soixantaine dégarnie, le col haut, les épaules maigres, le mollet de coq, il sautille plus qu'il ne marche pour suivre les généreuses enjambées de Vollone. Mais lui aussi affiche cet air radieux et insolent des riches, trop riches, trop rapidement enrichis.

– Nous exerçons un beau métier, Cosimo, assure Fazio. Je me loue chaque jour de m'être associé à vous.

– Ma foi, Alceo, je peux en dire autant, admet Vollone. Le négoce du riz ne s'est jamais aussi bien porté. Nos investissements respectifs ont déjà produit d'avantageux dividendes.

Les deux compères devisent en empruntant la rue de l'hôpital du talentueux Filarete. Milan se prépare à estomper sa journée dans l'ombre du soir ; les passants se font plus rares. Les marmites chauffent dans les cuisines. De bonnes odeurs d'ail rissolé et d'oignons grillés s'échappent des fenêtres ouvertes, les deux hommes se répètent qu'ils sont heureux en une rengaine mécanique.

– Voyez-vous, reprend Vollone, la guerre est une aubaine. Nous nourrissons les troupes, les citadins affamés et les occupants…

– Que Dieu protège cette campagne menée par les Français ! Qu'elle dure encore longtemps !

– Et que nos greniers soient hors de danger pendant ce conflit. Un soldat meurt de meilleure humeur le ventre plein !

Les négociants vont se séparer. Fazio s'engagera dans une minuscule ruelle tandis que Vollone prendra en direction de la porte Romaine.

Ils marquent un temps avant de se quitter, selon un rituel immuable.

– Bonsoir, et que votre nuit soit douce, Alceo mon ami.

– Elle le sera... Dans une solitude que j'affectionne. Saluez votre famille, Cosimo mon ami.

Puis Vollone, toujours allègre, allonge encore ses enjambées et se met à siffloter une ritournelle que la mode a rendue entêtante. Il se retient d'esquisser quelques pas de danse. Mais au fond, pourquoi se l'interdire ? Il approche de son palais et il n'y a personne en vue. Qui pourrait le voir avancer le pied droit en le faisant glisser sur le pavé, donnant un solide galbe à sa jambe, ramener le pied gauche talon contre talon et pivoter sur lui-même, bras en croix ?

À ses yeux, la vie est une bien belle chose. La jeunesse ne s'enfuit pas aussi vite que certains grincheux voudraient le croire ! Faire de la gymnastique, choisir soigneusement ses mets, ne point trop s'enivrer et amasser des ducats, voilà ce qui convient au sieur Cosimo. Et aimer son épouse ! Quoique cette dernière ne ressemble plus guère au portrait peint l'année de ses vingt ans... Mais Dieu lui est témoin qu'il a toujours honoré son devoir conjugal. De leur union est d'ailleurs né Antino, qui sera bientôt en âge de diriger l'une de ses succursales.

Vollone aborde la place circulaire qu'il a surnommée le Cœur de Marie en raison de la statue de la Vierge qui orne la fontaine en son centre. Son domicile n'est plus qu'à quelques pas ; il voit les lumières à l'étage et imagine, avec une gourmandise que les gens aisés prennent pour de la délicatesse, le repas que lui aura préparé sa cuisinière.

Il sera certainement composé de beaux légumes savamment cuits qu'un filet d'huile d'olive sucrera légèrement, d'un fromage moelleux dont il n'abusera pas, d'une coupe de vin clair et frais, de fruits et de lait…

Son imagination l'absorbe tant qu'il ne remarque pas, au-dessus de lui, qu'une chose immense, noire comme la nuit, froisse la brise en émettant de sourds cliquettements.

Il sourit. Volonne est réputé pour son humeur toujours égale et enjouée. Les monceaux de ducats qu'il a amassés au cours de sa carrière participent à cette agréable disposition. Son entourage l'apprécie pour la légèreté de son caractère. Il attire à lui une plaisante société malgré son avarice.

Il va pousser la grille.

Là, cette fois, il entend.

Un bruit inconnu, composé de sons divers. Frottements, claquements, feulements, grincements…

Cherchant la provenance de ce phénomène, il regarde à gauche puis à droite. Le sourire ayant quitté son visage, il scrute l'ombre, fronce les sourcils. S'inquiète. S'effraye.

Puisque ce miaulement artificiel ne provient ni de gauche ni de droite. Ni d'avant ni d'arrière…

Une pensée de feu lui traverse l'esprit. « Cristoforo Di Rodrigo, retrouvé l'hiver dernier dans le Martesana ! »

Lentement, il lève les yeux.

– Mon Dieu ! prononce-t-il en criant presque.

Une forme démoniaque abat ses ailes qui grincent, pareilles à celles d'un moulin, en recouvrant la place, engluant la Vierge de pierre d'une ombre démesurée.

Jeté au sol, étouffé sous cette masse ténébreuse, Cosimo se souvient des ragots de la populace à propos d'une chauve-souris géante tournoyant autour du Duomo...

Il réalise à ce moment que cette créature lui volera le visage dans quelques secondes. Ce phénix, jailli de l'enfer, a traversé le temps dans lequel lui, Cosimo Vollone, avait embourbé l'indicible.

Il aimerait pleurer. Il ne peut que lancer un hurlement animal.

* * *

– N'as-tu pas entendu crier, Antino ? On aurait dit la voix de ton père.

– En effet. Cela venait de la place !

Antino se rue à la fenêtre dont il écarte les rideaux, la mère quitte son siège. La servante qui dressait la table s'est mise à trembler et pâlir.

Juste un cri. Un seul. Une plainte rauque entrecoupée de spasmes douloureux.

Antino s'est penché. Ses lèvres articulent des mots muets. Marita Vollone le rejoint, enserre la barre d'appui du balconnet, se penche à son tour et vomit une bile âcre à la vue de la scène se déroulant sur la place.

Une chauve-souris démesurée vient de prendre son envol, abandonnant sur le pavé noirci de sang le négociant rampant vers la grille de sa demeure. Son visage écorché grimace de manière grotesque, ses yeux globuleux lèvent un regard hideux vers les deux silhouettes à la fenêtre de sa salle à manger.

Limaçon blèche, il ne parcourt qu'une très courte distance. Le poinçon qui lui a transpercé la poitrine a raison de son cœur. Sa tête ignoble frappe le sol comme une pierre. Il meurt.

Il meurt en entendant battre des ailes prodigieuses dans ses tympans.

LA MORT DE LA CHAUVE-SOURIS

Un champ en dehors de la ville.

Attelé à une charrette, un vieux cheval moreau parfaitement immobile, solide sur ses jambes épaisses. Près de lui, la petite silhouette encapuchonnée ne cesse de regarder le ciel tavelé d'étoiles. Ses yeux scrutent loin, en direction de Milan.

Des chiens de ferme s'appellent et se répondent en de brefs jappements, agacés par la lune ronde et blanche.

Une lanterne est posée dans l'herbe, aux pieds de l'inconnue.

Le temps passe ainsi. D'interminables moments à ne rien voir émerger dans la nuit. Irritante expectation que la petite silhouette tente de combler en priant, ses mains se tordant sur sa poitrine.

Elle ne s'adresse pas à Dieu ; c'est le Vinci qu'elle supplie. Elle l'implore d'apparaître, sanglé sur sa folle machine, revenu vainqueur de son abominable mission. C'est à lui seul, son unique raison de vivre, qu'elle lance une pathétique obsécration, gorge nouée et étouffée de sanglots. C'est à son amour qu'elle parle de sa voix ténue.

Son amour.

La chauve-souris surgit enfin, planant au-dessus d'une ligne de cyprès avant d'effectuer un arc de cercle pour amorcer sa descente.

– Merci ! murmure la petite ombre.

Léonard dégage ses pieds des étriers qui animaient les ailes, se redresse malgré le carcan de son harnais, et tend les jambes, talons en avant pour toucher le sol. Mais l'appareil, dans son élan, l'oblige à courir comme un chat battu au train.

La petite silhouette se précipite. L'engin s'immobilise, ses membranes alaires s'affaissent dans un bruit de papier froissé.

– Vite ! appelle le Vinci. Aide-moi à me défaire de ce baudrier qui me brise les reins. J'ai bien cru que je ne parviendrais pas à prendre mon envol ! Que d'efforts ai-je dû produire…

– C'était insensé, mon chéri. Tu as pris un trop grand risque.

La chemise du peintre est maculée de sang. À sa ceinture pend une besace ; la petite silhouette sait ce qu'elle contient.

– Tu as donc réussi ?

– J'ai dû me hâter ; Vollone s'est débattu et je m'y suis repris à plusieurs fois pour atteindre son cœur…

– C'est fini, mon chéri. Tu lui as volé son visage et c'est tout ce qui comptait.

Léonard s'extrait de son cocon de cuir et d'osier, délace les dernières sangles qui le maintenaient à son *Ornitotterro*. Enfin libéré, il accueille l'inconnue contre son torse. Elle l'embrasse longuement dans le cou, salant ses lèvres à sa sueur.

– Tu respires si fort… Calme-toi, mon amour. Abandonne ce cauchemar derrière toi.

La voix est chaude sur sa peau. Une caresse.

– Nous en avons terminé avec le négociant. Cependant, il reste les deux *autres*, mon ange. Agissons ! Ne laissons aucune trace de cette machine.

Il se rend à la charrette pour y prendre une hache.

– Quel dommage, se lamente la femme en le voyant détruire sa magnifique invention à grands coups de cognée.

– Les plans ont été conservés, ahane-t-il. Tout a été consigné dans des carnets secrets.

– Tu crains le prévôt ?

– En effet. L'homme est intelligent et ne se contentera pas de gober les fables que les bonnes gens acceptent comme argent comptant. Je ne pense pas qu'il ait avalé l'histoire de la chauve-souris géante colportée cet hiver.

La structure de bois craque comme un squelette réduit en miettes par la lourde lame qui s'abat sans relâche, anéantissant des années de labeur.

La voilure est lacérée, les filins brisés, les courroies tranchées, les minutieux rouages fracassés…

– Il y a eu des témoins, n'est-ce pas ? hasarde la femme.

– Hélas, répond le Vinci en colère contre lui-même. Deux personnes au moins ! J'ai eu le temps de les apercevoir, à l'une des fenêtres de la maison Vollone. C'est de ma faute ; je suis mal tombé sur mon homme et je me suis empêtré un instant dans ces maudites attaches ! Le bougre a crié.

– L'entreprise était plus périlleuse que la précédente.

– Je sais, dit Léonard en s'épongeant le front de sa manche rougie.

La petite silhouette lui tend la lanterne. Il s'en saisit, contemple un moment pensivement l'amas dérisoire qui fut brièvement le plus splendide des rêves humains, puis il y met le feu.

Les flammes attaquent leur proie à sa base, s'allongent, courent le long des membres rompus, s'acharnent sur leur peau de toile cirée et tourbillonnent bientôt en une obscène langue verticale prête à lécher la lune.

L'homme et la femme reculent, illuminés par ce brasier.

– Viens, Léonard. Rentrons.

Il est pétrifié. Ses yeux sont devenus immenses, affolés. Il ne veut plus bouger. Jamais. Pour regarder éternellement ce feu bruyant à l'image de son âme. Rester dans ce champ, debout devant un songe qui se meurt. L'écouter se lamenter, geindre misérablement, se plaindre de n'avoir vécu que pour perpétrer un meurtre.

– Viens, Léonard.

Une main douce et menue lui enserre le poignet, l'attire, le force avec une infinie délicatesse. La main fraîche d'un ange se dressant hors de sa tombe.

L'espace et le temps se sont abolis en une dimension ignorée du commun des mortels ; le Vinci se souvient…

– Allons, fait encore la voix calme et basse.

Il se soustrait à l'emprise maléfique qui torture sa mémoire, glacé des pieds à la tête malgré la chaleur du bûcher. Il fait un premier pas.

– Mon malheureux petit amour, pleure-t-il.

Ce géant, cet Icare qui a défié les lois de la physique, marche maintenant courbé tel un vieillard, titube, prend appui sur l'épaule de sa chétive compagne ployant sous son poids.

LA GRAMMAIRE DU PRÉVÔT

Le prévôt Vittore, qui règle sa vie à la façon d'un horloger minutieux, déteste être réveillé dans son premier sommeil, alors qu'il s'est endormi l'esprit apaisé par un long et précis examen de conscience suivi d'un Pater religieusement récité. Surtout lorsqu'il s'agit de cette chauve-souris géante, devenue tueuse de messer Vollone, riche négociant en riz, fort apprécié au sein de l'exigeante société bourgeoise milanaise.

« Cette damnée chauve-souris... »

Il s'habille en hâte, ce qui n'est pas son ordinaire, se coiffe de sa calotte noire et rejoint son adjoint qui l'attend sur le seuil du palais communal. Il remarque, à quelques mètres, un jeune homme maigre au visage ravagé par la peine.

– Antino Vollone, précise Menanzzo, le fils de la victime. Il a été trouver l'officier de garde de la prévôté, qui, jugeant l'événement extraordinaire, m'a fait chercher ; j'ai pris sur moi de vous alerter...

– Tu as fort bien agi, grogne Vittore.

Une nouvelle corvée. Le prévôt n'est guère habile pour débiter des condoléances et distribuer des banalités de circonstance à qui vient de perdre un être cher. Cependant, conformément à l'usage, conscient des devoirs qu'impose sa charge, il se découvre et s'incline devant Antino.

– Je compatis sincèrement à votre chagrin, monsieur ; je vous présente mon très respectueux témoignage d'amitié en cet instant pénible. Vous allez nous conduire sur les lieux du crime et m'expliquer en chemin ce qui s'est produit. Croyez que je mettrai tout en œuvre pour élucider cette affaire dont j'ignore les détails. Mon valet m'a seulement rapporté les dires de mon adjoint… Feu votre père aurait été agressé et défiguré par un animal volant, c'est cela ?

– La pure vérité, balbutie Antino en hoquetant.

Vittore se renfrogne. « La vérité ! Une bête infernale dépeçant un notable devrait être considérée comme une vérité ? Que devient la raison dans tout cela ? J'ai déjà le crime non résolu d'un notaire sur les bras, et me voici avec un nouveau meurtre du même tonneau ! »

Les trois hommes pressent le pas ; la propriété des Vollone ne se situe qu'à une quinzaine de minutes du palais communal. Dix en allongeant la foulée. Marcher dans l'agréable fraîcheur nocturne sera profitable. L'exercice physique a toujours aidé le prévôt à ordonner ses réflexions.

Ayant recouvré un peu de son calme, Antino résume le drame auquel il a en partie assisté :

– J'étais dans la salle à manger avec ma mère et une servante quand nous avons entendu hurler mon père… Un cri d'effroi qui me hantera jusqu'à mon trépas ! Je me suis précipité en premier à l'une des fenêtres donnant sur la place devant notre propriété. Que Dieu m'en soit témoin, j'ai vu une chauve-souris gigantesque prendre son envol, abandonnant mon infortuné père encore vivant… Une vision d'une horreur indicible, monsieur…

– Je comprends, compatit Vittore. Poursuivez.

– Le visage de mon père était à vif ! Et le pauvre homme rampait lamentablement, tentant de gagner la grille de notre maison… Il nous regardait ! Il me regardait, moi son fils, et ma mère venue me rejoindre sur le balcon… Seigneur, quelle insupportable souffrance dans ces yeux qui paraissaient sortir de cet ignoble masque décharné ! Puis il s'est effondré et n'a plus bougé ; il venait de mourir, là, quasiment à nos pieds !

Le prévôt poursuit sa marche de son pas nerveux un long moment silencieux, perdu dans ses pensées.

Menanzzo, qui connaît son maître, se garde bien de parler et adresse un signe à Antino, l'incitant à l'imiter.

Soudainement, le prévôt demande au jeune Vollone :

– Des détails… Donnez-moi des détails. À quelle heure ce massacre a-t-il été commis ? Quelle taille avait cette chauve-souris ? Y avait-il d'autres témoins alentour ?

– Mon père quitte ses bureaux en compagnie de son principal associé à vingt et une heures précises ; ses journées sont fort laborieuses… Puis il met une trentaine de minutes pour rentrer à pied, répétant que l'exercice est une vertu essentielle pour qui souhaite repousser la vieillesse. Il est donc à peu près vingt et une heure trente – selon qu'il marche plus ou moins vite – lorsqu'il pousse la grille de notre propriété. À cet instant, il sonne la cloche, et nous savons, ma mère et moi, que nous devons passer à table, où il nous rejoint en moins de cinq minutes… La cloche n'a pas retenti, ce soir ! Quant à des témoins ? Ma foi, notre maison est isolée et les premiers voisins, de leurs demeures, ne peuvent voir la place où s'est perpétrée l'agression.

– Et la chauve-souris ? insiste Vittore.

– Cette créature ! La clarté de la lune m'a permis de la distinguer durant quelques secondes. Des ailes d'une largeur et d'une longueur hors des canons de la nature… Ressemblant en tout point à celle que décrivirent des soldats, cet hiver, et que beaucoup prirent pour une drolatique fausseté ! Moi, je puis vous affirmer que je n'ai jamais été sujet à des visions… Par contre, je l'ai vue ! Vue de mes propres yeux ! Aussi incroyable cela soit-il, je vous jure sur mon honneur que cette bête a occis mon père.

– Je ne me permettrais pas de mettre votre honneur en cause, dit Vittore d'un ton sentencieux. Néanmoins, ma profession m'a enseigné que l'on était parfois abusé par ses propres sens. On croit voir ceci, entendre cela… La réalité nous dupe souvent derrière l'un de ses nombreux mirages.

– Pourtant !

Antino s'offusque.

Le prévôt se force à lui sourire avec une grande diplomatie et ajoute :

– Je n'ai aucunement l'intention de douter de votre témoignage, monsieur. Je pense sincèrement que vous m'avez décrit les événements avec une loyauté sans égale. Je ne nie pas que vous ayez aperçu une chauve-souris gigantesque s'envoler après avoir assailli votre infortuné père… Je ne le nie pas !

– Eh bien ? s'emporte Antino.

C'est Menanzzo qui répond, incapable de retenir sa langue qui fourmillait sous son palais.

– Le prévôt s'ingénie à vous expliquer que ce que nous voyons n'est pas obligatoirement l'expression de l'évidence. Prenons par exemple le crime du notaire, dont vous avez sans aucun doute entendu parler… La première victime du *voleur de visage !* Tous les indices laissaient accroire qu'un monstre aquatique en était le responsable. Des preuves ! Les preuves ne représentent-elles pas les objectives attestations d'un phénomène ? Non, mon jeune ami… Non, pas pour le prévôt, qui les lit à sa manière ; c'est-à-dire avec un pragmatisme confondant de logique.

– Je ne saisis pas, avoue Antino.

Menanzzo poursuit :

– C'est pourtant simple ; un monstre aquatique n'est pas forcément un monstre, il n'est que l'apparence d'une chimère… Une chauve-souris peut ne pas être une chauve-souris ; elle est *quelque chose* que nous prenons pour telle. Mon maître s'efforce de me faire raisonner selon sa science : l'apagogie !

– Vous m'embrouillez l'esprit, messieurs ! s'exclame le jeune homme. Jusqu'à présent, on m'a appris à croire ce que je vois.

– Justement, reprend Vittore, je pars du principe que les monstres dont nous parlons n'existent pas, et qu'en admettre l'existence relève de l'absurdité et du paralogisme.

– Pardon ?

Le prévôt se hausse du col pour expliquer :

– Un paralogisme s'apparente au syllogisme… Un raisonnement trompeur énoncé de bonne foi !

– Prévôt, dit le garçon, sauf votre respect, je n'attends pas de votre part une leçon de grammaire. Ce n'est point là l'une des qualités que l'on réclame à un enquêteur.

Vittore hoche sa grosse tête sombre de taureau.

– Détrompez-vous. Chaque mot est essentiel dans un témoignage. Un mot dissimule une foultitude de sens… Le premier qui vous vient à l'esprit n'est pas nécessairement le bon. Un mot est à l'image d'une preuve ; il révèle une abondance de déductions.

Le prévôt, arrivant sur le lieu du crime et voyant que les deux médecins légistes sont déjà en train d'examiner le cadavre, félicite son adjoint :

– Menanzzo, tu as eu une excellente initiative en prenant sur toi d'alerter ces savants docteurs. S'ils ne se disputent pas, ils parviendront peut-être à nous éclairer…

Après un bref salut aux deux praticiens, Vittore met un genou au sol pour considérer le corps du négociant. Menanzzo ne quitte pas son maître des yeux, l'observant avec admiration, conscient que lui-même deviendra un bon enquêteur s'il prend exemple sur lui.

– Seigneur, comment s'habituer à une telle horreur ?

– Il s'agit du même tueur que dans l'affaire du notaire, risque Menanzzo. Tantôt il nage, tantôt il vole.

Les médecins ont retourné le défunt. Vollone gît maintenant sur le dos, les muscles de son visage dénudés, accentuant une grimace d'épouvante et de souffrance inhumaines.

À la manière d'un chien flairant la dépouille d'un animal, le prévôt inspecte l'écorché. Cette manière de procéder rappelle celle du Vinci à la morgue.

Antino a rejoint sa mère qui n'ose approcher du gisant. Le jeune homme la prend dans ses bras pour la serrer contre son torse et la consoler en lui parlant tout bas.

Le prévôt n'a pas remarqué la femme. Ni les servantes et les valets restés près de la grille. Il se réserve le soin d'étudier plus tard décor et personnages. Pour l'instant, il se consacre pleinement à l'examen de l'homme sans visage. Une analyse méthodique et scrupuleuse. De la tête aux pieds. Notant dans son infaillible mémoire la plus infime de ses constatations.

Après un très long temps, il se relève, parcourt du regard la place, la fontaine, et s'adressant à Menanzzo :

– Demande de l'aide à un valet pour transporter messer Vollone chez lui afin que nous achevions nos investigations ; nous allons devoir le déshabiller, et je préfère que cela ne soit pas fait ici.

La petite procession mortuaire se met bientôt en branle ; Menanzzo a pris la victime sous les aisselles, le serviteur l'a agrippée aux chevilles.

Vollone est conduit jusqu'à sa chambre, on l'allonge sur le lit. Ne demeurent dans la pièce que le prévôt, son assistant et les deux légistes.

Menanzzo le dévêt.

– C'était un bel homme, déclare Vittore. Voyez comme il entretenait ses muscles. Un athlète ! Je gage qu'il a dû se défendre lors de l'attaque. Messieurs les docteurs, j'attends vos remarques.

– Voyons son dos pour commencer, recommande l'un.

– Oui, cherchons la blessure au niveau du cœur, souligne le second.

Les praticiens mettent Vollone sur le côté droit et se penchent sur la chair ensanglantée couverte de griffures. Le premier s'aide d'une épaisse loupe.

– Ah ! voilà qui est fort étrange ! s'écrie-t-il. Voyez-vous comme moi, mon cher confrère ?

– Naturellement !

Vittore se contient ; le ballet de ces deux pédants l'a toujours horripilé. Il refrène son exaspération pour demander :

– Que doit-on voir ?

Le premier médecin se redresse.

– La « créature » n'a pas frappé juste immédiatement, contrairement au précédent meurtre.

Le second ajoute, pontifiant :

– Il lui a fallu au moins trois essais pour atteindre le cœur.

Menanzzo intervient :

– Ce qui corrobore votre réflexion, prévôt. Volonne s'est débattu.

– Nous y venons, précise le premier médecin.

– Notez aussi que, cette fois, le visage a été grossièrement découpé. Le tueur a effectivement agi précipitamment. En tout cas, malgré la rapidité des gestes, l'opération, quoique sommaire, prouve une excellente connaissance de l'anatomie de la part de son auteur.

Le second, qui n'a pas cessé de s'intéresser aux lésions striant le dos du négociant, ajoute :

– Ces éraflures me posent problème. Elles auraient pu être produites par un animal !

– C'est une possibilité que nous devons envisager.

Vittore hausse les épaules et soupire. Il considère les vêtements du défunt mis en tas sur une chaise et s'empare de la chemise ; elle a été lacérée à maints endroits.

– Il y a eu lutte ! répète-t-il. Et, pour lui-même : « Ni croc ni griffe ! Une lutte acharnée... L'assassin a dû batailler ferme pour poignarder sa proie. »

Puis une idée lui vient. Il lui semble que l'agresseur n'était pas libre de ses mouvements et qu'une lourde charge lui pesait sur les épaules. Mais il n'ose formuler cette hypothèse à voix haute.

Conservant le silence, le prévôt assiste d'un œil distrait à la consultation des deux esculapes qui se jettent maintenant au visage des appréciations en latin, ponctuant tout propos de larges gestes habituellement réservés aux avocats.

Menanzzo s'étonne de la patience de son supérieur. Il le surprend même en train d'esquisser un soupçon de sourire. Rien de véritablement évident, certes... Une touche, néanmoins. Une teinte d'ironie.

Le duel mené par les docteurs s'éternisant, Menanzzo prend l'initiative d'étouffer le feu, se surprenant par la soudaine et virile intonation de sa propre voix :

– Messieurs, il m'apparaît que vous avez suffisamment disserté autour de ce trépassé que vous avez manqué de réveiller par vos cris d'orfraie.

Le ton péremptoire de son adjoint extrait Vittore de sa torpeur.

– Serez-vous en mesure d'établir un rapport pour demain matin ? s'enquiert-il sèchement.

– Le plus précisément possible. Et, cette fois, sans l'aide de maître Léonard.

– Dans ce cas, recouvrons ce malheureux et laissons-le à sa famille. Sortons tous.

Le prévôt lui-même se charge de camoufler la dépouille sous un drap. Sur le seuil, Menanzzo se retourne.

– Vous ne venez pas, messer ?

Vittore fait mine d'ajuster le linge pour rendre un peu de dignité au mort.

– J'arrive, Menanzzo. Allez de l'avant, je vous rejoins.

« Ces médecins ne sont que des ânes, pense-t-il. Ils n'ont pas remarqué que le sieur Vollone a le poing droit fermé alors que sa main gauche est grande ouverte ! »

Certain qu'il est désormais seul, il force les doigts déjà rigides pour libérer un morceau de tissu qu'il fourre dans sa poche.

« Mon premier indice ! Une pièce d'étoffe épaisse et noire. Noire comme une aile de chauve-souris. »

Il quitte la pièce à son tour, ses traits claustraux rayonnant enfin d'une jubilation si ardente qu'elle en prend un goût de péché.

« Tout n'est qu'affaire de grammaire ; indices et mots sont du même acabit, une savante syntaxe les régit. Ce minuscule bout de tissu arraché par la victime à son tueur me raconte une histoire édifiante… »

LE REPAIRE

Nous rentrâmes sans prononcer un mot. Mon cher petit Ange ne souhaitait pas retourner directement dans sa maison et me pria de passer quelques heures en ma compagnie, dans mon cabinet secret. Elle me dit qu'elle serait incapable de trouver le sommeil ; elle avait eu si peur en m'attendant.

Mon palais était endormi ; nous étions entrés par la poterne dérobée et je ne craignais pas d'être surpris par Salaï ou par mes domestiques.

J'étendis mon Ange sur le modeste lit que j'utilisais parfois, terrassé par des heures de travail. Puis j'allumai toutes les chandelles et les lampes à huile ; j'avais grand besoin de lumière ! Cependant, je pris soin de laisser l'emplacement du lit dans l'obscurité.

Pour quelle raison eus-je réellement conscience de ce décor, cette nuit-là ? Comme si je le découvrais pour la première fois. J'en fus troublé. Avais-je donné trop de clarté à ce refuge que je considérais alors comme un repaire ?

Je me fis l'effet d'être l'hôte du liteau d'un loup…

Les nombreuses épures jonchant les tables, les maquettes de machines en bois et cuir, les feuillets emplis de physionomies et de recherches anatomiques, les ébauches de mon Judas, la bibliothèque gorgée de manuscrits, les modelages en terre cuite. Tout ce que contenaient ces quatre murs m'appartenait.

Il y avait aussi les deux chevalets, chacun recouvert d'une chamoisine blanche.

– Tu devrais enlever ta chemise ; je vais la laver, me proposa mon Ange.

– Reste allongée, lui répondis-je, je la nettoierai moi-même.

Je me déshabillai et jetai mon linge dans l'évier de pierre ; j'y versai un plein broc d'eau.

– Ne regarde pas ce que je dois faire maintenant, recommandai-je.

Mon Ange se retourna contre le mur. Je sortis ensuite le visage de Vollone de la bourse que j'avais gardée à la ceinture. Le bruit qu'avait produit son décolletage me revint brutalement à l'esprit et je fus pris d'un haut-le-cœur.

Le masque presque transparent, marbré de veinures rouges, était encore tiède.

J'ouvris l'armoire que j'avais fabriquée quelques années auparavant, quand je me piquais d'être un ingénieux ébéniste. Sur une étagère, j'avais aligné quatre bustes vulgairement façonnés. Sur l'un d'eux, j'avais appliqué cet hiver la face du notaire Cristoforo Di Rodrigo. Je disposai la nouvelle pelure humaine sur le deuxième présentoir. La muqueuse visqueuse et poisseuse adhéra immédiatement au plâtre.

La gorge piquante de bile, je m'obligeai à contempler ce trophée sans regard ni dents. Bouche hurlante.

Je refermai l'armoire, la sueur me coulait dans le dos, mes mains tremblaient. Lourd, les jambes ankylosées, la nausée tenace dans la poitrine, je regagnai le lit pour m'allonger contre mon Ange qui n'avait pas bougé et paraissait mort, dans une position fœtale, boulé sur lui-même.

Je passai mes bras autour de lui, si menu, si chétif. Ses maigres doigts me prirent aux poignets et me serrèrent fermement. Je savais qu'il redoutait de tomber… Toujours ! Tomber dans un gouffre qui s'ouvrirait brusquement sous lui, gueule embrasée de l'enfer.

Mais je le prenais sous mon aile. Je le garderais éternellement dans mon ombre, à l'écart de la vie qu'il haïssait, de la lumière qui l'aveuglait et des hommes qui l'effrayaient.

Moi, le Vinci, je possédais ce pouvoir.

LA COLÈRE DU MORE

Le prévôt Vittore n'est pas dupe. Le duc l'a fait patienter volontairement durant plus d'une heure dans l'antichambre de son bureau. Menanzzo, assis sur la banquette à côté de son maître, n'a cessé de soupirer, tempêter et grogner, pareil à un chat prisonnier.

Vittore a relu une dernière fois les notes qu'il a couchées sur deux feuilles de vélin dans la nuit, se privant de sommeil, puis, certain que sa mémoire les avait toutes acquises, s'est adossé au mur, paupières closes. Non pour dormir, la chose étant impossible avec les bougonnements de son adjoint, mais pour se calmer. Pour recouvrer son impassibilité, trait particulier de son caractère que l'événement nocturne a ébranlé.

Un huissier l'appelle enfin. Il se lève lentement. Volontairement lentement, de manière à ne pas montrer que l'attente l'a rendu nerveux.

– Ne bouge pas, Menanzzo, je vais me faire frictionner la couenne par Sa Seigneurie et j'aurai besoin de ton réconfort ensuite.

L'huissier introduit le prévôt ; le duc ne quitte pas sa table et jette à peine un coup d'œil à son hôte.

– Votre rapport ! lance-t-il de sa voix grave.

– Le voici, monseigneur. Aussi complet qu'il peut l'être dans une telle affaire.

Vittore n'a pas été invité à s'asseoir ; il demeure donc debout, s'efforçant de donner à sa personne stoïcisme et détachement pour attendre de nouveau…

Ludovic s'attarde sur le procès-verbal noirci par l'écriture fine et apprêtée de l'enquêteur. Ses yeux vont de gauche à droite en un mouvement d'automate, remontent, reprennent leur ballet… Deux, trois fois… Pour chacune des pages.

Dans le silence.

Vittore respire doucement ; aucun de ses muscles ne bouge. Il devine l'orage et s'y prépare. Cela l'amuse presque.

Enfin, le grain s'abat. Les murs du bureau résonnent de la voix qui fulmine. Le duc s'est dressé, froissant le rapport du prévôt en un geste de colère adolescente, les joues soudainement cramoisies.

– Deux meurtres identiques en si peu de temps ! Le massacre de citoyens respectables, et toute la ville qui se remet à trembler ! Deux honorables notables victimes du *voleur de visage !* Et vous me servez là un second récit saugrenu sur cette chauve-souris géante que vous avez traquée en vain sur les toits du Duomo ! Ainsi, tantôt nous accusons un cyclope sorti du canal, tantôt nous accablons un immense chéiroptère… Vous devez vous déterminer une bonne fois pour toutes, prévôt !

Vittore ne semble pas avoir été affecté par la tornade. Il dit :

– Je compare justement ces deux crimes, me contentant de rapporter les témoignages que j'ai collectés.

– Pour en tirer quelles conclusions ?

– Le mode opératoire, monseigneur : même arme pour percer le cœur, même acharnement à défigurer la victime… À n'en pas douter, il s'agit d'un seul tueur. Le notaire et le négociant ont été assassinés par un unique criminel. J'en ai l'intime conviction.

Le duc frappe la table du plat de ses deux mains et reste courbé, front en avant, prêt à charger.

– Comment expliquez-vous que le tueur émerge d'abord du canal Martesana et jaillisse du ciel ensuite ?

– Je vous l'ai dit, monseigneur, je ne l'explique pas. J'en prends acte et je consigne les faits.

À ces mots, le duc s'emporte de plus belle.

– Je ne vous paye pas pour *prendre acte* ou *consigner*, Vittore ! Je vous paye pour trouver.

Sans se départir d'un calme apparent, le prévôt souligne :

– Permettez-moi de penser qu'au cours d'une enquête la solution provient souvent de la qualité de certaines observations.

Ludovic se redresse, abandonne la table et se met à marcher de long en large dans la pièce ; Vittore ne bouge toujours pas, impassible.

– Je n'ai que faire des théories fumeuses dont vous me rebattez les oreilles à chacun de nos entretiens, jette-t-il. Vos raisonnements tortueux ressemblent à de magistrales leçons ; je n'ai plus l'âge de supporter l'enseignement ennuyeux d'un précepteur. J'exige des résultats, me comprenez-vous ?

– Évidemment.

– Un coupable, voilà ce qu'il me faut.

– Certes.

– Un coupable à présenter aux juges.

– Assurément.

– Un responsable que l'on fera monter sur le bûcher ; ce qui contentera et libérera les Milanais de leur peur !

– Indubitablement.

Le duc s'arrête net devant son interlocuteur, le fixe droit dans les yeux et conclut :

– Courez vite m'attraper ce *cyclope* ou cette *chauve-souris*, prévôt ! Capturez cette chose dans vos filets avant qu'elle ne nous défigure un troisième bourgeois.

– J'y cours, monseigneur.

De retour dans l'antichambre, Vittore, son rapport froissé en main, adresse un signe du menton à Menanzzo, lui commandant de le suivre.

– À votre tête, je peux déduire que le More s'est montré fort mécontent, avance le jeune homme.

– C'est bien le moins que l'on puisse dire, mon ami. Néanmoins, je peux m'estimer heureux : il n'a pas parlé de révocation ! À dire vrai, je comprends son impatience. D'abord le notaire…

– Notre enquête sur l'entourage de Cristoforo Di Rodrigo n'a rien donné…

– Puis le négociant ! poursuit le prévôt. Et je parie que les investigations que nous allons pratiquer autour de Cosimo Vollone se solderont de la même manière.

Une fois hors du palais ducal, Vittore aspire une longue goulée d'air, semblant reprendre son souffle après une interminable plongée dans une eau boueuse.

Milan n'est que mouvements, bruits et odeurs. Le soleil matinal en excite déjà le sang. Quand midi sonnera, ses artères seront bouillantes ; toute ombre disparaîtra. Milan blanchira, plâtrée de lumière.

– Prévôt ? Prévôt, à quoi pensez-vous ?

Vittore se retourne sur son adjoint et lui sourit.

– L'animal que nous chassons n'agit que la nuit… Il a besoin de se dissimuler, d'éviter les témoins. Et je pense surtout qu'il choisit ses victimes ! Notre prédateur passe pour être un dément sanguinaire ; je crois plus volontiers que c'est un fauve doté d'une intelligence suprahumaine.

– Mazette ! siffle Menanzzo. Sont-ce là des déductions d'une imagination qui vous fait défaut, tel que vous vous plaisez à le proclamer ?

Le sourire de Vittore s'élargit.

– Il est possible qu'à ton contact un peu de fantaisie me pousse dans l'esprit.

– Soit, j'en suis touché. Toutefois, nous devons mettre cette bête féroce en cage, et nous ignorons toujours quelle piste emprunter.

– Fouille malgré tout dans la famille du négociant, tandis que je vais rendre une visite à maître Léonard ; j'ai un nouveau conseil à lui demander.

– Par ma foi, vous êtes mon supérieur, et je n'aime pas trop discuter vos volontés ; pourtant, je considère que le Vinci ne nous a guère aidés à progresser. Ne le portez-vous pas en trop haute estime ?

Vittore tapote l'épaule de son adjoint et lui souffle à l'oreille :

– Ne le répète à personne, garçon ; il est probable que le Vinci nous permettra de pincer notre assassin polymorphe !

Menanzzo a perçu la pointe de raillerie dans la voix du prévôt.

– Vous vous moquez de moi !

– Aucunement.

– J'accepte avec bonne grâce que maître Léonard conjugue savamment la plupart des arts, qu'il soit admiré pour sa peinture tout autant que pour sa sculpture, ses constructions militaires et les chansons qu'il compose sur sa lyre… Mais la chose policière n'est pas réputée être son fort.

Vittore plisse ses yeux et marque un temps avant de répondre :

– Il nous aidera néanmoins. Oui, oui, il nous aidera…

LE MORCEAU D'ÉTOFFE

Il n'est guère dans les habitudes de maître Léonard de se lever tard. Traditionnellement, et cela depuis que Salaï vit avec lui, il saute du lit à la toute première clarté du jour, se lave aussitôt dans un large baquet d'eau froide – été comme hiver –, exécute quelques mouvements de gymnastique ou de danse selon son humeur, se rafraîchit de nouveau le corps à l'aide d'un linge humidifié, se parfume et s'habille enfin, prenant grand soin de choisir dans son importante garde-robe les vêtements qu'il portera au cours de la matinée, étant convenu qu'il changera sa mise juste après le déjeuner de onze heures. Puis il se coiffe, aussi précieusement qu'une femme.

Mais, ce matin, Salaï et les domestiques s'étonnent de ne point trouver le maître sous la pergola du jardin où il prend quotidiennement sa collation. La surprise se transformant rapidement en inquiétude, Salaï se demande s'il ne devrait pas frapper à sa porte.

– Père serait-il malade ?

– Allons, ce n'est jamais arrivé depuis sept ans que je suis à son service !

– Pourtant, il n'a pas réclamé son baquet d'eau ! Quelqu'un l'a-t-il entendu sonner ?

– Non, non, scande le fils adoptif.

Une servante surgit. Opulente matrone à la voix chantante qui annonce que le prévôt Vittore attend au rez-de-chaussée, impatient de s'entretenir avec le maître d'une affaire de la plus haute importance.

Salaï ne peut plus tergiverser. Il doit réveiller le Vinci !

L'adolescent frappe d'abord timidement à la porte. Aucune réaction ; il se résout à cogner plus fortement. Longuement. Après un temps de silence, Léonard apparaît dans sa chemise de nuit, les traits tirés, les yeux cernés, le regard assombri. Découvrant la petite foule sur le seuil de sa chambre, il manifeste sa stupeur :

– Est-ce jour de sabbat pour que ma maisonnée fasse tout ce chahut ? Le diable vient-il d'entrer dans ma demeure ?

– C'est tout comme, raille Salaï. Ce gros animal de prévôt réclame vos lumières, à ce qu'en dit Elvezia…

Léonard regarde la matrone, sourcils interrogatifs.

– Effectivement, maître, précise la femme, il a insisté pour se faire recevoir. Je me suis permis de l'installer dans le salon doré.

– Bien, grogne Léonard de mauvaise grâce. Redescendez lui annoncer que je me prépare en hâte et que je le rejoins. Servez-lui des fruits et de l'eau bien fraîche ; je présume que ce sombre personnage ne boit pas de vin de si bonne heure.

– Père, reprend Salaï, il n'est plus très tôt. Huit coups ont sonné au Duomo.

– Huit, dis-tu ?

– C'est pourquoi nous étions tous anxieux.

– Huit ? Je n'ai jamais tant dormi de ma vie…

Elvezia et les domestiques abandonnent le palier. Salaï suit Léonard dans sa chambre.

– Souhaitez-vous que je vous aide à vous vêtir, père ?

Sans la moindre pudeur, le Vinci ôte sa chemise de nuit. Salaï, le voyant nu de la tête aux pieds pour la première fois, ne peut s'empêcher d'admirer son harmonieuse musculature. Dorsaux et fessiers fermes. Cuisses solides… L'ensemble, parfaitement découplé, dissimule les quarante-deux ans du maître. L'ascèse et le sport lui ont sculpté un corps de kouros.

– Je me baignerai plus tard. Apporte-moi ce parfum de rose que tu critiques souvent !

– Car je considère qu'il serait en meilleure harmonie avec la peau d'une femme.

Léonard frappe dans ses mains à trois reprises pour presser l'adolescent, puis lui explique :

– Il me semblait t'avoir conseillé de lire Homère… Si tu t'étais plongé dans son *Iliade*, tu te serais rappelé qu'Aphrodite enduisait Hector avec la plus raffinée des essences de rose.

Léonard s'asperge abondamment, emplissant soudainement la pièce d'une senteur subtile qui, outre la fragrance de rose dominante, délivre un bouquet sucré et suave mêlant une touche de jasmin à la sapidité du musc adouci par l'onctuosité du miel.

Salaï, fronçant le nez, dispose sur le lit les vêtements qu'il a pris l'initiative de choisir. Le maître n'y jette qu'un rapide regard, alors que le garçon s'attendait à être réprimandé pour n'avoir pas su harmoniser les couleurs de la tenue.

Quelques minutes suffisent à Léonard pour ajuster saie et chamarre, pour lacer les aiguillettes de ses chausses ; il est prêt à affronter le prévôt Vittore.

Ce dernier l'attend patiemment en admirant un petit tableau représentant la Vierge tenant l'Enfant Jésus dans ses bras. La Madone considère tendrement son bébé, tous les traits de son visage manifestant une intense affection, étrangement nuancée par l'esquisse d'un sourire.

– Ce ne peut qu'être que l'une de vos œuvres, dit Vittore à l'entrée du Vinci dans le salon.

– Je me suis contenté de peindre les visages et les mains ; j'ai laissé à mes élèves ce qui m'ennuyait alors... Drapés, paysage du fond, ciel !

– Pourquoi avoir donné à Marie un tel sourire ? J'y lis une pointe d'ironie... que je ne m'explique pas !

Vinci vient se placer auprès du policier, se tenant volontairement le plus droit possible pour le dominer.

– Vous avez raison, répond-il, j'ai consciemment étiré ses lèvres pour glisser de la malice dans sa physionomie.

– Je n'en saisis pas le sens, maître.

– Dans cette représentation, Marie n'est pas dupe ; elle sait pertinemment que le chérubin qu'elle a mis au monde ne lui a pas été déposé dans le ventre par le souffle divin. Je crois que sur cette peinture, Marie sourit à son époux, le géniteur naturel... Joseph !

Le prévôt se détourne de la toile et se récrie :

– Maître Léonard, un tel propos pourrait vous attirer de fâcheux ennuis. Si l'Église apprenait que vous proférez ce genre de blasphème, vous devriez répondre à ses juges ! Vous rendez-vous compte ? Mettre en doute le miracle de l'Immaculée Conception !

– Je suis certain que vous garderez cette conversation pour vous, Vittore. Car il n'est nullement dans vos intentions de me nuire, n'est-ce pas ?

– Certes. D'ailleurs, je ne me suis pas imposé dans votre demeure pour batailler contre vous sur l'art ou la théologie.

Le Vinci désigne un siège à son hôte. Ce dernier s'assied, réalisant que son interlocuteur choisit de rester debout afin de conserver l'avantage sur lui.

– Je vous écoute, prévôt.

L'homme se racle la gorge et réfléchit quelques secondes avant de se lancer :

– L'information n'est pas arrivée jusqu'à vous ; une deuxième victime du tueur que l'on surnomme le *voleur de visage* est à déplorer. Un riche négociant en riz, Cosimo Vollone, a été massacré hier soir. Des témoins affirment avoir vu une chauve-souris géante reprendre les airs après son forfait…

Léonard sourit, pioche deux noix dans la coupe de fruits et, jouant avec elles, aussi habile qu'un jongleur, en les faisant passer d'une main à l'autre.

– Balivernes de soûlards !

– Les témoins, le fils et l'épouse de Vollone, sont de bonne foi. Des personnes très respectables dont le jugement ne peut être mis en cause. Et puis ce n'est pas la première fois que l'on me parle d'une chauve-souris immense !

– Vous évoquez celle qui aurait été aperçue entre les flèches du Duomo, cet hiver ?

– Celle-là même ! C'est à votre sagesse et à votre intelligence que je fais appel.

– Il faudra que je pense à réclamer un salaire au duc… J'ai l'impression d'être devenu auxiliaire de police !

Vittore aimerait se lever ; ce géant blond l'écrase de toute sa superbe et lui donne le sentiment de n'être qu'un écolier intimidé. Assurant le timbre de sa voix, il annonce :

– J'ai en ma possession quelque chose que je souhaite vous soumettre.

D'un geste lent, il plonge la main dans la poche de son pourpoint pour en ressortir l'unique pièce à conviction en sa possession.

S'en emparant et l'examinant soigneusement, le Vinci déduit :

– À première vue, je peux avancer qu'il s'agit d'une pièce de tissu… De la toile cirée… Oui, ce n'est pas du cuir, en tout cas ! Regardez, prévôt… On voit nettement les fibres de cette étoffe qui a été grossièrement déchirée. En quoi cette charpie a-t-elle de l'importance ?

– Je l'ai trouvée dans le poing fermé du négociant assassiné. Il l'aura sans doute arrachée à son agresseur.

– Cet agresseur… Vous parlez de la chauve-souris ?

– Allons, maître, se moque Vittore, ni vous ni moi ne croyons à cet animal, comme nous ne croyons pas non plus au cyclope amphibien qui a occis le notaire cet hiver !

Léonard ne cesse de jouer avec les deux noix tandis qu'il poursuit l'observation du morceau de toile qu'il tient dans l'autre main, le faisant tourner entre ses doigts.

« Son cerveau a la faculté de commander des gestes totalement différents à chacune de ses mains, pense Vittore. Quel genre de magicien est cet homme ? »

– Entre les doigts du négociant, dites-vous ? reprend Léonard.

– Son poing était serré ; il l'a certainement déchiré dans un combat au corps à corps.

– Évidemment ! Une éventualité à ne pas négliger…

– Non ! affirme vivement le prévôt. Une réalité, plutôt. Il y a eu lutte ; Vollone, qui était d'une solide corpulence, s'est défendu et a donné du fil à retordre à son assaillant. C'est ainsi que je vois les choses.

– Vous ne m'avez pas dit si le visage de ce malheureux avait été emporté.

« Il joue avec moi ! fulmine Vittore intérieurement. Je ne lui ai pas donné cette information volontairement. » Aussi répond-il :

– Je n'ai pas désigné en vain l'assassin sous le vocable de *voleur de visage.*

– J'ai bien entendu, messer, souligne Léonard en lui rendant la charpie noire. Néanmoins, vous ne m'avez pas précisé si le bougre était parvenu à ses fins. Cet infortuné bourgeois a-t-il perdu la face, cette nuit ?

– Vous ne devriez pas rire de ces choses-là, maître Léonard.

– Ne m'en tenez pas rigueur ; admettez que cette affaire, quoique morbide, est fort cocasse.

Vittore s'abîme un instant dans le silence, frottant nerveusement son épais menton encadré d'une courte barbe taillée avec un soin maniaque.

Il se décide :

– Au fait, vous qui êtes un savant mécanicien et un talentueux ingénieur, pensez-vous qu'un homme puisse voler ?

Le Vinci s'étonne de la question avec une expression d'archange innocent.

– Voler ? s'exclame-t-il. Je ne vous suis pas. À ma connaissance, seuls les animaux pourvus d'ailes possèdent ce privilège.

Le prévôt le défie de son œil noir. Les deux hommes marquent une longue pause. Léonard continue de jouer avec les noix. Petits sons secs des brous s'entrechoquant.

– Oui, voler ! répète Vittore. Si un homme se munissait d'ailes en… disons en toile cirée, parviendrait-il à s'arracher du sol, usant d'un astucieux procédé ?

Son répété des deux bogues se frappant.

– Je ne crois pas, lance le Vinci. J'ai étudié ce fantasme, et j'avoue ne pas l'avoir résolu.

– Dans ce cas ! Si vous, dont le génie est reconnu par tous, n'avez pas su répondre à ce défi, nul n'y est arrivé !

– Je le crains, prévôt.

– Il n'empêche, maître Léonard, que Cosimo Vollone a arraché ce morceau de toile cirée à la créature qui l'a écorché ! De la toile, entendez-vous ? Pas de la chair… Pas des poils ! Seulement une pièce d'étoffe enduite de cire.

– On ne peut paraître plus logique.

– Je vous suis reconnaissant de l'admettre, dit le prévôt en se levant. C'est ma qualité essentielle… La logique ! Je suis totalement dépourvu de fantaisie, au contraire de vous.

Raccompagnant son hôte, le Vinci précise :

– En conclusion, vous enquêtez sur deux crimes commis par le même tueur. Un meurtrier fait de chair, d'os et de sang comme vous et moi.

– Parfaitement. Il s'agit cependant d'un monstre doué d'une intelligence supérieure, atteint de folie, rusé, pervers et machiavélique. Un personnage abominable qui assouvit je ne sais quelle tare en défigurant ses victimes.

– Le portrait que vous brossez pourrait être celui du Judas que je ne parviens pas à cerner dans la composition sur laquelle je peine à Santa Maria delle Grazie.

Léonard retient un instant Vittore sur le seuil de la porte monumentale de son palais.

– Oui ? fait le prévôt.

– Vous êtes venu me trouver dans le but de recevoir quelques lumières de ma part, et je vous laisse repartir sans vous avoir aidé ; j'en suis sincèrement désolé.

– Vous faites erreur ; vous m'avez beaucoup apporté.

Le peintre arque un sourcil.

– Dans quelle mesure ?

– Vous avez conforté ma théorie : je traque un homme, et non deux créatures de cauchemar. Cet homme use de moyens techniques, mécaniques, instrumentaux… Il se sert de la crédulité de la populace pour se travestir et atteindre ses proies, abandonnant derrière lui d'affreuses fables à colporter à travers Milan.

– Et il collectionne le visage des morts, précise Léonard. Une étrange activité…

Avec un sourire, cette fois, le prévôt ajoute :

– Vous oubliez d'avouer qu'il est plus intelligent que vous, maître. Lui, il est arrivé à voler !

DEUXIÈME PARTIE

LA LUMIÈRE

L'INCONNU DANS LE CARROSSE ROYAL

La nuit est proche. Malgré la chaleur qui apporte en abondance sucre et sève aux arbres fruitiers dans la journée, la terre glaiseuse exhale une fraîcheur humide dès que le soleil disparaît dans l'épaisse forêt où s'adosse l'abbaye de Vauluisant.

L'un des soldats de l'escorte royale quitte le petit groupe qu'il a formé autour d'un brasero avec ses compagnons pour se diriger vers le carrosse, dont les rideaux de velours ont été abaissés.

Relevant le brise-bise de la portière droite, il demande :

– Ne désirez-vous pas descendre un peu ? Ne serait-ce que pour vous dégourdir les jambes. Cela me fait pitié de vous savoir là, à attendre tout seul.

Une forme tassée dans l'obscurité, enveloppée dans une vaste cape de coton gris, lui répond à voix basse :

– L'ombre… L'ombre est mon amie… Ma dernière amie. Et je me sens bien en sa compagnie. Que le roi prenne son temps, je sais être patient.

– Tout de même, reprend le soldat, vous seriez mieux à partager ce bon souper que les moines ont eu la bonté de nous offrir !

La forme demeure immobile.

– Je vous remercie, mais je n'ai guère faim. Je vous le répète, je préfère attendre dans le carrosse.

– Soit ! s'exclame le garde en tournant les talons pour rejoindre ses camarades qui ont débouché une deuxième bouteille de ce vin clairet dont ils ont fort apprécié la première.

– Alors ? fait l'un d'eux, à son retour.

– Il n'exprime ni l'envie de marcher ni le goût de se nourrir.

– Tu as pu voir son visage ?

– Même pas ; et la nuit m'a pas aidé.

– C'est fort dommage !

– Je vous le dis, poursuit un autre, cet *animal* sent le malheur à plein nez !

– Et comment as-tu deviné cela, le Chafouin ? demande un gros homme bourru, une brosse de crin roux pour moustache. Sa Majesté nous fait bien des mystères de cette visite ! Habituellement, la chose ressemble point à une affaire d'État !

– Pas deviné, merdecul ! Senti, t'ai-je dit… J'ai chevauché près de sa portière la plupart du temps ; il prenait grand soin de point me sortir sa gueule de son capuchon, malgré la chaleur à crever !

– Eh bien ? s'impatiente-t-on.

– Gravelle de mes couilles, soyez pas si pressés ! Où serait l'intérêt d'une histoire si on la crachait comme un vomi de poivrot ? Je reprends donc, bande d'ânes... Je chevauchais et je louchais vers le carrosse ; j'étais sacrément curieux. Je me demandais, tout comme vous, qui était ce passager que le roi semblait tenir en haute estime. Il avait tout l'air d'un fantôme, dans sa grande cape grise, et me fichait un peu la venette. À un moment, le spectre a porté ses deux mains à son visage, et je peux vous jurer qu'il s'est mis à pleurer. Sa Majesté lui a pris un bras et s'est penchée pour le consoler... Ça a duré un long moment. François lui parlait à l'oreille, et les miennes ont beau être fines, j'ai pas réussi à entendre ce qu'il lui dégoisait. Le fantôme s'est calmé ; il s'est redressé et le roi a repris sa place.

– C'est tout ?

– Diantre ! s'écrie le narrateur. Oui, c'est tout... Ça vous suffit pas ? Vous trouvez normal que le roi de France nous cache la bobine de son hôte et témoigne à celui-ci autant d'affection qu'à un frère ? Et puis, qu'est-ce qu'il portait sous son bras, notre jeune monarque ?

– Ma foi, j'en sais trop rien. En tout cas, c'était rudement emballé.

Le moustachu roux avale d'un trait le contenu de sa timbale et ajoute :

– C'est pas vraiment notre problème, les amis. Le gars, dans le carrosse, peut être le fils du pape ; je m'en bats les flancs. Je suis pas payé pour réfléchir... Quant à ce paquet enrubanné, ignorer son contenu m'empêchera pas de dormir.

– Tu as toujours été aussi futé qu'une caillasse, le Roussiot !

– Pardi, n'est-ce pas la meilleure méthode pour vivre heureux ? Moi, je laisse les tracas à ces grandes gens qui nous gouvernent. On a point la même couleur de sang...

– N'empêche, reprend le premier garde, je donnerais un quart de ma solde pour apprendre l'identité de notre mystérieux voyageur, et quel rapport le roi entretient avec lui !

Puis il regarde le carrosse et se signe avant de cracher par-dessus son épaule.

– Je te savais pas aussi superstitieux, compère.

– Cela coûte rien de se mettre dans les bonnes grâces de Dieu et de glavioter sur le diable ! Deux précautions valent mieux qu'une…

* * *

– Donc, Majesté, si je vous suis bien, le prévôt soupçonnait Léonard ? demande le père abbé Antoine Pierre en allumant deux nouvelles bougies, les calbombes disposées dans la bibliothèque étant sur le point de mourir.

François croque dans une figue sèche et prend le temps d'en goûter la saveur mielleuse avant de répondre :

– Lui ou quelqu'un de son entourage. Une personne ayant accès à ses inventions. Mais, à cette époque, Vinci n'avait pas encore dévoilé ses machines. Je pense néanmoins que les deux hommes se jaugeaient. Un jeu étrangement subtil s'instaurait entre eux.

– À savoir qui bernerait l'autre ?

– Tout les opposait. Le prévôt était sévère et strict, Vinci était flamboyant et brûlait sa vie avec lyrisme. Mais ils se respectaient et s'appréciaient. Oui, je puis affirmer qu'ils s'estimaient sincèrement en se combattant.

– J'ai hâte de connaître la suite, Sire. Je crains qu'elle ne nous impose de nouveaux crimes !

Le visage juvénile du monarque se rembrunit un instant.

– La suite… Elle peut reprendre par l'un des carnets secrets du Vinci où il nota : « *Le vingt juin mille quatre cent quatre-vingt-quinze, Cosimo Vollone est mort à vingt et une heures trente près de son domicile ; son visage a été arraché. L'Ange se venge… La Lumière jaillit de l'Ombre.* » Quant aux meurtres, il y en eut effectivement deux autres… Bien plus atroces ! D'épouvantables scènes de boucherie qui terrifièrent les populations de Venise et Florence.

L'abbé emplit les coupes vides ; le vin de ses moines délie toutes les langues ; il lui apparaît que François parlera sans retenue si son sang s'échauffe un peu.

Le roi porte la timbale à ses lèvres et boit un long trait.

– Faisons un bond jusqu'au début de l'année mille cinq cent. Léonard a abandonné son rêve colossal. La titanesque statue équestre que lui avait commandée autrefois le More ne verra jamais le jour. Milan avait dû s'armer contre les troupes de Louis le douzième, et le duc avait perdu sa cité. Léonard régla ses affaires, abandonna ses élèves et ses domestiques pour gagner Venise…

– Fit-il le trajet seul ? s'enquiert l'abbé.

– Certes non. Il était accompagné de Salaï, l'insolent, l'effronté… Salaï le voleur ! D'autre part, il avait fait voyager discrètement la personne avait laquelle il partageait la plupart de ses nuits.

– Une femme, à n'en pas douter ! C'était bien une femme, n'est-ce pas, Sire ?

– Je devine à quoi vous faites allusion, l'abbé ! On dit que Léonard appréciait parfois le commerce amoureux de jeunes hommes. Il fut d'ailleurs inquiété par la justice, qui l'accusa d'avoir forcé un adolescent ! Pourtant, le scandale fut vite étouffé et l'on ne sut jamais quelle était la part de vérité… ou celle de la médisance.

– Il y a rarement de fumée sans feu ! soupire Antoine Pierre. Pourquoi le Vinci se rendait-il à Venise ? Cherchait-il un nouveau protecteur ?

– Il y avait un peu de cela… Mais ce n'était pas la principale raison. Je vous ai parlé de ces agents qui lui livraient parfois des rapports…

– Je m'en souviens. Le Vinci en avait rencontré deux à l'église San Ambrogio. Il était déjà question d'un personnage dont ils suivaient la piste… Oui, oui… Ils évoquèrent Venise !

– Eh bien, justement, ces deux vautours revinrent trouver Léonard au mois de novembre mille quatre cent quatre-vingt-dix-neuf. C'est certainement ce qu'ils lui apprirent qui fut à l'origine de sa décision de quitter Milan.

– Vous me mettez à la torture, Majesté ! Poursuivez… Je meurs d'impatience ! Vais-je enfin savoir pourquoi le maître a peint l'effroyable chose que vous m'avez confiée ?

– Vous l'apprendrez au terme de mon récit, mon ami. Vous découvrirez alors combien le cœur du Vinci était pur et sombre à la fois. Il y avait de l'ange et du démon chez cet homme-là… L'un et l'autre se combattaient sans cesse…

Les mèches des lumignons neufs crachotent avant d'allonger leurs flammes et de redonner de la lumière à la scène. Le profil de François Ier se découpe en un linéament d'or qui accuse les traits de son long nez, de ses lèvres fines et de ses pommettes hautes.

– Léonard s'était installé dans un palais de San Marco, poursuit-il, mais il avait loué secrètement une petite bâtisse dans la riva degli Schiavoni à son ami Antonio Frisi. C'est là qu'il logeait la mystérieuse silhouette qu'il retrouvait chaque soir…

RENCONTRE NOCTURNE

Riva degli Schiavoni.

Elle patiente.

La petite silhouette s'est assise sur un banc de pierre dès que le jour a baissé. Elle a posé ses fines mains bien à plat sur ses cuisses, et, les épaules légèrement voûtées, son capulet dissimulant son visage, elle s'est mise à attendre Léonard.

Le soir est venu, apportant les effluves gras de la lagune, avec leurs clapotis précédés de longues expirations.

L'eau reflète les dernières clartés du couchant qui s'étalent en minces lignes aigue-marine.

Son regard erre sur le jardin négligé qu'absorbent de hautes herbes, le lierre prisonnier d'un liseron torturé, la statue de Diane recouverte d'une mousse noire, la demeure aux murs écaillés...

Tout lui semble désolé. À son image. Tout meurt lentement, agressé par le sel et le vent. Un trépas indolent, pareil au sommeil d'un malade. Une attente...

Sans espoir.

Puis le son d'une gaffe agitant l'eau la fait se retourner. Une barque accoste bientôt à l'appontement.

La petite silhouette se lève d'un bond ; ses sombres pensées s'estompent lorsque le Vinci gravit les quelques marches de l'embarcadère.

Elle remarque aussitôt qu'il a passé une cape noire pardessus ses vêtements blancs ; elle sait déjà qu'il ne s'attardera pas.

– Tu as été bien long aujourd'hui, Léonard. Sais-tu combien je m'ennuie dans cette demeure humide ?

Elle se jette dans ses bras qu'il a ouverts en un large geste d'amour.

– Pardonne-moi, mon ange ; j'ai dû m'entretenir avec l'amiral Antonio Grimani, qui m'a promis d'appuyer la requête que j'ai transmise au Sénat.

– Ah, tu penses toujours lui proposer tes services ?

– En effet. Je suis certain de pouvoir arrêter net la percée ottomane dans le Frioul. J'ai ébauché quelques mécanismes ingénieux qui permettraient à des bombardes de tirer leurs boulets en rafales.

– Es-tu venu me parler de guerre, mon chéri ? Je t'ai attendu toute la journée en espérant que tu m'enlacerais et…

– Tu as raison, entrons et réchauffons-nous auprès d'un bon feu. Puis nous nous aimerons. Mais je devrai te quitter un peu avant minuit, car j'attends deux de mes agents.

– Je m'en doutais, regrette la petite silhouette. Désormais, tu t'enveloppes de cette hideuse cape de nuit pour régler ce genre d'affaire.

Il l'a prise par la taille et la porte presque pour entrer dans la maison ; elle flotte au-dessus du sol, libérée de la pesanteur. Une âme que l'on accompagne. Âme esseulée, dépouillée de son enveloppe charnelle. Une once d'éther refusant encore un temps de rejoindre l'espace infini. L'oubli et le repos.

Elle s'assied près de la cheminée ; Léonard tisonne les braises assombries et dépose une bûche sur les chenets. Le feu reprend, embrase une partie de la pièce, illumine les cheveux d'or du maître et dérobe un sourire à sa protégée.

– Comment se porte Salaï ? demande-t-elle. L'air de Venise l'a-t-il assagi ?

– Je n'ai guère à me plaindre de lui, quoique je me demande bien souvent ce qu'il fait de ses nuits lorsqu'il quitte secrètement notre palais !

– Il a l'âge où le cœur s'exalte ! Il a mûri sans que tu ne t'en rendes compte. De plus, c'est un chat sauvage qui aime chasser de nuit. Tu n'en feras jamais un ingénieur ni même un peintre ; tu dois t'y résoudre.

Léonard l'a rejointe ; il a tiré un banc pour s'asseoir et étendre ses longues jambes, la semelle de ses bottes touchant les flammes.

– Je le crains, avoue-t-il. Qu'il se comporte comme un honnête homme et j'en serai satisfait.

– Comme un fils, plutôt, Léonard ! C'est ainsi que tu le considères… Un fils ! Il remplace celui que je ne pourrai jamais te donner.

– C'est ainsi, mon ange… Ton amour me comble, et je ne regrette rien.

– Tu n'as jamais su me mentir… Prends-moi plutôt dans tes bras et montons dans la chambre. Nous souperons plus tard.

Il se lève et l'emporte.

– Tu es si légère.

– Comme une morte ! Juste un peu de peau sur les os…

– Non, tu ressembles à une petite fille ! Aussi fragile.

* * *

Peu après minuit, alors que Venise a éteint tous ses feux, que la lagune s'est figée en un vaste miroir de ténèbres reflétant une lune pâle, dans le silence, le Vinci rejoint ses agents, silhouettes disgracieuses immobiles sous un préau.

Le Court et le Long… Chapeautés, bottés, emmitonnés, comme des voyageurs pressés de repartir.

Parvenu à leur hauteur, le Vinci les salue :

– Bonsoir, messieurs. J'ai hâte de vous entendre et espère ne point être déçu.

– À notre avis, dit le Long, vous ne le serez pas, maître Léonard. Nous vous apportons des renseignements qui valent, je puis vous l'assurer, leur poids d'or. Leur poids ? Que dis-je ? Des renseignements de cet acabit n'ont pas de prix !

– Justement, tranche Léonard, je considère avoir payé votre dû et ne suis pas prêt à marchander de nouveau. Je ne compte aucun arriéré en souffrance. Parlez plutôt !

Le Court hoche la tête de désappointement et saute d'un pied sur l'autre. Il s'apprête à prendre la parole lorsque le Long le devance, doucereux :

– Votre homme est vulnérable et il sera aisé de l'atteindre. Nous avons tout consigné par écrit… Tenez, voici notre rapport.

Le Vinci attrape le document d'un geste vif, l'élève au-dessus de son visage, fronce les sourcils et l'examine vivement à la lueur de la lune.

– Oui, oui… C'est de la belle ouvrage, en vérité. Je ne suis pas mécontent d'avoir attendu. Je vous fais mes félicitations, messieurs.

– Il y a autre chose…

– Oui ?

– Nous savons où se terre le quatrième homme.

– Décidément, vous êtes la providence incarnée !

– Il vit à Florence, maître. Mais…

– Mais ?

– Il bénéficie d'une… disons d'une sainte protection.

Le Court, s'étant tu jusqu'à présent, se précipite pour interrompre son compagnon. C'est qu'une information de cette taille vous donne de l'importance !

– Saviez-vous qu'il était dans le cousinage du pape ? Et nous avons appris qu'il avait averti le Saint-Père qu'il avait tout lieu de vous craindre !

Le Court se rengorge, satisfait de l'effet qu'il vient de produire ; le Vinci réfléchit un instant avant de dire :

– Je l'ignorais. Mais qu'il ait du sang des Borgia dans les veines ne changera rien à notre affaire.

– Tout de même ! proteste le Long, c'est s'attaquer à une grosse pièce, cette fois. Le Saint-Père n'est pas du menu fretin que l'on traite comme le plus commun des vulgaires… C'est le pape, boudiou ! Cela devrait vous refroidir un peu dans votre entreprise, ne pensez-vous pas ?

– Je ne vous demande pas votre avis, messieurs. Contentez-vous de m'apporter au sujet du quatrième un rapport aussi précis que celui-ci et nous resterons bons amis. Bonsoir !

– Vous l'aurez bientôt, affirme le Court, il ne nous reste qu'à établir très précisément le plan de la demeure de notre homme à partir des croquis que nous avons relevés.

Il termine à peine sa phrase que le Vinci s'en est déjà retourné, son ample cape noire lui donnant l'aspect d'un spectre ailé.

– Je l'ai presque trouvé aimable, cette nuit, pas toi ?

– Ma foi, j'ai même cru un moment qu'il allait nous gratifier d'une augmentation.

– Tu es un incorrigible optimiste, mon ami !

LES LARMES DE LÉONARD

Léonard pénètre dans son palais par le bras d'un étroit canal conduisant directement dans une petite darce intérieure. Quelques derniers mouvements de sa gaffe et il accote sa barque au quai pour l'y attacher.

Il gravit les six marches de l'embarcadère en deux enjambées, sa large cape noire paraissant le soulever du sol.

Le quai donne immédiatement sur une cour ; il faut franchir une grille pompeusement ouvragée à demi rouillée qui chigne quand on l'ouvre.

Léonard déteste ce crissement aigu ressemblant à un cri d'enfant en souffrance. C'est pourquoi il s'efforce de pousser la claie en la soulevant légèrement de manière que ses barreaux ne ripent pas durement sur les pavés. Le vagissement est moindre… Mais Léonard sent tous les poils de son corps se hérisser.

Ce nourrisson pleurant… Ce poupard aux joues roses d'angelot ne viendra jamais au monde. Il geindra éternellement dans les limbes glacés et se contentera d'apparaître parfois à l'esprit du Vinci, pareil à un regret tenace, une déréliction sans appel qui vous déchire l'âme, qui le plonge dans la désespérance. Qui l'accompagne néanmoins d'une haleine fétide de mort en décomposition. Ce tout petit défunt non né. Expectation infinie… En attente d'être irrémédiablement oublié.

Ce bruit. Seulement ce couinement plaintif… et l'enfant que Léonard ne tiendra pas dans ses bras, l'enfant qu'il n'embrassera pas, l'enfant pourrissant dans son cœur s'est extirpé de ses ténèbres, le temps d'apporter de grosses et lourdes larmes à son père.

L'utérus de son ange demeurera vide, outre sèche inféconde.

Léonard s'est arrêté net, secoué de sanglots. Il porte une main à son visage. Il a entendu… Sur sa gauche. Frôlement de sandales sur les tomettes.

Il doit se ressaisir, ravaler sa peine, engloutir cette bouchée de glaires, de sang et de moisissure, putride accrétion composant cet enfant de tombeau.

L'autre, celui qu'il a arraché du ventre de la misère, cet inconnu devenu son ombre, l'autre qui le suit, le guette et l'espionne… L'autre, Salaï, bondit actuellement entre les péristyles, dans son dos.

Sans doute l'a-t-il vu pleurer. Aussi tousse-t-il pour s'éclaircir la voix afin d'en chasser le sel amer de son chagrin, avant de lancer :

– Allons, sors de ton trou et cesse de faire ces petits sauts stupides de souris dans mon dos !

Le jeune homme apparaît, à la fois vexé et gêné.

– Par le diable, vous m'avez entendu, père ! Je devrais savoir que vous êtes un sorcier et que vous possédez une oreille supplémentaire invisible ! Il me semblait m'être fait aussi léger qu'une plume.

Les joues du Vinci brillent encore des larmes qui les ont lacérées plus tôt.

– Tu m'épies donc, vaurien ?

– Je m'étonne seulement, se justifie Salaï. Je me dis qu'il n'est guère prudent de hanter les canaux la nuit et de risquer d'y faire de dangereuses rencontres. Il n'est pas rare de trouver au matin des noyés qui ont été détroussés ! Je vous assure que c'est monnaie courante dans cette ville. Ses habitants portent trop ostensiblement satin, velours et or ! Ce sont là de beaux matériaux qui attisent la convoitise…

– Je saurai me défendre, animal, et te retourne le conseil ; n'as-tu pas pris l'habitude de sortir du palais aux heures sombres ?

– Ah ! vous savez ! feint de s'étonner le jeune homme.

Ils entrent dans le bâtiment d'un même pas ; Salaï donne de la lumière au vestibule et débarrasse le Vinci de sa cape.

– Le noir ne vous sied pas, père ; il vous donne l'aspect d'Asmodée, Astaroth ou autre Lucifer. En effet, je gage que les tire-laine prennent la fuite en vous voyant déambuler ainsi à la manière de Charon, le passeur d'âmes, se baguenaudant dans sa barque sur l'eau du Styx…

Léonard l'interrompt d'un geste et lui dit :

– Tes discours m'ennuient ! Je ne suis pas d'humeur à en supporter davantage cette nuit ; je monte me coucher. Prépare-moi un bon vin chaud que tu parfumeras de cannelle, puis viens le déposer devant la porte de ma chambre. Et ne t'avise pas de ressortir !

Salaï se dirige vers l'office alors que Léonard grimpe les marches de l'escalier en hâte. L'adolescent bougonne pour lui-même :

– Et voilà : Salaï, fais ceci... Salaï, fais cela ! C'est à croire que la maison ne possède point de domestiques ! Mais il est vrai que ces derniers ne sont pas légion entre ces murs. La cause n'en est pas l'avarice parfois déroutante du maître, qui, au demeurant, se présente plutôt comme un homme charitable ; je suis bien certain que nous manquons de chambrière, de cocher et de valet de pied pour maintenir une constante discrétion dans ce sinistre foyer ! Tiens, s'exclame-t-il en se retrouvant nez à nez avec un vieil homme craquelé aux épaules brisées sous le poids de l'âge. Je pensais justement à toi, Horacio.

– Ce qui n'était pas mon cas, répond le vieillard en chemise de nuit, les pieds nus racrapotés dans de vilaines pantoufles, une main squelettique tenant un bougeoir ruisselant de cire.

– Tu hantes cette maison et te conduis en courant d'air ; on s'attend toujours à te trouver au détour d'une galerie ou surgissant d'un placard !

Horacio grimace un sourire, dévoilant ses dents jaunes et disjointes.

– Tu sais bien que je ne parviens pas à m'endormir ! Une damnée maladie que l'insomnie, petit merdeux ! Ça vous étire la vie ! Ça vous l'allonge d'un ennui lamentable ! Toi, bougre de morpion gavé de sève, tu gigotes toute la sainte journée, tu tripotes les filles, lèches le cul du maître, sautes, danses, et quand vient la nuit, tu sombres dans un bon gros sommeil où toutes les stupidités et turpitudes que tu as commises sont effacées !

– Accompagne-moi, lui propose Salaï, je dois préparer le vin de Léonard. Tu te rendras utile. N'es-tu pas le serviteur en chef de cette demeure ?

Horacio hoche la tête et emboîte le pas du jeune homme en tirant légèrement la jambe gauche et marmottant de sa voix sénile :

– Ah ! Tu parles d'une fonction ! Je commande une belle armée ! Une bonniche lourdaude, une cuisinière maladroite et pimbêche, un couillon de jardinier ! Quant à moi, je suis tout juste bon à te servir de souffre-douleur et à endurer tes sarcasmes... Mon existence n'aura été qu'une longue décadence ! Profite de ta jeunesse, gamin... Dévore-la tout aussi ardemment que tu goûterais un fruit sucré, car tes dents tomberont vite.

– Dieu fasse que je ne devienne pas aussi laid que toi, raille Salaï en versant un épais vin noir dans une casserole d'étain.

Horacio prend un pot en terre sur une étagère et s'assied à la grande table de l'office.

– Je vais râper un bâton de cannelle ; je sais que le maître apprécie qu'elle soit réduite en poudre très fine, ce qu'est incapable de réaliser notre stupide gargotière !

Surveillant la cuisson du vin, Salaï dit :

– J'ai compris pourquoi tu n'aimes pas Orietta.

– Tiens, notre louveteau pénètre dans l'esprit des gens, maintenant !

– Ma foi, il est aisé d'entrer dans le tien. Il en reste si peu de chose que le tri est commode !

– Je t'écoute, s'impatiente Horacio tandis qu'il frotte le bâton de cannelle sur un fin racloir.

– Orietta est jeune, belle et sensuelle ; tu tournes autour à la manière d'une araignée qui tisse sa toile sur une guêpe. Tu la dévores de ton affreux regard de moribond, la prunelle mouillée et les paupières crottées ! Tu baves et trembles dès qu'elle a le dos tourné et que tu lorgnes sur sa croupe dansant à chacun de ses mouvements… Tu aimerais avoir cent ans de moins, Horacio ! Orietta échauffe encore un peu – un tout petit peu – ton sang de navet. Mais tu n'es plus qu'une momie blèche qu'elle ignore et dédaigne. Voici les raisons de ta haine à son égard. Tu es vieux ; elle est à l'aube de sa vie. Tu as un pied dans la tombe ; elle danse.

Le vin frissonne dans la casserole. Salaï ôte celle-ci du feu. Horacio recueille la poudre de cannelle dans un gobelet.

Le vieillard soupire ; son haleine est forte et âcre.

– C'est prêt, souffle-t-il en tendant le récipient.

Salaï verse la poudre dans le vin, l'y mélange à l'aide d'une cuiller en bois et dit :

– Je serai vieux aussi, Horacio. Dieu a voulu que nous prenions tous le même chemin. Si les maladies, les guerres ou les accidents ne nous emportent pas, nous deviendrons tous ce que tu es devenu.

Horacio ne répond pas. Il se lève avec lenteur, prenant appui de ses deux mains sur la table, les os craquant, le visage douloureux, les yeux humides.

Quittant l'office :

– Monte vite cette timbale d'hypocras à ton père.

Puis il s'en retourne errer dans le palais, semblable à un défunt sans refuge. Une âme qui refuse le sommeil, de peur de s'éteindre dans son oubli.

Salaï grimpe l'escalier conduisant aux appartements. Il n'a nul besoin de chandelle ; ses yeux de chat voient dans la nuit comme en plein jour.

Il dépose la timbale encore fumante sur le sol, devant la porte de la chambre du Vinci, et annonce :

– Votre vin, père !

La voix affaiblie du maître lui répond :

– Merci Salaï. Va te coucher, maintenant.

Le jeune homme a reculé d'un pas. Puis il se reprend et vient coller une oreille à la porte. Tout son beau visage d'ange brun – avec ses grands yeux verts et sa bouche féminine – exprime un désarroi accablant. Car, derrière l'huis, il perçoit des sanglots.

– Encore, murmure-t-il. Il pleure encore !

MON DOUBLE

J'ai entendu les pas de Salaï décroître dans le couloir. Lorsque je fus certain qu'il s'en était retourné dans son appartement, j'ai ouvert ma porte pour récupérer le vin chaud. J'ai refermé aussitôt. Je suis revenu à la petite table de travail que j'avais disposée près de mon lit le premier jour où j'ai pris possession de ce palais. Ainsi, quand mon esprit s'éveillait de lui-même, la nuit, je pouvais me mettre à l'ouvrage à la lueur des chandelles que j'avais munies de réflecteurs.

Je ne dormis pas, cette nuit-là. Je ne cessais de penser à mon Ange qui se morfondait dans sa petite demeure humide. Je le devinais assis près du feu ; Venise est une ville froide.

Venise est une cité lépreuse que maquillent sans relâche d'anonymes artistes, décorant de fresques criardes ses façades que le temps corrode. Je la détestais pour n'être qu'eau, vase et brume, hurlant le jour, pleurant le soir venu. Je rêvais de la transformer, mais je savais que nul n'accepterait de partager ma vision, aussi poursuivis-je mes études de mécanique, abandonnant mes chimères.

Venise mourrait d'elle-même, pareille à un songe intemporel. Et je la quitterai bientôt, mon troisième meurtre accompli.

Les villes dans lesquelles je m'installais un temps n'étaient rien d'autre que des scènes de théâtre où j'interprétais mon drame.

J'étais las ; ma longue quête me demandait tant d'énergie ! Cependant, mon atonie, si lourde fût-elle, n'émoussait pas ma volonté ; elle aiguisait au contraire mon imagination, me réclamant d'inventer une machine appropriée pour commettre chacun de mes crimes.

Épuisé, je persistais dans l'action. Je me demandais alors quelle était la cause du mouvement, qu'étaient l'impulsion et la percussion… Qu'étaient ces rouages qui m'animaient à la manière des engins que je confectionnais ?

Moi-même, ne possédais-je pas un automate créé à mon image, lancé dans les rues pour accomplir un jeu macabre ? Car il m'arrivait de penser que je me dédoublais, me comportant en créature bicéphale, respectant la vie lors de ses phases diurnes, épousant la mort lors de ses phases nocturnes.

Le passé n'avait-il pas engendré en moi un être noctivague que j'étais incapable d'apprivoiser ? Ce monstre ne s'échappait-il pas, hors de mon contrôle, traversant les fleuves, volant dans les airs, pour assouvir ma soif de sang ?

Où était le blond Léonard ? Dans quel repli de la haine se dissimulait-il ? Où était le docte Vinci ? Dans quelle douleur s'épanouissait-il ?

Je me perdais dans une démence que petits et grands de ce monde appelaient du génie. J'étais adulé tel un Christ rayonnant alors que je souffrais de m'enténébrer.

J'avais pour apôtres la mort, la flétrissure et la putréfaction…

QUELQUES NOTES D'HUMEUR

Léonard ne quitte plus guère le palais qu'il a loué. La demeure épaisse aux odeurs mêlées de moisissure et de cire reste volets clos. La grille d'entrée grince rarement. Le silence cimente pierres et briques, prostyles et fontaines, engourdissant l'espace et le temps.

Le vieil Horacio continue cependant de diriger la maisonnée ; il établit la liste des courses à faire au marché voisin, prenant soin que les poissons montrent des yeux bien frais, que les viandes ne soient pas déjà faisandées et que les légumes affichent de belles couleurs tendres.

Les repas sont servis à sept heures et quinze minutes, onze et dix-neuf heures, se référant à l'horloge aux rouages mécaniques que le maître a conçue. Une pendule unique. Bien que Horacio ne comprenne pas l'intérêt de subdiviser les heures en minutes, puis les minutes en *broutilles*, il ne lui viendrait jamais à l'esprit de déroger aux règles intangibles édictées par le Vinci.

Le cliquetis de la machinerie accompagne le lent trépas de l'insomniaque, hanneton gris et boiteux qui devine que sa carrière s'achèvera dans cette lugubre résidence.

Salaï, qui atteint rapidement la maturité, se comporte plus aimablement avec lui, partageant son ennui, découvrant même des sujets de conversation communs, s'enivrant certaines nuits avec lui.

La jeune cuisinière aux hanches fortes et à la poitrine pointue – la belle et brune Orietta – évite les hommes, se faufile entre leurs mains, s'en échappe, alors qu'ils espèrent tous deux lui dérober un peu de sa moiteur. Ou toucher sa peau, l'espace d'un froncement de ses sourcils, le temps d'une moue de ses jolies lèvres si troublantes.

Parfois, Salaï obtient un sourire qu'il prend pour une invitation ; ce n'est qu'un simulacre.

La bonne aux gestes lents, entre deux âges, se meut, molle et lourde. Sans jamais se dérider.

Le jardinier apparaît peu souvent ; il arrache les herbes qui poussent entre les pavés, taille les haies, retourne la terre du jardin maigrelet. Sans un mot. Toujours plié en deux, perclus d'arthrite.

Le maître ne reçoit pas. On l'entend marcher de long en large dans son appartement durant des journées entières. Taper du talon avec rage. Frapper de son poing dans un meuble… Puis marmonner comme un follet en cage.

Ainsi s'écoulent pesamment plusieurs semaines.

Monotones. Interminables.

– Tu entends ? demande Salaï à Horacio, un matin de pluie.

– Pardi ! fait le vieillard, mettant sa main en pavillon à son oreille. C'est de la musique…

– De l'admirable musique, renchérit le jeune homme. De la lyre… Je puis avancer que mon père est enfin sorti de son tombeau.

– Quel étrange esprit, tout de même ! Le maître a hiverné tandis que brillait le soleil pour ressusciter quand le ciel nous pisse dessus…

– Écoute plutôt… As-tu déjà entendu une mélodie aussi belle ?

Le vieillard se contente de secouer la tête. Il est vrai qu'il n'a jamais rien entendu de semblable. La *partita* résonnant dans la maison danse sur les gouttes de pluie frappant les vitres, transformant ses variations au gré des rafales. Les cordes de l'instrument sont autant de voix féminines passant du caprice à la cavatine selon la fréquence des bourrasques pour entamer enfin une lente chaconne lorsque se retire le vent.

La pluie cesse. La lyre se tait.

– C'était un pentacorde, précise Salaï.

– Pardon ?

– Mon père apprécie la lyre à cinq cordes, ignare !

Un pas de géant sonne bientôt sur les marches ; Léonard apparaît dans toute sa superbe, sa houppelande blanche le recouvrant, ses longs cheveux d'or encadrant son visage au menton puissant et aux pommettes hautes, ses yeux clairs souriant à Salaï et Horacio.

– Quel beau tableau ! s'exclame-t-il. Voici l'Ancien et le Jeune réunis…

– Père, dit Salaï, je me faisais un sang d'encre, durant ces dernières semaines. C'est bien le diable si nous vous avons vu plus de deux fois ! Certes, déposer vos repas au pied de votre porte n'était point une corvée, mais je me demandais si vous ne souffriez pas d'une mauvaise fièvre qui vous embrouillait l'esprit.

Léonard ébouriffe la tignasse du jeune homme.

– Tu t'inquiètes trop pour moi, garçon.

– Sans doute ; cependant, je ne peux faire autrement. Vous nous avez tous ignorés si longtemps ! Puis-je me permettre de vous demander ce que vous faisiez, là-haut, dans votre solitude ?

– Je réfléchissais, mon enfant. Je réfléchissais…

Horacio ouvre une bouche en cul de poule et s'enquiert :

– Maître, nous direz-vous à quoi vous songiez ?

Léonard relève sa capuche et, tournant les talons :

– Tu ne comprendrais pas, vieil homme.

– Mon esprit n'est plus très alerte, j'en conviens ; il n'empêche qu'il lui arrive de saisir le sens des choses lorsque celles-ci sont prononcées clairement.

– Ah ? s'étonne le Vinci sur le seuil de la pièce. Eh bien, je pensais que *nous faisons notre vie de la mort d'autrui.*

La lèvre supérieure de Horacio retombe sur l'inférieure en un bref bruit de ventouse, une minuscule gousse d'écume se forme à leur commissure. Le vieillard se gratte le front, interroge Salaï d'un regard médusé et prononce :

– *Nous faisons notre vie de la mort d'autrui ?*

Léonard quitte la pièce en riant, abandonnant l'Ancien et le Jeune à leurs réflexions.

– As-tu saisi cette énigme, toi ? Et avait-il besoin de quatre semaines monacales pour pondre un mystère semblable ?

Le garçon ne répond pas. Il se dirige vers la fenêtre qui donne sur la darce pour regarder Léonard monter dans sa barque.

– Salaï ! appelle le vieillard, que signifient ces mots sibyllins ? Ils n'expriment rien, n'est-ce pas ? Le maître s'est moqué de moi…

Quand Salaï se retourne, son expression est grave ; de la tristesse a envahi ses traits. À le voir ainsi, on le devine tel qu'il sera quand l'âge l'aura vieilli.

– Non, Horacio. Non, père ne s'est pas gaussé. Je pense connaître le sens de son message.

* * *

À partir de ce jour, l'humeur de Salaï change.

Il devient taciturne, rapidement irritable, colérique et souvent grossier. Horacio subit quotidiennement les excès de son caractère avec stoïcisme, la dernière vertu dont il dispose encore.

Le Vinci, qui vient de louer un atelier non loin de la statue de Bartolomeo Colleoni, monument équestre moulé d'après les dessins de son ancien maître Andrea Del Verrocchio, s'est à nouveau plongé dans le travail, dormant et mangeant peu. Gardant le secret sur ses ouvrages, il évite toute conversation pouvant s'y référer et coupe court à la moindre question lorsqu'il rentre au palais.

Il partage désormais ses repas avec Salaï et divers invités issus de l'aristocratie vénitienne ou du clergé, qu'il charme par ses discours, poèmes, devinettes ou morales.

– *Les œuvres des hommes seront cause de leur mort.* À quels instruments fais-je allusion ?

– Nous donnons notre langue au chat, maître !

– *Les épées et les lances !*

Et la petite cour s'esbaudit, applaudit, rit fort bruyamment, irritant un Salaï maussade qui a volontairement laissé de côté les quelques bonnes manières que le Vinci lui a inculquées.

– Une autre devinette ! Une autre, Léonard…

– Soit. Étudiez cette locution *: On verra les arbres perdre leurs feuilles et le cours des fleuves s'arrêter.*

Combien de fois Salaï l'a-t-il entendue, celle-ci ? Une énigme tellement sotte qu'un enfant la résoudrait, mais ces thuriféraires avinés aux joues couperosées, ces laudateurs ventrus au cerveau à peine plus gras qu'une noix, font semblant de réfléchir, leur regard de poisson mort se haussant vers une inaccessible révélation.

– *L'hiver !* jette Salaï d'une voix rogue.

Le jeune homme s'attendait à ce que Léonard le foudroie du regard ; il n'en est rien. Avec étonnement, il récolte plutôt un sourire bienveillant et affectueux.

– Voyez, mes amis, dit le maître, je me loue chaque soir, alors que je me livre à mon examen de conscience, de partager l'existence d'un garçon à l'esprit aussi agile ; je remercie Dieu, dans son infinie bonté, de m'avoir offert un fils intelligent, courageux, vertueux et affectueux.

Le piège est évident ; Salaï l'a vu s'ouvrir et se demande quelle attitude adopter. Faire un pas, au risque de tomber sous un bon mot de son père ? Se taire et laisser filer le brocard ?

Léonard poursuit en servant lui-même un nouveau vin à ses invités :

– Salaï se comporte en enfant aimant, m'offrant sans cesse la chaleur de sa tendresse, la grâce de sa contenance, la subtilité de ses propos. L'on pourrait croire, à nous voir côte à côte, que nous sommes à l'opposé l'un de l'autre. N'a-t-il pas une belle peau mate alors que la mienne est claire ? Ses cheveux bouclés ne sont-ils pas bruns tandis que les miens sont lisses et blonds ? Quant à sa silhouette gracile, ne contredit-elle pas la mienne, forte, puissante et robuste ?

– Ma foi, avoue un convive, c'est juste. Où se situe la ressemblance que vous évoquez ?

Léonard pointe son front de son index.

– Là ! Dans notre esprit… Là, où je situe l'âme. Oui, c'est en cet endroit, qu'aucun d'entre vous ne peut voir, que siège notre similarité…

Salaï crispe ses poings sous la table, se maudissant d'avoir pris le prologue de cette déclaration pour un traquenard. Les larmes lui viennent presque. Ses yeux le piquent, il cligne des paupières à plusieurs reprises pour les apaiser.

– Là, poursuit Léonard, nous sommes bien plus que père et fils. Nous nous côtoyons tels des frères, devinant en l'autre ses muettes intentions, ses discrètes ambitions. Si parfois il nous arrive de nous quereller, c'est par pur plaisir de jouter. Nous sortons nos griffes à la manière des chats ; nous jouons !

– Votre propos est fort émouvant, maître, dit l'un des commensaux.

– L'amour de la famille est une chose singulière et miraculeuse, souligne un autre.

Un silence.

On boit du vin frais et rose qui râpe légèrement la langue avant de sucrer la gorge. Léonard fixe Salaï de son regard limpide. Celui du garçon, très noir, soutient cette invisible caresse dans laquelle une indicible vérité tente de s'exprimer.

Le repas s'éternise. L'adolescent ne s'en lasse plus. Léonard, qui lui fait face, a endossé de nouveau son rôle, et distrait son auditoire.

– *Les hommes marcheront sans bouger, ils parleront à ceux qui ne sont pas là, ils entendront parler ceux qui ne disent rien…*

Bien sûr, Salaï connaît la réponse. Il se garde, cette fois, de la donner et laisse les invités réfléchir. Il sourit à Léonard.

– Ah ! s'exclame un ecclésiastique, je crains d'avoir trouvé.

– Oui ? dit le Vinci en se penchant aimablement vers lui.

– *Le rêve !* lance l'abbé avec une fierté rougissante.

Léonard acquiesçant, la petite cour ovationne le vainqueur qui se trémousse sur sa chaise comme une jeune pécore.

« Le rêve, pense le maître, se souvenant de ses envols. Mes rêves n'en sont plus dès que je les trace sur une feuille de vélin. Je leur donne vie grâce aux calculs, à la mécanique ou à la science de la physique ! Il n'existe rien que je ne puisse concrétiser… Aucun rêve ! Jusqu'à défier la mort ! Ce que j'accomplis sera immortel… »

LE TROISIÈME VISAGE

Le capitaine Antonio Draguere est bel homme ; il le sait et use de son charme auprès des très jeunes femmes qui apprécient l'expérience de sa quarantaine avancée. Elles le choisissent le plus souvent pour les savantes et sensuelles caresses qu'il leur prodigue, se servant de ses moustaches avec une originale imagination. Certaines en sont d'abord affolées et jouent les effarouchées avec de prudes et hypocrites étonnements, puis finissent par succomber, leur jouissance s'épanouissant en coulant entre les lèvres de leur habile militaire. D'autres en acceptent immédiatement le *piquant* et s'offrent sans retenue, troussées comme des bagasses, enserrant de leurs cuisses le visage de cet amant gourmand, quitte à l'étouffer.

Mais Antonio Draguere ne manque pas de souffle ! Il s'entretient avec l'aide d'une armée d'apothicaires et autres potards lui promettant une longue jeunesse, de vaillants intestins, un solide estomac et de fidèles génitoires… Prédictions d'hommes de science qui, en échange de ducats, lui prescrivent maintes drogues, maints onguents et orviétans de leur composition.

Le capitaine estime que tout a un prix sur cette terre et que demeurer un séducteur hardi et vigoureux impose quelques menus sacrifices financiers.

Le célibat est un état confortable pour celui qui goûte le changement. Antonio Draguere n'éprouve pas l'envie de se passer un anneau au doigt, une corde au cou ou une unique chaussure pour ses deux pieds. Tant que les alchimistes vivant à ses frais lui prépareront leurs poudres et pommades magiques, il ira de bras en bras, Venise regorgeant de joliettes au cœur tendre, prêtes à lui fondre dans la bouche…

Enfin, lorsque l'âge aura raison de sa vitalité, il dénichera une amante plus vieille que lui, très riche, déjà malade, esseulée… Il se mariera et attendra de devenir veuf.

Le destin du capitaine est donc tracé, gravé dans le marbre de ses intentions, inéluctable. Comblé.

Le bonheur est rarement grand. Il se compose de menues félicités, de joies brèves, des riens minuscules que sont les baisers sucrés, les chatteries épicées, les minouchages canailles, un téton qui se durcit sous la pression d'un index et d'un pouce, un filet de sueur argentant le bas de deux magnifiques reins creusés, un parfum à peine poivré sur un ventre plat… Dieu, que le capitaine se délecte de ces fugaces bonheurs !

L'amour, en y réfléchissant bien, n'est qu'un savant assemblage chimique et physique, une subtile combinaison de bave, de sécrétions et d'excrétions. Un frottement étudié de certaines muqueuses. L'amour, pour le militaire, s'épuise dès que la caresse devient irritation. Aussi, comme il se lasse fort vite de la peau d'une femme, en change-t-il immédiatement.

Triturer, masser, manipuler, malaxer, pétrir… Que ces besognes deviendraient fastidieuses s'il devait les répéter sur la même chair tous les jours, les semaines, les mois… Sans oser penser au calvaire qu'il subirait s'il lui fallait les reproduire durant des années.

C'est ainsi, se contenter de petits bonheurs contribue à votre félicité.

Antonio Draguere le manifeste en chantant tandis qu'il s'engage dans une ruelle pour emprunter un pont enjambant un étroit canal. Il fait ce chemin tous les jeudis. Depuis qu'il a séduit une ravissante rousse au tempérament de braise.

Et Antonio Draguere, s'il est un aguicheur notoire, n'en est pas moins un soldat strict et ponctuel.

À vingt-deux heures précises, obéissant au rituel qu'il s'est imposé, il s'engage dans la ruelle San Angelo d'un pas viril et guilleret en scandant : « *Deh, quando io ti veggio a'ssa fenestra…* », admirant sa propre voix, nette et claire.

Il attaque le troisième couplet de sa ritournelle quand il entend un bruit. Un cliquetis qu'il prend pour une amarre bougeant sur un ponton. Il n'y prêterait pas attention si un second son, inhabituel dans cette venelle, ne suivait aussitôt le premier… Une sorte de timbre métallique qui lui rappelle instantanément le cliquetis produit par une pièce d'armure glissant sur une autre.

La rue est un boyau qu'une lune voilée éclaire à peine. Sa maîtresse habite à quelques pas. Il lui suffit d'allonger la foulée et, en moins de cinq minutes, il plongera le nez entre ses cuisses pour la dévorer…

Il n'empêche qu'il a cessé d'avancer, intrigué par ces grincements aigus retentissant dans son dos.

Chez un militaire, la curiosité est une qualité essentielle. Il n'est pas rare qu'on perde la vie en la satisfaisant. Antonio Draguere a toujours ignoré ce postulat ; il se retourne. Pour voir. Pour comprendre…

Cependant, son esprit naturellement prompt à évaluer toute forme de danger de manière que ses réflexes réagissent dans l'urgence, tous ses muscles se mettant en action, son esprit, cette nuit, ne saisit pas le prodige qui se joue de la réalité.

Il lui semble que la nuit s'anime en prenant une vague forme humaine. Une épaisse créature faite d'obscurité totale, qui, d'après ce qu'en devine Antonio Draguere, est sans doute revêtue d'une carapace ; ses articulations crissent en émettant des notes pointues.

La chose avance lourdement, ne réfléchissant aucune lueur. Spectrale. Tellement incongrue.

Il la discerne un peu mieux. Il devine un bras. Une patte de crabe tendue vers lui. Une énorme pince acérée qui le menace.

– Maudite engeance qui se confond avec la nuit ! hurle le capitaine. Je n'ai jamais cru aux légendes des monstres des marais… Et ce n'est point période de carnaval !

Puis il dégaine son épée, surpris de trembler. La paume de sa main est mouillée de sueur ; il tient son arme maladroitement, plus gauchement qu'un escrimeur débutant. Pourtant, il se lance à l'assaut de ce guerrier avec l'ardeur et l'impétuosité qui lui sont habituelles.

Sa lame ripe sur la carcasse de l'insecte géant ; il en perd l'équilibre. La pince articulée se rapproche de sa poitrine alors qu'il se redresse et tente une deuxième charge se soldant elle aussi par un nouvel échec.

Pas lourds et métalliques du monstre... Antonio Draguere recule, sa confiance définitivement effacée, démuni au point d'implorer son adversaire.

– Je vous en conjure... pour l'amour de Dieu, épargnez-moi ! Si c'est ma bourse que vous convoitez, eh bien, prenez-la... Tenez, je vous l'offre de bon cœur ! Voyez comme elle est garnie ! Mais, je vous le demande à genoux s'il le faut, ne me tuez pas... Ne me tuez pas... Grâce !

Le capitaine se souvient alors... « Est-ce *lui ?* » se demande-t-il.

Il se laisse tomber au sol, ses genoux frappant violemment le pavé, lâche son épée et tend ses mains jointes vers l'être de nuit.

– Grâce..., râle-t-il.

Inutile de crier, nul ne viendra à son secours. Ce quartier isolé de Venise a plongé dans le sommeil dès le soleil couchant ; il ne possède pour tout charme que la modeste maison d'une jeune femme rousse qui attend Antonio Draguere, son beau militaire moustachu pourvu d'une langue mutine.

– Grâce...

Un craquement le surprend. Cela ressemble à du bois brisé sous un coup de hache.

Un temps.

À peine deux secondes pour qu'il réalise avec effroi et une souffrance abominable que ce sont ses côtes qui viennent de se rompre. La pince de crabe a déchiré tunique, chair, muscles et os pour crever la cage thoracique. Elle fourrage maintenant dans son corps béant.

Antonio Draguere devrait mourir ; il saisit, dans une terreur gluante, que son agresseur connaît parfaitement l'anatomie interne humaine et qu'il se complaît à le maintenir aux lisières du trépas, dans un insupportable tourment, dans un cauchemar ignoble, tranchant boyaux et tripes, perçant l'estomac, mâchurant le foie…

Ce corps soigneusement entretenu, oint et parfumé, ce corps superbe qui a tant séduit, se métamorphose progressivement en une loque sanglante. De la viande écorchée, écharpée et dilacérée. De la vulgaire croustance pour chiens des rues.

Le supplice est tel que le pitoyable Antonio Draguere ne ressent plus aucune douleur. Il regarde seulement, jaillissant de son ventre ouvert, se déverser sur la chaussée un agglutinat obscène de lombrics noirâtres se chevauchant en un ignoble bruit de succion ; ce sont ses intestins.

Et lui, l'homme délicat qui s'est efforcé de ne jamais dégager de désagréables odeurs corporelles, respire la pestilence de ses propres excréments.

Il se met à pleurer quand son tortionnaire entreprend de lui peler le visage comme une orange…

En mourant, Antonio Draguere comprend pour quelle raison le destin lui fait subir ce châtiment et qui en est l'instrument. Une vision surgie du passé, terrifiante de précision, se fixe à lui pour l'éternité.

CHAIR ET ÂME

Je n'avais encore jamais commis une telle ignominie.

Certes, j'avais pratiqué maintes autopsies dans les hospices florentins de Santa Maria Nuova, mais mes sujets d'expérience étaient des cadavres que je dépeçais sans éprouver le plus infime sentiment de dégoût.

Je ne respectais pas ces corps sans vie, peu enclin à m'apitoyer sur de la chair inanimée abandonnée par l'âme. Je les étudiais tel un aventurier défrichant un monde inconnu que tout surprend, que chaque découverte emplit d'un savoir nouveau.

Je fus un physiologiste curieux, attentif et passionné, ainsi qu'un anatomiste méthodique, noircissant des centaines de pages de mes dessins d'écorchés… Combien de cœurs et de poumons disséquai-je ? Combien d'utérus me livrèrent leurs secrets ? Combien d'embryons translucides, minuscules têtards racornis, mis-je en bocaux ?

Élève des maîtres antiques, je posais mes pas dans ceux de Galien le Grec et d'Avicenne l'Iranien, pour compléter ou affiner leurs travaux.

Reins, pancréas, foie…

« Situation du foie… Placé au côté droit. Annexion du foie… Connexion du foie avec le cerveau par le bénéfice des nerfs… Faculté du foie… »

Bouche, nez, yeux…

« Muscles de la partie supérieure de l'œil… Mouvement des muscles de l'œil. Septième muscle de l'œil qui parvient au nerf optique… »

Au milieu de cette chirurgie, parmi ces glaires et humeurs, dans cette plongée au plus profond des entrailles, dans la mort je traquais la vie. Les mains visqueuses des récréments encore humides, je fouillais l'inerte, tentant de deviner par quel miracle la respiration de Dieu s'était propagée un temps dans ces organismes alors voués à la décomposition.

Les sots placent l'âme dans la poitrine, de préférence dans le cœur. Comment expliquer sans trop heurter leur raison que le cœur, s'il est un organe essentiel à notre existence, n'est banalement qu'un muscle comme ses semblables ?

Tel que je l'avais exprimé un soir à mes hôtes vénitiens, l'âme réside dans la boîte crânienne, là où nos cinq sens prennent racine. Au centre de ce prodigieux amas graisseux, Dieu a enchâssé une once de sa Sublime Lumière, nous différenciant à dessein des animaux.

La matière cérébrale du capitaine Antonio Draguere avait giclé, comme un gros mollusque enfin libéré de son infecte coquille. Juste après avoir arraché le visage de ma victime, je lui avais en effet fracassé la tête d'un violent coup porté avec la lourde pince de mon armure, un halecret recouvert d'un bitume épais qui m'avait rendu invisible dans la nuit.

J'étouffais, dans cette cuirasse… Je suffoquais d'épuisement, chacun de mes gestes ayant réclamé de redoutables efforts. Mou-

voir ce pesant attirail avait été un calvaire que seule la haine, en ce qu'elle contient de propriétés, avait pu rendre possible.

Je m'étais juré de réduire le capitaine en charpie, et de l'abandonner à la vue de ceux qui le découvriraient en un tas de guenilles et de lambeaux sanguinolents.

Des immondices !

De ma main gauche, que j'avais laissée libre, je plaçai très précautionneusement la troisième pelure faciale dans une poche de cuir que je portais sur le côté, puis je m'en retournai.

Je rejoignis mon Ange qui m'attendait dans notre barque. J'y montai avec peine, comme j'en étais descendu plus tôt. Tout aussi gauchement.

Je m'assis difficilement et laissai mon tendre et bel amour faire godiller sa rame qui n'émettait qu'un léger son assourdi en fouettant l'eau. J'étais quasiment sourd sous mon heaume.

Tout me parut alors irréel et teinté de rêve. Je considérai cet état comme la conséquence inéluctable d'une très grande fatigue. Les maisons émergeant du canal paraissaient naître du néant. L'eau et le ciel se réfléchissaient l'une et l'autre en miroirs de nuit. Il n'y avait plus d'endroit ni d'envers.

Notre esquif glissait à la frontière de ces deux mondes, filant lentement au rythme doux et régulier de l'aviron. Le temps n'existait plus ; il s'en était allé, coagulé sur deux tableaux que je peignais depuis des années…

Deux peintures jumelles.

J'étais immobile, tous mes os et mes muscles cristallisés, prêts à s'effriter pour s'envoler en une poussière blanche que l'obscurité disperserait en nuées d'étoiles.

Je pensais que la mort devait ressembler à cela. Être infiniment petit et infiniment grand à la fois. Avoir la conscience exacerbée au point de révéler son esprit à l'Univers, son âme à Dieu et sa haine à son frère Lucifer…

Debout, mon Ange nous conduisait vers sa demeure. La tête légèrement penchée en avant, il dissimulait son visage sous son capuchon. Il bougeait à peine, se contentant de peu de gestes pour animer sa godille.

Oui, la mort devait réellement s'apparenter à cet instant… Nous étions deux défunts traversant une ville fantomatique, retenus à un faux-semblant de vie par le souffle d'un baiser jamais oublié.

Mort… Je l'étais depuis si longtemps que je confondais souvent le passé où ma jeunesse s'était éteinte avec ce présent où, pour imiter ce que doit être un vivant, je devais me repaître de sang.

Mort… Il me restait un visage à voler. Cette dernière besogne accomplie, j'enlacerais mon Ange et, dans une étreinte superbe, nous jaillirions hors de notre tombeau.

Nous ouvririons grands nos bras, accueillerions la chaude et vivifiante lumière du soleil enfin revenue, chanterions d'une même voix notre amour en pleurant de joie et de honte.

Heureux et humiliés à jamais. Morts et vivants.

MENTHE ET VIN

La barque atteint la riva degli Schiavoni et vient plaquer son flanc contre le quai. Dès que la petite silhouette et la *créature* ont débarqué, cette dernière, qui a laissé sur le ponton des cordes et un poignard, annonce de sa voix métallique :

– Ne perdons pas de temps ! Jetons toutes les pièces de cette armure dans le canal… Aide-moi à m'en défaire, mon ange. Nous attacherons solidement par paquets membres et organes de cet équipement qui sera oublié dans la vase à tout jamais.

Plus de quinze minutes sont nécessaires pour que le Vinci soit libéré de son harnachement. Il ne porte maintenant qu'un linge blanc autour de la taille, et, avec ses longs cheveux d'or, il ressemble à l'un des christs de ses peintures.

En hâte, sans échanger le moindre mot, la petite silhouette et Léonard jettent les éléments de la carapace géante dans l'eau noire qui les avale avec des claquements de mâchoires.

Leur tâche achevée, ils se dirigent vers la modeste maison louée pour l'Ange. Léonard porte le gousset dans lequel il a glissé le visage du capitaine.

– N'as-tu pas froid, mon chéri ?

– C'est pis que cela… Tous mes os sont à la torture !

– Je vais raviver le feu et te frictionner avec une embrocation mentholée, puis je te préparerai un vin chaud sucré au miel.

Léonard marque un temps avant de dire :

– Ce fut très laid.

– Je sais. Le regrettes-tu ?

– Non… Nous devions le chasser de notre vie, l'anéantir… Le broyer !

– Lorsque le *quatrième* aura rejoint le notaire, le négociant et le capitaine, notre cauchemar s'effacera… Avec le temps, il disparaîtra !

La voix basse et ténue a progressivement atteint une note aiguë, à la limite d'un sanglot.

L'homme et la petite silhouette entrent dans la maison. Le Vinci se laisse tomber sur un banc et, comme s'il recevait une lourde charge sur les épaules, il s'affaisse, pose ses coudes sur ses cuisses et emprisonne sa tête entre ses larges mains.

Ses pieds frôlant à peine le dallage, la petite ombre s'active dans la pièce, glissant pareille à une chatte, tisonnant les braises assombries de l'âtre, prenant sur une étagère des vases emplis d'onguents, un mortier et un potiquet…

Léonard ne bouge pas. Cassé en deux, ses cheveux luisant de sueur tombant droit, il n'est plus qu'un corps douloureux dont le plus infime des tissus conserve la mémoire du crime commis dans la ruelle sombre…

Son corps entier, charpente osseuse, fluides, sang, organes, nerfs, muscles… Son corps entier se remémore…

Le coup de pince pour faire exploser la boîte crânienne de sa victime alors que cette dernière agonisait dans les affres d'un enfer noyé de sang, déchiquetée, ses viscères extraits de sa panse… Ce coup ! Si bref. S'imposant à la mémoire de Léonard en un temps infiniment ralenti.

L'os pariétal qui éclate aussi sottement qu'une coquille d'œuf. La cervelle qui se vide pour se répandre sur le sol en une masse flasque, identique à un acalèphe échoué sur une plage.

Le silence, tout à coup. Le silence pétrifiant cette ignoble vision de boucherie, gélifiant cette anarchie de membres et de boyaux brisés, déversés…

– Montons dans la chambre, propose la petite silhouette en le prenant par un poignet.

Il se laisse conduire, semblable à un enfant las d'avoir trop couru. Ses cuisses et ses mollets assaillis de crampes, il peine à gravir les quelques marches de l'étroit escalier.

Il perçoit l'odeur de la menthe qui le devance. Il devine celle du vin chauffant dans la cheminée, plus bas. Ces deux effluences s'opposant l'écœurent légèrement. Poivre pointu de la labiée, sucre entêtant de l'alcool miellé…

Le Vinci s'effondre sur le lit, à plat ventre. Bras en croix. Chutant dans les entrailles de la géhenne. Paupières closes.

La petite silhouette lui retire son pagne et commence à le masser. D'abord les chevilles aux tendons durs comme du bois…

Tandis qu'elle le frictionne, pressant sur la chair engourdie, pesant de toutes ses pauvres forces sur ses muscles de pierre, repoussant la fatigue de cette chair tétanisée, lui, il parle. Sa voix n'est qu'un murmure grave et monocorde :

– J'aurai bientôt achevé les deux tableaux... Oui, dès que le *quatrième* sera mort, j'y mettrai la dernière touche... Je pourrai alors retourner à Milan... Où je terminerai enfin la Cène du réfectoire des moines de Santa Maria delle Grazie ! Il ne me reste plus que le visage de Judas à peindre...

– Bien sûr, soupire-t-elle.

– Je saurai comment le composer... Quels traits lui donner ! L'incarnation parfaite du mal, de la bassesse, de la lâcheté et de la honte...

– Bien sûr, répète-t-elle sur la même note.

– Me crois-tu ?

– Je te crois, mon amour. J'ai seulement un peu peur.

Léonard se redresse sur un coude.

– Que crains-tu ?

– Qu'il t'arrive malheur. Que l'on apprenne à quelles épouvantables besognes tu te consacres certaines nuits... Si l'on te démasquait ? À Milan, le prévôt Vittore t'a tourné autour... Une mouche sur de la viande ! J'ai toujours pensé qu'il te soupçonnait et qu'il n'attendait qu'une preuve pour t'arrêter.

– Allons ! Cette crapule de notaire a été massacrée par un monstre sorti d'un canal ! Quant au négociant, c'est une chauve-souris géante qui lui a fondu dessus pour lui dévorer le visage ! Des monstres, mon amour ! Ce sont des monstres qui tuent... Pas moi.

– Le prévôt est un homme intelligent ; il aura compris.

– Je sais, mais tu le dis, il ne dispose d'aucune preuve. Et, après un voyage à Florence, nous en aurons fini avec ce cauchemar.

– Ah, nous allons devoir refaire nos malles ? s'étonne la petite silhouette avec regret. Tu as abandonné le projet de travailler pour le Sénat ?

– Je suis désolé. J'attends en effet un dernier rapport de mes agents avant de préparer notre départ. Tu iras directement m'attendre à Florence pendant que je me rendrai à Rome avec Salaï, le temps que j'obtienne une audience auprès du Saint-Père.

– Tu comptes solliciter une charge auprès de lui ?

– Ni charge ni protection. Je désire seulement qu'il m'entende en confession.

– Tu veux qu'il t'absolve de tes crimes ?

– Non point des crimes que j'ai faits... Mais qu'il apprenne et me pardonne celui que je perpétrerai bientôt !

LES CAUCHEMARS DU CAPITAINE

Le prévôt Mancini pénètre dans la morgue de fort bonne humeur. Cette plaisante disposition n'est certainement pas due au fait qu'il doive enquêter sur un abominable assassinat commis dans la nuit… Le prévôt Mancini n'est pas homme à éprouver du plaisir à la vue d'un cadavre déchiqueté ; nul Vénitien le connaissant n'oserait émettre une telle accusation.

Ce qui rend ce respectable fonctionnaire enjoué au point d'être incapable de chasser le sourire jovial qui illumine son visage, c'est un souvenir sucré, tout rose de peau, tout humide de sueur, tout mouillé de baisers.

Un souvenir prénommé Oriana…

Oriana. Vingt ans de blondeur, de grâce et de sensualité…

– Ah ! prévôt, vous voici ! lui lance nerveusement un préposé en le saisissant par le bras et en l'entraînant vers un sombre escalier.

– Eh bien, me voici, en effet. On dirait que vous vous impatientiez, mon ami !

– Le chirurgien a commencé, monsieur.

– C'est parfait.

– Attendez-vous à découvrir quelque chose de surprenant. Le dénommé Antonio Draguere a perdu toute forme humaine !

– Bigre, à ce point ?

– Ce n'est plus qu'un fatras d'os et de viande qu'un boucher ne daignerait même pas proposer sur son étal.

– Dans ce cas, comment le corps a-t-il été identifié ?

– Il avait son livret militaire dans sa vareuse, et nous avons fait venir l'un de ses supérieurs qui a reconnu la chevalière qu'il portait.

Les deux hommes atteignent un palier à peine éclairé, carrelé de grandes dalles de grès foncé, humide et sinistre. Le préposé pousse une lourde porte de bois et s'esquive pour laisser passer respectueusement le prévôt qui pénètre dans une salle exiguë où une odeur fétide le saisit immédiatement à la gorge, transformant son sourire en une grimace de dégoût.

Trois lampes à huile tombent du plafond, suspendues à des chaînes ; elles diffusent une lumière poisseuse qui enveloppe la table d'autopsie sur laquelle gît une loque sanglante.

Mancini avance de quelques pas, le préposé sur ses talons. Penché sur cette ignominie qui fut un être humain, un chirurgien officie en se parlant à lui-même. « Duodénum totalement extrait du ventre… Du pylore au duodénojunjunal… Colon percé en deux endroits… Caecum intact dans la fosse iliaque… On dirait qu'il n'y a que cette malheureuse poche qui n'ait pas été malmenée ! Ah non… La valvule iléo-caecale a subi un léger dommage… »

– Quel écharneur a bien pu le piler de la sorte ? demande le prévôt Mancini, une main sur le nez.

– Permettez-moi de vous corriger, prévôt, lui répond le praticien en se retournant, ne nous demandons pas *qui*, mais *quoi !* Voyez… ses os ont été brisés à maints endroits comme s'ils avaient été pris entre des tenailles. Son crâne a reçu un choc d'une violence terrible et la matière cérébrale s'en est envolée, si vous me permettez cette expression !

– Et le visage ? fait la voix nasale du prévôt.

Le chirurgien hoche la tête et prend un long temps de réflexion avant de dire :

– L'agresseur le lui a arraché… Ma foi, je ne peux l'énoncer autrement ; le visage lui a été proprement retiré, comme un masque ! D'ailleurs, cela me rappelle quelque chose…

– Le *voleur de visage* de Milan ! Rappelez-vous : deux hommes avaient été assassinés dans d'étranges circonstances ; on leur avait enlevé la face. Cela s'est produit il y a cinq ou six ans, je crois. J'ai rencontré à plusieurs reprises le prévôt Vittore chargé de l'enquête, à l'époque. Il m'a dit avoir interrogé des témoins affirmant qu'un amphibien était à l'origine du premier meurtre… Et une gigantesque bête ailée responsable du second !

Le préposé intervient :

– Quant à cette nuit, il s'agissait d'un colosse muni d'une grosse pince, au dire d'un voisin qui a pris l'intelligente précaution de ne pas se manifester ! À l'en croire, la carapace du meurtrier ne reflétait pas la lumière de la lune !

– Tous les crimes ont été commis la nuit, dit le prévôt, je me méfie donc de ce qu'ont cru apercevoir les témoins, dont beaucoup ont une imagination fertile qui n'a point besoin d'être poussée pour dépasser l'entendement.

Mancini ne parvient pas à détourner son regard du capitaine broyé et éventré. N'ayant participé à aucune bataille, il ne lui a jamais été donné de voir un spectacle aussi déplaisant. Le bon sens devrait lui commander d'écarter son attention du cadavre ; une perversion qu'il ne se connaissait pas lui impose le contraire. « Comment un ventre peut-il contenir autant de boyaux ? »

Il y a peu de temps, il aurait juré sur la Bible que son esprit était droit et dépourvu de vice, qu'il appréciait la beauté dans toutes ses manifestations, qu'il goûtait avec délectation la musique harmonieuse, la peinture subtile, la sculpture gracieuse et les jolies femmes blondes…

– Je me demande…, commence-t-il.

– Oui ? interroge le chirurgien en replongeant le nez dans les tripes débrayées du capitaine.

– Je me demande, reprend le prévôt, quelle haine il faut avoir dans le sang pour s'acharner de la sorte sur sa victime !

– La démence adopte d'étonnantes formes, messer. Il m'arrive parfois d'être appelé en consultation dans l'asile d'aliénés ; j'y découvre des cas particulièrement originaux ! Imaginez-vous que, dernièrement, une mère de famille, après avoir fait une fausse couche, a cuisiné son fœtus en ragoût !

– Cette désaxée mérite le bûcher à coup sûr. Une punition qui dispenserait la société de perdre son temps et son argent à la soigner.

Soudain, des cris pointus leur parviennent.

– Laissez-moi entrer ! Je veux parler au prévôt !

– Qu'est-ce que tout ce chahut ? s'étonne Mancini.

La porte de la salle s'ouvre avec violence. Le préposé est bousculé par une furie. C'est une superbe rousse aux formes rondes. Seins généreux qu'un corsage lacé en hâte dissimule mal, hanches robustes moulées dans une jupe violine, mains potelées qui battent frénétiquement l'espace, teint de pêche claire aux joues empourprées luisantes de larmes.

– Mademoiselle ! Puisque je vous dis que…

– Toi, tu te tais, sac à vin ! hurle la belle au préposé. J'ai une communication de la plus haute importance à faire à monseigneur Mancini.

Le prévôt fait quelques pas en direction de la jeune femme tandis que le chirurgien tire un drap sur la dépouille.

– Eh bien, ne pouviez-vous pas passer par mon secrétariat ? interroge le prévôt. Qui êtes-vous ?

– Je suis Isota Jolanda, la fiancée du capitaine Antonio Draguere, et l'on m'a dit au palais de justice que je vous trouverais ici.

– La fiancée ? raille le préposé à l'adresse du patricien. Les gourgandines se donnent de jolis titres, de nos jours.

Mancini prend Isota par le bras pour l'entraîner hors de la pièce puante des restes du capitaine. La jeune fille, mue par un réflexe, se retourne tout en avançant, le regard attiré par la table.

– Venez, mademoiselle, ce lieu n'est guère un endroit pour converser. Et puis, je crois inutile que vous voyiez votre ami dans cet état. Je suis impatient d'apprendre ce que vous tenez à me dire de si grande urgence.

Le prévôt referme vivement la porte derrière lui et engage la visiteuse à reprendre l'escalier. À l'étage, il cherche un bureau libre.

– Entrons ici, propose-t-il après avoir trouvé une petite pièce austère, lugubre et froide, ne comportant qu'une banquette de bois. Asseyez-vous, mademoiselle ; je vous écoute.

– Je me suis souvenue ce matin de propos qu'a tenus Antonio il y a plus d'un mois alors qu'il… qu'il avait bu plus que de raison.

– Tiens, tiens… Les hommes ont souvent tendance à divulguer d'intéressantes vérités sous l'effet de l'alcool. En quoi ce que le capitaine a dit peut-il nous éclairer sur son meurtre ?

– Je ne sais pas trop, monseigneur. Mais il a parlé de monstres qui avaient assassiné deux de ses anciens amis de jeunesse. Des Milanais, me semble-t-il.

Mancini marche de long en large, arpentant la pièce en tous sens. Trois énergiques enjambées pour aller d'un mur à l'autre ; donnant à chaque fois l'impression de s'y cogner.

– Ah ! cette fois vous me captivez ! s'écrie-t-il. A-t-il prononcé des noms ?

– Pour sûr, il les a tant répétés en pleurant ! Il parlait d'un Cristoforo et d'un Cosimo.

– Tiens, tiens… Poursuivez, ma petite.

– J'ai d'abord pris ses paroles pour des élucubrations tant elles paraissaient folles. Il disait savoir pourquoi les monstres avaient volé le visage de ses compagnons… Et… Et on lui a arraché le sien cette nuit ! Mon Dieu… Quelle chose épouvantable !

– Certes, mon enfant. Et bien mystérieuse ! Ressaisissez-vous, je vous prie, et achevez votre récit. Cela pourrait peut-être m'aider à faire un peu de lumière sur cette affaire.

– Je n'en sais guère plus ; Antonio sanglotait et riait à la fois, se comportant comme un enfant effrayé. Il ajouta seulement que les différentes créatures meurtrières n'en étaient qu'une seule, en réalité. Prenant les formes nécessaires à la conception de ses entreprises…

– Ah ? Qu'entendait-il par là ?

– Je l'ignore, monseigneur… Il s'est tu après avoir lancé cette dernière phrase : « *Tout cela, c'est à cause de l'ange !* »

– À cause de *l'ange ?* Singulier, en effet.

– N'est-ce pas ? renchérit Isota en reniflant. Je dois d'ailleurs préciser qu'Antonio était parfois sujet à des cauchemars. Lui, de nature si allègre, se mettait à parler dans son sommeil… Et semblait être la proie d'une terreur sans nom !

Trois nouvelles enjambées pour le prévôt de plus en plus intéressé.

– Tiens, tiens…

– Une nuit, il s'assit littéralement dans le lit, en un bond fantastique. Ses yeux étaient grands ouverts ; cependant, il dormait ! Ah çà ! je puis vous affirmer qu'il dormait réellement.

– Je vous crois… Allons, racontez !

– Il débitait des phrases insanes… Sans queue ni tête.

– Par exemple ?

– Je me souviens de certaines : « *Nous n'aurions pas dû… On ne brise pas les ailes d'un ange… Nous périrons tous…* »

Le prévôt s'arrête de déambuler. Il regarde cette appétissante roussiotte dont la poitrine est secouée de sanglots. Un filet de sueur brillante creuse son chemin dans le sillon mammaire comme une minuscule source. En une autre circonstance, Mancini aurait tenté sa chance auprès de cette vénus replète et affriolante. Mais l'heure est à la compassion, même si celle-ci ne répond qu'à la politesse.

– Je suis profondément désolé, mademoiselle. Je me propose de vous faire raccompagner. Je vous affirme que je mettrai tout en œuvre pour élucider le meurtre de votre… votre fiancé.

– Que Dieu vous bénisse, prévôt.

De retour dans la salle d'autopsie, Mancini éprouve un soulagement à la vue du chirurgien occupé à se laver consciencieusement les mains.

– Vous avez fini, docteur ?

– À l'instant.

Les restes du capitaine ont été recouverts. La pestilence est toujours aussi prenante.

– Ce que m'a appris cette jeune femme, annonce Mancini, nécessite que je rédige immédiatement une lettre pour le prévôt Vittore. Je dois l'informer du meurtre du capitaine Draguere, qu'il mettra en relation avec ceux qui ont horrifié Milan. À n'en point douter, il y a concordance entre les affaires.

– Comment croire à un monstre qui changerait d'apparence ? demande le chirurgien.

– Et qui se déplacerait sans être remarqué d'une ville à une autre ! souligne le préposé.

– Allons, messieurs, raille le prévôt, vous ai-je dit que j'accordais un quelconque crédit à cette version ?

– Dans ce cas, messer, à quel genre de criminel avons-nous affaire ? s'inquiète le chirurgien.

– Quelqu'un à l'esprit particulièrement inventif ! Mais il faut des preuves pour accuser… Surtout lorsque le malfaiteur use de son génie pour commettre ses forfaits.

– Hum, marmonne le préposé, vous parlez comme quelqu'un qui a une petite idée lui trottant dans la tête !

– C'est fort possible, en effet, conclut le prévôt Mancini avec une lueur de malice dans la prunelle et un sourire de satisfaction. Oui, c'est diantrement possible !

LE MONSTRE

« *Le dix-sept mars mille cinq cent, peu après vingt-deux heures, le capitaine Antonio Draguere est mort. Son visage a été arraché. L'Ange se venge… La Lumière jaillit de l'Ombre.* »

Léonard a prononcé ces phrases à voix basse en les traçant de son écriture inversée. Sur le lit, la petite silhouette s'est endormie, pelotonnée dans son manteau noir. Une bûche grésille dans la cheminée, grignotée par de courtes flammes. Dans le lointain, des mouettes piaillent. La vie s'installe de nouveau, indolente et ralentie. La vie se réveille douloureusement dans la pâle lumière du matin qui vient briller sur la peau nue du Vinci. La vie s'insinue entre les gros meubles sombres de la pièce. Tiédeur faible et précaire qu'un soudain souffle de vent pourrait chasser.

Le maître repose sa plume. Sa main gauche tremble de l'avoir trop serrée. D'en avoir écrasé la pointe de rage, achevant le texte par une blessure dans le papier.

Il referme le portefeuille d'un geste brusque. Puis il demeure un très long moment à contempler la petite silhouette toute recroquevillée sur elle-même, la tête dans ses bras, les jambes repliées, genoux contre son ventre. Pareille à un très jeune enfant enfin assoupi après une grande peur.

Elle respire à peine. Lentes, très lentes inspirations quasiment inaudibles. L'exhalation d'un spectre épuisé d'errer.

« *Tu es fatiguée, mon amour… J'en prends conscience dès que j'ouvre les yeux, chaque nouveau matin… Tu es si lasse de traquer le passé en ma compagnie ! Tu te meurs comme se fanent les fleurs, discrète et résignée… Je sais que tu éloignes la camarde pour assister au trépas du quatrième… Mais je redoute que tu ne luttes plus dès que notre affreuse besogne sera achevée… Tu t'étioleras définitivement, ta peau craquelant tel le vieux cuir, tes os se réduisant en poussière, pareils à ceux d'une momie… Tu ne seras plus qu'une ombre éthérée que je saisirai parfois dans un mirage, dans un nuage d'été, sur la surface éclatante d'un lac… Partout où mon souvenir se portera, mon esprit imprégné de ton image, mon âme à ton âme soudée… Tu es fatiguée, mon amour… Tellement plus que je ne puis l'être ! C'est mon énergie qui te soutient, ma force qui t'anime, ma tendresse qui te console… Je suis le vampire qui chasse pour toi, happant la vie de ses victimes pour nourrir la tienne… Je dévore la chair, bois le sang, suce la moelle de mes proies… Je massacre pour toi, mon ange ! Je leur vole tout ! Je les viole… Et je revêts de leur visage les bustes de plâtre qui les attendent… Je façonne mon Judas de leurs traits… Je peux ainsi les contempler secrètement en vomissant de la bile brûlante tant ils me répugnent… Je dégurgite une abjection grasse et putride refoulée par mes entrailles… Là, au plus profond de mon ventre, une tumeur ne cesse d'enfler ; seuls mes crimes savent la calmer… Je taille, j'écharpe et déchiquette avec une aversion croissante qui m'enivre, me drogue et m'apporte une jouissance similaire à celle que je recueille en toi... Si je t'aime, toi, je les viole, eux ! Je les profane de manière que leurs proches se souviennent d'eux avec dégoût et répugnance... J'en fais de la carne à livrer aux asticots qui s'en repaissent en un grouillant festin... Et j'imagine avec complaisance le bruit que produisent ces minuscules vers blancs faisant bombance ! Je suis devenu un monstre. Je le sais. Adulé par les plus grands pour mon génie artistique, je côtoie les pires démons de l'enfer. Porté aux nues, je hante le schéol... Je peins des saints et des vierges avec une main croûteuse de tout le sang que j'ai ôté à mes suppliciés... Je suis la Mort blonde et chantante... Je suis un monstre. Par amour pour toi...* »

Léonard se lève, dépliant son imposante carcasse avec une grâce naturelle, ses muscles puissants jouant dans la lumière qui s'impose désormais dans la pièce, plus vive et chaude.

Le chant des mouettes s'intensifie, ode à la vie renouvelée. Le clapot du canal se déploie alentour. Des vaguelettes claquent sur un ponton.

« *C'est le matin, déjà... Une journée qui s'annonce, aussi redoutable que l'éternité !* »

Le géant aux cheveux de paille dorée, cet Adam immense vient s'allonger auprès de la petite silhouette qu'il prend soin de ne pas réveiller.

D'un geste délicat, il l'enlace et plonge son visage dans son manteau. Une odeur de suaire lui glace le cœur.

LA MENACE

Un matin d'avril.

Salaï s'est levé inhabituellement de bonne heure. Venise l'ennuie et lui gâche son sommeil. L'humidité incessante, les senteurs de vase, le cri des oiseaux ; tout l'indispose. Il se dit que s'il demeure encore longtemps dans cette affreuse cité il ressemblera bientôt à l'insomniaque Horacio… Il déambulera dans ce trop grand palais comme une âme en peine.

Il fulmine et bougonne dans l'office en se servant un bol de lait quand il entend le pas reconnaissable du Vinci descendre de son appartement.

– Tu es déjà debout ? s'étonne le maître.

– Tout comme vous, père. Vous sortez ? Puis-je vous accompagner ? Je me morfonds dans cette sinistre bâtisse.

– Car tu te comportes en oisif ; tu te pencherais sur les problèmes de mécanique que je t'ai soumis, les courants d'air quitteraient ton esprit de fainéant. Et puis tu n'es plus en âge de me suivre comme un caniche… File avant que je te botte le train !

Léonard fait mine de le menacer et se retire en riant, donnant un grand mouvement à sa nouvelle houppelande noire.

Salaï devine qu'il va traverser le jardin de sa large foulée, faire geindre la grille en fer forgé qui racle le pavé et sortir comme un voleur. Pour se rendre où, cette fois ? Dans son atelier ?

« Crois-tu que je sois dupe, Léonard ? pense-t-il. Toi qui aimes tant le blanc et le rose, si tu t'habilles ainsi de sombre, ce n'est point pour musarder ou jouer le joli cœur auprès de celle que tu caches… et qui me confie bien des choses en pleurant tout autant que toi le soir, mon cher et mystérieux père ! »

Salaï court enfiler une épaisse chemise et chausser les souliers en daim que le maître lui a offerts pour son anniversaire. Une paire de ribouis souples qui permet de courir sans produire le moindre bruit.

« Gageons que ce n'est pas l'atelier qui t'attire ce matin, Léonard ! »

* * *

– Ah, voici le maître ! chuchote le Court. Le pas martial, le cou entré dans les épaules… Tout du dogue !

– Tout d'un tueur, oui ! Et le pire des bouchers que la terre ait jamais portés… Cet homme a perdu son âme !

– Qui ne l'aurait pas égarée à sa place ? Sors donc le plan au lieu de t'inquiéter pour son salut.

Léonard les rejoint sous les arcades du palais ducal. Le salut est bref ; le Long tend un parchemin roulé, maintenu par une fine cordelette.

– Merci, messieurs… Merci ! dit le Vinci en déroulant le feuillet. Nous nous voyons pour la dernière fois, car j'en aurai bientôt terminé… Le médecin Urbino Ritello rejoindra sous peu ses trois amis en enfer !

– Maître, ose le Long. Puis-je me permettre ?

– Oui ?

– Comment agirez-vous, pour celui-ci ? Vous verrez que l'entreprise ne sera pas aisée ; nous avons décrit, au dos du plan, toutes les précautions dont il s'entourait.

– Je reconnais là un excellent ouvrage d'espion. Je dois admettre que vous avez consciencieusement exécuté votre mission. Certes, cela a pris du temps, mais je concède que l'affaire exigeait pugnacité et entêtement.

– Tudieu, pour sûr ! Il serait fâcheux que cette fastidieuse opération se solde par un échec… Le sieur Ritello a transformé sa maison en une véritable forteresse ; il vit pratiquement reclus au sommet d'une tour et ne sort qu'accompagné d'un solide garde du corps.

– C'est vrai, souligne le Long, nous avons pris ce médicastre bedonnant en filature et nous l'avons vu honorer toutes ses visites, escorté de son molosse. Lequel l'accompagne jusque chez ses patients pour y faire antichambre en l'attendant. Le bougre préfère naturellement consulter à son domicile. Nous vous savons plus ingénieux que le Suprême Horloger lui-même, il n'empêche que nous nous demandons par quelle magie vous allez mettre la main dessus…

Le Vinci a parcouru les notes et le plan en souriant, entrevoyant déjà une méthode qui lui permettra de commettre son prochain crime.

– Cependant, il ne m'échappera pas ; je peux vous l'affirmer. C'est justement le trop-plein de prévoyances dont il s'entoure qui m'aidera. Grâce à vos remarquables informations, je mettrai au point une nouvelle arme pour l'atteindre. Séparons-nous, maintenant… Mais restez à ma disposition ; vous me rendrez un dernier service qui sera généreusement rémunéré.

– Vous savez nous parler, maître ! Quel nouvel espionnage allons-nous devoir exercer ?

– Non, messieurs. Je vous chargerai de conduire une certaine personne à Florence. Cette dernière mission accomplie, nous ne nous verrons plus et vous m'oublierez !

Ample mouvement de la houppelande noire auréolée de la chevelure d'or ; le Vinci s'en retourne.

Les deux agents le regardent s'arrêter quelques secondes devant la porte della Carta pour l'admirer, puis reprendre rapidement son chemin, sans doute pressé de s'atteler à la fabrication d'un engin surnaturel.

– L'oublier ? se demande le Court. Ce ne sera pas chose facile ! Nous aurons été ses complices ; s'il est pris un jour, il se pourrait bien que la justice remonte jusqu'à nous. Et, vois-tu, je n'apprécierais guère d'être emprisonné dans les Plombs de Venise. Il paraît qu'on y cuit à petit feu, l'été venu…

Le Long hausse les épaules et crache sur le sol.

– Comment attraper un homme qui vole ou traverse les fleuves sous l'eau ?

* * *

Le Vinci a ralenti son allure ; un commerçant expose des plats en cuivre et en étain sur son comptoir. Il s'approche, intéressé par un compotier magnifiquement buriné, exemple parfait d'une toreutique maîtrisée.

Il se penche sur l'objet pour en admirer les motifs, subtils entrelacs de ramées serpentines. Le plat est maintenu verticalement sur l'étal par un petit trépied et reflète le visage de Léonard tant son métal est pur.

Du seuil de son échoppe, l'artisan lance fièrement :

– Une belle pièce, en vérité ! Vous pouvez la toucher, monseigneur ; vous constaterez ainsi qu'elle est plus légère qu'une plume.

– Ma foi, admet Léonard en la soupesant et en l'élevant à hauteur de ses yeux, vous ne mentez pas ; c'est une véritable feuille de chêne !

L'homme fait deux pas en direction du visiteur et, se rengorgeant :

– J'applique une technique particulière de guillochage qui n'appartient qu'à ma famille. Un art qui me vient de mon père, lequel le tenait du sien.

– Quand une excellente tradition est une affaire héréditaire, les descendants ont tout à y gagner, réplique Léonard avec une telle expression qu'il donne l'impression de vouloir acheter l'objet.

L'artisan en a la certitude. Ce géant ne regarde-t-il pas son œuvre de si prêt pour en discerner les détails ?

– Je puis vous donner son prix…

Mais la réaction du Vinci le laisse interloqué, bras ballants, bouche bée et les yeux ronds d'incompréhension.

– Ah çà ! s'écrie Léonard en reposant vivement le plat sur son trépied.

– Auriez-vous décelé un défaut ?

– Pardi ! Une malfaçon, exactement… Cependant, vous n'en êtes pas coupable, l'ami. Votre compotier est fort beau ; il s'y promène seulement une vilaine mouche que je dois gober sur-le-champ !

Puis, faisant volte-face et abandonnant le commerçant à son incompréhension, la bouche agrandie de plus belle, Léonard se rue sur une forme accroupie derrière la charrette d'un maraîcher.

– Sors de ta cachette ! J'ai vu ton reflet… Je t'ordonne de sortir si tu ne veux pas que je t'arrache les membres !

Une grande tige se déplie, penaude et gauche. Teint mat et broussaille de cheveux noirs.

– J'avais oublié que vous possédiez une troisième oreille, père… Et peut-être quelques yeux dans le cou !

Salaï tente un sourire charmeur, sachant que Léonard fond parfois sous son effet. L'essai est vain malgré les fossettes et les paupières aux longs cils. Le maître a bombé le torse, croisé ses bras haut sur sa poitrine et pris sa voix d'ogre :

– Ne t'avais-je pas commandé de rester au palais pour y travailler ? Je ne peux donc faire un pas dans Venise sans que tu ne colles à mes semelles comme un étron ? C'est insupportable, à la fin ! Tu vas m'obliger à te passer des fers aux chevilles et à te contraindre à moisir dans ta chambre.

– Ce n'est pas ce que vous croyez… Suivez-moi à l'écart. Vite, je ne veux pas être vu !

Le jeune homme saisit le bras de Léonard qui se laisse entraîner, soudain curieux de connaître le motif d'une semblable détermination.

Salaï, tout en conduisant son père adoptif dans le renfoncement d'un porche, ne cesse de se tordre le cou pour jeter de vifs coups d'œil en arrière.

Ce n'est qu'une fois à l'abri qu'il désigne deux hommes près d'une fontaine, observant les allées et venues des citadins :

– Voyez-vous ces deux gaillards, là-bas ? On croirait des belettes... Eh bien, je vous regardais partir tout à l'heure quand je les ai remarqués.

– Alors ?

– Ils surveillaient la porte, à n'en pas douter ! Ils vous ont filé le train dès que vous vous êtes mis en route. C'est pourquoi je les ai pris en chasse à mon tour pour m'assurer que c'était bien vous qu'ils suivaient. Je voulais apprendre où ils se rendraient après vous avoir espionné.

Léonard examine les deux personnages.

– Ils sont vêtus comme d'austères fonctionnaires, déduit-il. Bonnets et manteaux noirs, manches et col froncés, boucles argentées aux chaussures... Jeunes... À peine la trentaine... Athlétiques... Sortis tous les deux du même moule !

En parlant, le Vinci a posé une main sur l'épaule de Salaï.

– Renseignons-nous sur ces quidams, mon garçon...

– De quelle façon, père ?

– Puisqu'il apparaît que je suis l'objet de leur attention, je vais les attirer, et tu ne les lâcheras plus. Je te sais suffisamment rusé et débrouillard pour t'acquitter de ta mission à la perfection !

Le ballet s'orchestre aussitôt. Le Vinci s'en revient chez lui, traînant dans son sillage les deux poissons ferrés, jobards malgré eux.

Car Salaï, trente pas plus loin, ne les perd pas de vue, rasant les murs, se coulant dans des groupes de passants, ne quittant jamais le courant…

Le maître marche d'une allure fière, ses fortes épaules roulant en rythme, sa chevelure ondulant de gauche et de droite. Pourtant, son pouls frappe à ses tempes. Des coups rapprochés et douloureux. Sous sa houppelande, le dos de sa chemise se trempe de sueur. Les muscles de ses cuisses se durcissent. À chaque nouvelle foulée, la nausée logée dans sa gorge devient plus salée, plus aigre.

Ce n'est pas la peur.

Il redoute seulement d'être arrêté avant d'avoir mené sa tâche à bien. Il ne lui reste plus qu'un visage à voler. Les derniers traits de son Judas…

Entrant dans son palais, il croise Horacio, qu'il salue à peine, et traverse le vaste vestibule pour se rendre dans le jardin, où il s'assied sur un banc de pierre. La fraîcheur. L'ombre bleue des ifs sur l'herbe rase. Le parfum des fleurs, à ses pieds… Il expire longuement, pressant sa tête de ses immenses mains. Enfin, il se ressaisit, se redresse et répète tout haut :

– Ce n'est pas la peur.

Salaï, qui arrive, l'a sans doute entendu. Peu lui importe.

– Alors, raconte-moi…

Le jeune homme prend place à côté de lui.

– Vous voyant revenir ici, les deux hommes se sont séparés. L'un est resté en faction où je viens de l'apercevoir… Là, devant la porte principale.

– Et le second ?

– Cela doit-il vous embarrasser, père ? Il est entré au palais de justice ! Je parie que toute la maison se trouve sous surveillance ; il se pourrait bien que l'on nous observe aussi du côté du canal !

– Fâcheux…

– Je veux bien concevoir que Venise soit en ébullition depuis le meurtre de ce capitaine, mais de là à surveiller un hôte de votre étoffe ! À moins que cela ne soit pour votre sécurité ?

– Aucune importance ! ment Léonard. J'attends une lettre de Rome, où j'ai fait louer une petite maison. Nous pouvons commencer à préparer nos malles…

– Hum… Et je présume que je ne dois rien vous demander à ce propos. Secret, secret !

– Tu présumes bien ! Je te préviendrai quand j'aurai décidé de quitter Venise. Tu devras être prêt… Maintenant, retourne à tes études.

Salaï se lève, sans se décider à partir. Il considère son père adoptif avec une curieuse expression, s'apprêtant à poser une question qui le tourmente.

Le regard aigue-marine de Léonard plonge dans celui de Salaï, obscur et profond. Et Salaï comprend qu'il ne doit rien demander. Juste se taire. Obéir et se taire.

Aussi se retire-t-il, peiné par le chagrin lu dans le regard de Léonard.

DEUX VOYAGEURS

Florence. Palazzo Vecchio.

La place de la Seigneurie, où fut pendu et brûlé Savonarole deux ans plus tôt, grouille d'une foule bruyante ; c'est jour de marché, les échoppiers hèlent les passants et barguignent à tue-tête, rivalisant de plaisanteries et d'arlequinades.

Deux cavaliers aussi crottés que leurs bêtes mettent pied à terre. L'un, râblé et musclé comme un taureau, se passe un linge sur le front en soufflant.

– Attachons nos chevaux à ces anneaux, dit-il au second, plus jeune, qui se masse les reins en grimaçant de douleur.

– Ah non ! prévôt ! Nous n'allons tout de même pas nous plonger dans les dossiers de cette ville sans passer avant dans une auberge ? N'avez-vous pas le dos brisé et le ventre creux ?

– Tout autant que toi, Menanzzo. Mais je souffre en silence, une chose que tu ne sais pas faire ! Je me serais bien privé de tes jérémiades durant notre voyage. Mes oreilles me brûlent plus que la peau de mon fessier…

Menanzzo noue les rênes de sa monture à un mousqueton scellé dans le mur de la Seigneurie sans cesser de ruminer :

– Je regrette déjà Milan… Même sans le More, que ce damné Français de Louis retient en captivité à Loches comme un vulgaire chiffonnier ! N'est-ce pas une honte ?

– Oui, oui… Suis-moi ; j'ai hâte de fouiller les archives de la salle des offices.

Le prévôt Vittore se dirige déjà vers le bâtiment, la démarche raide et gourde. Épaules basses. Son lieutenant se décide à le suivre après un temps, à regret, fulminant à voix basse :

– Le duc végète dans une geôle et mon maître s'en moque ! Il n'a plus qu'une idée en tête qui lui ronge l'esprit avec des dents de rat. Pour sûr que ce sombre animal sera bientôt bon à jeter dans un asile !

– Que dégoises-tu ? s'enquiert Vittore en se retournant.

– Rien, messer ! Rien d'important… Je me parlais à moi-même, puisque vous vous complaisez dans le mutisme. Savez-vous combien de mots vous avez prononcés lors de notre voyage ?

– Ma foi, je n'ai pas compté.

Menanzzo l'a rejoint.

– Le calcul était pourtant fort simple. Vous en avez articulés une dizaine tout au plus.

– Sans aucun doute essentiels.

– Je ne le nie pas, admet le jeune homme. « Arrêtons-nous ! Bivouaquons ! Remontons en selle ! Plus vite ! Traversons à gué… »

– Tu oublies les prières du soir et les actions de grâces, le reprend Vittore en souriant.

– Non, je ne recense pas les saintes paroles. Je parle de conversation… Ce qui permet à deux honnêtes voyageurs de passer le temps en bonne cordialité, échangeant des banalités, certes, mais rendant supportable une harassante randonnée.

Vittore émet un long soupir.

– Allons, mon garçon, tu m'adresses des griefs comme si tu ne me connaissais pas. Ai-je une réputation de facétieux ?

– Puisque vous me le demandez…

– Il est inutile de me répondre ; je me doute de ce que tu me dirais. Penses-tu que je ne prête pas l'ouïe à ce que colportent mes subordonnés dans mon dos ? « Ce prévôt ressemble à un sinistre bouc, avec sa barbichette noire comme la nuit », ou : « Avons-nous déjà vu autant de morosité et d'ennui réunis en un seul homme ? »

– Il est vrai que l'on brosse ce genre de portrait… Néanmoins, je puis vous assurer qu'aucun de vos employés ne vous sous-estime. Et, je vous prie de me croire, vous jouissez d'une grande considération et d'une haute respectabilité. Vos talents – fort nombreux – sont reconnus et loués par tout Milan.

Vittore secoue sa grosse tête de droite à gauche.

– Oui, soupire-t-il, ce sont là des qualités que l'on attribue ordinairement aux gens de mon espèce. Je suis un fonctionnaire rigoureux. Un chien de chasse fidèle et opiniâtre.

– Pardi ! s'exclame Menanzzo. Beaucoup de vos semblables aimeraient posséder de tels atouts. Lesquels sont particulièrement utiles pour exercer votre métier.

Les deux hommes traversent un ample vestibule où circulent des clercs en habit, les bras chargés de dossiers.

Le prévôt désigne un comptoir d'accueil.

– Demandons notre chemin au greffier ; je suis attendu par mon ami le conseiller de justice Govian.

– Éplucher des monceaux de répertoires ! Est-ce nécessaire, au moins ?

– Les deux premières victimes du *voleur de visage* sont nées à Florence… Et, vois-tu, j'ai appris que le capitaine Antonio Draguere, la victime vénitienne, était lui aussi originaire de cette ville.

– Soit, mais quel rapport y a-t-il avec notre suspect ?

– C'est ce que nous sommes venus chercher, Menanzzo ! Je te rappelle également que maître Léonard a servi comme apprenti dans l'atelier d'Andrea Del Verrocchio… Ici même, à Florence !

– Je commence à deviner sur quelle piste vous voulez nous entraîner… À mon avis, il y a vraiment peu de chances pour qu'un modeste élève en peinture, bâtard de surcroît, ait pu côtoyer des gentilshommes aussi nobles que Cristoforo Di Rodrigo, Cosimo Vollone ou le capitaine Draguere !

– Tu as certainement raison, concède Vittore. Pourtant, ils avaient tous le même âge… Il existe sans aucun doute un rapport entre eux. Et je vais m'évertuer à le découvrir.

– En nous usant les yeux sur de vieux registres ! se lamente le lieutenant.

Ils sont arrivés à la hauteur du comptoir tenu par un commis gris, la peau ravagée par la petite vérole, les joues creuses, l'œil jaunasse. Le prévôt lui tend un document. L'homme se penche, l'examine et hoche du menton.

– Vous avez parcouru une longue route, prévôt, articule-t-il en exhalant une haleine rance chargée de bile.

– Exactement, lui rétorque Vittore en reculant d'un pas. Le conseiller Govian peut-il nous recevoir ?

Le greffier se retourne vers un tout jeune garçon pour lui commander :

– Rends-toi au bureau de messer Govian et annonce-lui que ses hôtes milanais le réclament. S'il est libre, tu reviendras les chercher de ce pas.

L'adolescent détale.

– Ce ne sera pas long, ajoute le scrofuleux.

En aparté, Menanzzo glisse à son supérieur :

– Êtes-vous persuadé que c'est lui ? Lui, Léonard ? Un assassin ?

– Je le crois en effet. Étrange coïncidence, non ? Il est à Venise au moment où une « créature » arrache un visage ! Tu verras, mon ami, tout génial que soit cet homme-là, il commettra une erreur un jour… Je serai là pour lui passer les fers aux poignets et aux chevilles !

– Il me semblait que vous l'estimiez… Vous appréciiez sa compagnie, n'est-ce pas ?

– Un personnage hors du commun ! Il m'a aidé au cours de certaines enquêtes en allié fidèle, jouant avec moi comme un chat rusé avec une innocente souris ! Tu as raison, je l'aimais vraiment.

– Cela signifie-t-il que vous le détestiez aujourd'hui ?

– Je l'admire, Menanzzo ! Je l'admire et le crains comme s'il était le diable en personne.

LA RÉVÉLATION

À l'une des fenêtres du premier étage du palais du Vinci, Salaï constate :

– Il y en a deux, là… Et plus loin, à l'angle de la rue, deux autres !

Léonard, se tenant dans l'ombre, fait un pas.

– Allons voir du côté du canal.

La nuit est proche ; l'ombre envahit la demeure, Salaï s'empare d'une lanterne posée sur un buffet.

– Père, me direz-vous enfin pourquoi tous ces hommes en ont après vous ?

– Je préfère que tu l'ignores ; je ne suis pas certain que tu me considérerais encore comme ton père si tu savais.

Ils s'engagent dans une galerie que les fumigations régulières d'Horacio ne sont pas parvenues à assainir ; l'humidité salée y est tenace et s'acharne à en ronger les murs.

– Quoi que l'on ait à vous reprocher, je suis persuadé que vous agissez pour une juste cause !

– Tu n'es qu'une crapule, mon garçon, mais ton cœur est gros et tendre comme un bon fruit d'été !

Ils ont traversé le palais et se sont approchés d'une nouvelle fenêtre donnant sur le canal, où, peu loin, deux barques clapotent avec trois individus dans chacune d'elles.

– Que vous disais-je tantôt ? annonce Salaï. Nous sommes encerclés, désormais !

– Soit !

– Vous tenez toujours à sortir ?

Le Vinci se redresse, la lueur de la lanterne éclaire ses dents éclatantes de blancheur. Il sourit en grand. En large. Il sourit comme un animal doué de raison. Prêt à mordre.

– Naturellement, affirme-t-il. Et toi et moi allons mystifier ces agents de la prévôté. Va sur le quai ; je cours chercher quelques ustensiles, puis je t'y rejoins…

– Me direz-vous ?

Léonard est déjà sur le seuil.

– Tu verras…

Quelques minutes plus tard, alors qu'il attend dans la darce, Salaï voit réapparaître le maître, les bras chargés. Il ne porte qu'un linge lui ceignant les reins. Il tend sa houppelande noire à Salaï.

– Enfile mon vêtement et rabats la capuche sur ta tête de manière que, de loin, l'on puisse te prendre pour moi.

– Je commence à comprendre, souffle le jeune homme.

Le Vinci a roulé culottes et chasuble dans une toile cirée qu'il accroche à son dos à l'aide d'une sangle, et passe un gros heaume sphérique muni d'une visière en verre hermétiquement close. Un long tuyau en cuivre s'échappe de son sommet. L'appareil se fixe au col grâce à des épaulettes en cuir retenues par des bretelles nouées à une ceinture que le maître boucle à sa taille.

Salaï émet un sifflement :

– Ainsi, vous me certifiez que vous pourrez progresser sous l'eau sans vous noyer ? C'est par ce tube que vous respirerez ?

– En effet… J'ai conçu ce prototype pour le proposer au Sénat, qui aurait pu en équiper les soldats vénitiens… Et je m'en suis servi à Milan en une certaine occasion !

– Je me souviens du… du premier meurtre du *voleur de visage*, près du Martesana. N'a-t-il pas été commis par une créature aquatique marchant sur deux pattes ?

La voix assourdie par le casque, Léonard demande :

– Tu voudrais dire que quelqu'un d'autre que moi aurait déjà eu cette idée ?

– Cela me paraît peu probable.

– Alors tu te trompes, comme tous ceux qui ont cru voir un monstre ! Monte dans la barque et grandis-toi si tu veux me ressembler ! La nuit favorisera notre mise en scène.

Salaï grimpe dans l'embarcation, se saisit de la rame et godille pour quitter l'appontement.

Il se retourne pour lancer un petit signe de la main à Léonard et lui dire :

– J'ignore où vous allez, père, mais je vous souhaite bonne chance ! Que Dieu vous garde…

– Cela fait bien longtemps que Dieu m'a oublié ! Et c'est certainement mieux de la sorte ; je m'accommodais mal de ses intentions.

Salaï a menti ; il est persuadé que le maître a décidé de rendre visite à son amour secret, riva degli Schiavoni… La surveillance du palais les a contraints tous deux à s'ignorer durant ces dernières semaines.

* * *

Avant de plonger dans le bassin, Léonard s'assure que les policiers sont tombés dans le piège. Une barque a pris Salaï en filature. Tranquillisé, il s'immerge. L'eau bouillonne un instant, puis se calme et redevient étale. Seule l'extrémité du tuyau permettant la respiration du nageur affleure à la surface.

Léonard longe la façade de son palais, passant très près de la seconde barque sans se faire remarquer.

Il progresse en une brasse lente et régulière, fendant cet espace obscur, respirant l'air frais de la nuit, satisfait d'avoir berné les affidés du jeune prévôt Mancini, qui lui tourne autour comme le fit Vittore, cinq ans plus tôt.

« Je ne lui demande qu'un peu de temps, pense-t-il. Du temps pour affronter le pape et abattre le *quatrième !* Du temps pour achever les deux tableaux que je peins la nuit... Du temps pour donner à mon Judas les traits de mes victimes ! »

* * *

Riva degli Schiavoni.

Léonard se hisse sur le ponton, se défait de son heaume, ouvre le baluchon contenant ses effets et s'habille en hâte pour se diriger vers la maisonnette louée à son ami Antonio Frisi.

La petite silhouette vient lui ouvrir.

– Mon chéri... Mais tu es trempé !

– Je suis surveillé... J'ai dû quitter mon palais secrètement en utilisant mon casque submersible et mon respirateur… Cela ne fut pas une tâche trop ardue, à la différence de la nuit où j'ai traversé le Martesana avec l'équipement complet.

Il entre, referme aussitôt la porte.

– Tu sembles inquiet, Léonard ! Crains-tu d'être arrêté ?

– Le prévôt Mancini, comme celui de Milan, ne trouvera aucune preuve. Il a sans doute de solides suspicions, mais cela ne peut lui suffire pour me mettre la main au collet.

– Nous allons donc devoir vivre séparés encore quelque temps ; je déteste être loin de toi… Tu as cependant pris un gros risque en venant ce soir.

– Salaï m'a offert son aide et m'a permis de m'éclipser au nez et à la barbe de ces araignées qui tissent leur toile au-dessus de ma tête.

La petite silhouette se love dans les bras de son amant. Celui-ci l'enlace, la serre doucement contre son torse, craignant de la briser tant elle est menue. Il remarque avec douleur qu'elle a encore maigri. Elle n'est plus qu'un fantôme, toujours vêtue de sa robe monacale, son capulet noyant son visage d'une ombre épaisse où seuls ses yeux s'illuminent parfois. Si brièvement. Fugitives lueurs follettes.

– Ah, dit-elle dans un souffle, tu as fait de Salaï ton complice…

Sa voix semble gênée.

– Il n'a pas rechigné, précise Léonard.

– Je dois t'avouer quelque chose… Tu auras certainement des reproches à me faire ensuite.

– Je t'écoute, mon ange.

Elle se redresse légèrement, pose ses lèvres sur le cou encore mouillé du maître. Mais la peau est chaude, gorgée d'une vie qui bat à grands coups. Elle demeure ainsi un long moment, sa langue lapant cette force qui la régénère et lui apporte le courage de se confesser :

– Salaï… Salaï connaît mon identité ! Un soir, à Milan, il t'a suivi alors que tu te rendais chez moi. Le lendemain, il frappait à ma porte. Je n'ai pas eu le courage de lui mentir, ne souhaitant pas qu'il imagine des sottises qu'il aurait pu ébruiter.

Elle craint que Léonard n'élève le ton pour la sermonner. Pareille à une chatte caponne, elle se recroqueville sur elle-même, entrant la tête dans les épaules. Il la sent trembler.

– Ce gamin s'est toujours comporté comme une vilaine fouine ! se contente de dire Léonard, prenant soin de ne pas paraître irrité.

– Ici encore, il vient parfois me tenir compagnie lorsque tu es occupé et retenu en ton palais ou ton atelier… Il te ressemble tellement ! Aussi attentionné et affectueux. Cherchant sans cesse à me consoler et à me distraire.

– Il agit en fils, n'est-ce pas ?

– Ne sois pas trop sévère avec lui, mon chéri. Si tu dois te mettre en colère, que ce soit contre moi.

Il sourit.

– Allons ! Pour quel genre d'aveugle me prends-tu ? Quant à Salaï, me considère-t-il comme un vulgaire pigeon ?

Elle a cessé de trembler.

– Tu t'en doutais ?

– Je sais depuis bien longtemps que vous vous fréquentez ! Les ruses de Salaï, ses mensonges et ses manigances pour le dissimuler m'amusaient fort !

Elle s'écarte, fait un pas en arrière, rejette sa capuche dans son dos et le regarde, yeux froncés.

– Et tu n'as rien dit ! Tu n'es qu'un renard !

Il ne peut se retenir de rire. Une cascade de notes claires perle de sa gorge.

– Je devrais te détester, Léonard, annonce-t-elle. Tu es imbu de ta personne, vaniteux, manipulateur…

– Pourtant, tu m'aimes, mon bel ange.

Elle revient, reprend sa place dans les bras qui se referment sur elle, l'emprisonnant de leur force contenue, de leur chaleur.

– Oui, je t'aime, articule-t-elle, son visage s'imprégnant du parfum de rose que l'eau du canal n'a pas pu complètement effacer de la chair de Léonard.

Cette délicate essence lui rappelle un lointain passé.

– Je t'aime, poursuit-elle, depuis si longtemps ! Depuis que tu m'as offert le médaillon…

– Ne dis plus rien, l'interrompt-il gravement.

Son rire s'est brisé. L'écho s'est perdu brutalement dans l'espace sombre et humide de la maison que le silence englue à nouveau.

Puis, après un long moment, elle dit :

– J'ai froid. Resteras-tu un peu ?

Il la soulève du sol et l'emporte vers l'escalier. Si maigre. Elle est si maigre qu'elle ne pèse pas plus lourd qu'un oiseau jeté à terre par un orage. Déchiré. Les ailes cassées.

Les marches craquent sous les pas du Vinci. La petite silhouette a enserré son cou pour s'y accrocher telle une mourante.

Lui, il a posé sa bouche sur son crâne. Une tête glacée et chauve.

C'est un cadavre qu'il dépose sur le lit de la chambre. Un cadavre qui lui tend les mains, l'appelle en un murmure, s'arque pour le recevoir et succomber sous ses caresses. Et renaître un peu contre ce grand et beau corps qui exhale le souvenir de leur enfance.

Il dénude cette morte avec des gestes d'une douceur infinie, ôte ses propres vêtements, s'allonge sur les draps frais. La petite défunte baisse les paupières. Ainsi, dans les ténèbres, elle aide une vision à émerger d'un cloaque.

Un ange féminin et radieux jaillit, ses seins dorés de soleil, son sourire semblable à un affront.

Yeux clos, le cadavre embrasse le Vinci.

En une autre époque, les lèvres d'un ange baisent celles de Léonard.

* * *

Durant plus de trois heures, Salaï a entraîné ses suiveurs à travers Venise, qu'il a appris à connaître lors de ses allées et venues solitaires. Considérant qu'il les a suffisamment bernés en offrant à son père un appréciable répit, il s'en retourne au palais.

Avant de pénétrer dans la darce, il ne peut s'empêcher de saluer les agents de la prévôté d'un large signe du bras.

Dans leur barque, les trois espions ne contiennent pas leur rage.

– Nous nous sommes fait jouer par ce diable d'homme !

– Je partage ton avis, Benetto, il nous a baladés…

– En plus, le bougre se fiche ouvertement de nous ! Regardez, il nous fait un signe !

– Maudit assassin ! Il fera moins le fier lorsqu'il croupira à la prison des Plombs !

Salaï traverse la cour intérieure et remarque la silhouette de Léonard, assis sur le banc de pierre.

– Ah, vous êtes rentré, père… J'ai promené ces clampins jusqu'aux paludes.

– Je t'attendais. Montons, nous avons à parler.

Léonard se lève. Salaï le suit en bougonnant :

– Hum, je n'aime pas trop quand vous avez cette tête-là !

– Elle m'a tout révélé, Salaï ! Mais si je fais cette tête, ce n'est pas parce que tu as appris notre histoire… Non, je suis juste peiné que tu aies compris que j'étais un criminel. Moi qui tente de faire de toi un honnête homme… Quel épouvantable exemple !

Le jeune homme accélère le pas pour le caler sur celui du maître.

– Mais, père… Vous vous méprenez ! Je vous admire, au contraire ! Je regrette même que vous ne m'ayez pas associé à votre entreprise.

Dans la maison, ils baissent la voix ; on entend Horacio marcher à l'étage. Petits bruits trotte-menu. Le vieux scarabée ronge son insomnie comme à son habitude, hantant la demeure dans l'obscurité…

– Jamais je ne voudrais que tu aies les mains rouges de sang, mon fils, murmure le Vinci. Je souffre déjà que tu partages mon secret ; c'est un fardeau fort lourd pour un garçon de ton âge.

– J'ai vingt ans. N'est-ce pas à peu près l'âge que vous aviez lorsque le drame est arrivé ? Vous devriez cesser de me considérer comme un enfant ; j'ai vieilli sans que vous en preniez conscience et je possède désormais le jugement nécessaire pour supporter un tel secret. Et ne point vous condamner pour les actes que vous perpétrez !

Le Vinci regarde longuement le jeune homme, semblant découvrir sa taille élancée et les traits virils de son visage que l'ombre accuse avec fermeté.

– Oui, dit-il, il est vrai que tu ne ressembles plus guère à l'adolescent chafouin et vulgaire que j'ai souvent pris pour un chat sauvage. L'âge… Te voici donc adulte ! L'âge a cueilli ta jeunesse… Tu es en droit de quitter mon toit… Je ne t'en blâmerai pas ; partager l'existence du *voleur de visage* n'est pas un destin très enviable.

Salaï bondit et saisit les poignets de Léonard.

– Refusez-vous de m'écouter ? souffle-t-il en contenant sa voix afin que ce fantôme de Horacio n'entende pas. Je vous dis que je n'éprouve aucune honte à vos côtés ! Je suis informé de vos agissements depuis le premier crime… Vous ai-je abandonné, alors ? Ai-je fui votre affection ? Vous ai-je dénoncé au prévôt ?

– Je suis pourtant un monstre, articule très bas le Vinci. Tu n'ignores pas de quelle ignoble manière je traite mes victimes…

– Vous les massacrez, les déchirez, les éventrez…

– Cela ne t'horrifie-t-il pas ?

Salaï prend un temps avant de répondre :

– À votre place, j'agirais de la sorte… Pis, peut-être !

BORGIA

Trois jours plus tard, Léonard et Salaï quittent Venise. Après une semaine d'un voyage mené à un train d'enfer, ils s'installent dans la villa que le maître a fait louer sur la colline du Palatin.

De son côté, la petite silhouette, escortée par le Court et le Long, a pris la route de Florence.

Le Vinci manifeste une bonne humeur inhabituelle. Attendant que César Borgia réponde à sa demande d'audience, il s'est plongé dans un travail qui l'occupe presque jour et nuit.

Salaï a repris ses études avec plus d'assiduité qu'il n'en a jamais montré. Il se passionne désormais pour le modelage et parvient même à extraire de la glaise quelques bustes convenables, agréablement surpris par les compliments que lui prodigue parfois son père adoptif.

La maison n'est pas très grande ; ses deux habitants l'ont partagée de manière à disposer chacun d'un espace indépendant. Ils se retrouvent aux heures des repas dans une pièce commune où ils prennent plaisir à converser en mangeant des légumes, du fromage et des fruits. Le maître n'ayant pas souhaité employer de personnel, ils se chargent à tour de rôle des courses et de la cuisine.

Salaï s'étonne d'apprécier cette vie monacale et n'éprouve pas le désir de fuguer. Il se contente des longues promenades dans les ruines antiques, imposées par Léonard, écoutant ce dernier lui décrire le palais de Tibère, le temple de Cybèle ou les termes de Septime Sévère…

– L'eau parvenait jusqu'aux bains par l'aqueduc de Claude. Tu peux d'ailleurs en apercevoir les vestiges sur la voie Appia.

Il parle. Intarissable, le Vinci parle de Titus, Domitien, Caracalla… Il évoque gloire, politique, crimes, guerres et décadence. Salaï ne cherche pas à retenir les leçons. Il se contente de se laisser charmer par la voix lente et chantante, constatant qu'il n'a jamais partagé des moments d'une telle intimité avec son protecteur.

Léonard garde le secret sur les travaux qui le retiennent dans la chambre qu'il a transformée en atelier ; Salaï ne lui pose aucune question malgré la curiosité qui le taraude.

Mais, un matin, le jeune homme est à peine levé qu'il entend un sifflement parcourir la demeure. Une stridence légère, soutenue, régulière… Il n'a que le temps de se plaquer au sol ; une machine volante lui frôle la tête. Un objet surprenant, mû par deux pales hélicoïdales.

Léonard jaillit hors de sa retraite, exultant comme un enfant, hurlant de joie et dansant une folle gigue.

– Victoire ! J'en étais certain… Cette vis aérienne vole encore mieux que mon aile ! Vois-tu, Salaï, comme l'on peut vaincre la pesanteur ?

Salaï, couché à terre, se protégeant de ses bras, se redresse à peine ; le jouet endiablé poursuit sa course, occasionnant désordre et fracas sur son passage.

– Pour sûr ! Mais quel usage comptez-vous en faire ?

Léonard ne répond pas ; il regarde s'essouffler son engin qui se pose bientôt sur le carrelage. Inerte. Salaï se remet debout et, comprenant qu'il s'agit de la maquette réduite d'un appareil devant emporter le maître dans les airs, s'exclame :

– Oh non ! Vous pensez vous accrocher à cette épouvantable chose et ?... Oh non ! Ce serait de la folie !

– Dès que nous serons à Florence, tu m'aideras à la construire.

L'ingénieur ramasse l'objet et l'admire tandis que Salaï se frappe le front et lève les yeux au ciel en répétant :

– Oh non !

– En démultipliant l'énergie que je fournirai par les jambes, grâce à ces pignons et à ces trois chaînes, je pense pouvoir donner aux hélices suffisamment de vitesse pour me maintenir en l'air.

– Mon Dieu !

– Ces hélices devront évidemment être très solides, mais construites dans un matériau léger.

– Sainte Vierge !

– Leur mouvement sera constant ; j'y veillerai en les activant... Il me faudra m'entraîner si je veux obtenir une rotation régulière.

– Je n'ai jamais entendu propos plus fous !

Un bruit de galop. Un hennissement. Salaï jette un œil par la fenêtre.

– Un cavalier vient vers nous !

Lui tendant sa maquette, Léonard demande à Salaï :

– Tiens, cache vite ma vis volante. Le pape m'apporte enfin sa réponse. Ma mise est-elle convenable ? Ne suis-je pas trop débraillé ?

– Ce n'est qu'un émissaire, père !

Le maître a ouvert la porte. Une tiède lumière s'engouffre dans la pièce. Léonard fait quelques pas. Le messager, sans descendre de sa selle, lui présente une lettre fermée du sceau papal, puis s'en retourne après avoir articulé une rituelle formule de politesse.

De l'encoignure, Salaï assiste à la scène. Quand Léonard, plongé dans sa lecture, referme la porte derrière lui, le jeune homme s'enquiert :

– Alors, Borgia consent-il à vous recevoir ?

– En effet, cette crapule imagine certainement pouvoir me dissuader de m'en prendre à son cousin. Il en sera pour ses frais. Emplis un grand baquet d'eau que tu parfumeras avec mon essence de rose, et prépare-moi mes vêtements blancs. Le Saint-Père est une canaille, mais c'est un homme de goût ; je ne le décevrai pas.

* * *

Florence.

Le docteur Ritello sort d'une riche demeure où il vient de visiter l'une de ses malades. Homme de petite taille et rondouillard, il reste sur le seuil de la porte, anxieux, angoissé, ses yeux de pigeon roulant comme des billes. Un cheval l'attend, mais il ne bouge pas. Il regarde en transpirant un géant barbu achever sa ronde dans la rue avant de lui adresser un signe de la main.

– Vous êtes certain que je ne crains, rien, Marco ? Vous avez bien regardé à gauche et à droite, n'est-ce pas ?

– Oui, docteur Ritello. Ainsi que devant et derrière. Vous pouvez monter en selle.

Sous la protection du colosse, Ritello traverse en sautillant les deux mètres qui séparent le porche de sa monture.

– Sait-on jamais ? demande le médecin, le pied à l'étrier. Peut-être devrais-je employer un second garde du corps pour mes déplacements en ville ?

– Je vous assure que je peux veiller sur vous sans l'aide de personne, affirme Marco, faisant geindre l'animal sous son poids. Mais je serais certainement plus efficace si j'avais connaissance du danger que vous craignez, docteur. Même votre femme s'interroge à votre sujet.

– La pauvre me croit fou ! Elle se dit que j'invente un péril imaginaire… Si elle savait ! Si vous saviez ! Mais j'ai écrit à mon auguste cousin… Le Saint-Père !

Toujours inquiet, terrorisé, suant à grosses gouttes, Ritello éperonne la bête.

– Allons, allons ! Partons vite ! À la maison ! Au trot ! Et vous, Marco, chevauchez tout près de moi.

– Comme toujours, docteur. Pareil à votre ombre.

* * *

César Borgia se détend, confortablement installé sous un grand dais chamarré, assis entre les condottieri Gian Paolo

Baglioni et Vitellozzo Vitelli, avec lesquels il s'entretient distraitement de la percée de ses troupes en Romagne. Trois jeunes pages distribuent boissons et fruits tandis qu'un musicien, en retrait, joue de la lyre.

Borgia a vingt-cinq ans. Mince, le visage anguleux, il a conservé son regard d'adolescent. Une perpétuelle lassitude alourdit ses sourcils et ses lèvres. Courte barbe et fine moustache tentent de vieillir cet éphèbe guerrier, retors et ambitieux.

En cette fin de matinée, le soleil écrase d'une épaisse chaleur les jardins du Vatican. Borgia a bu beaucoup de vin ; ses joues s'empourprent et son front brille de sueur.

Soudain, il désigne une puissante silhouette qui s'approche.

– Ah, voici mon hôte… Maître Léonard dans ses plus beaux atours ! Ne trouvez-vous point qu'il a l'air tourné d'un fol ?

– Il est vrai qu'il voyage en compagnie d'un jeune moricaud qui pourrait bien lui donner ce qu'il est convenu qu'aucune femme ne lui offre, se moque Baglioni.

– C'est de notoriété publique ! souligne Vitelli.

Léonard est parvenu à la hauteur du groupe. Il s'incline respectueusement devant Borgia.

– Ne vous courbez pas devant nous, mon fils ! demande le pape. Ce serait plutôt à nous de nous abaisser devant la flamboyance de votre talent et de votre génie.

Léonard n'est pas dupe ; il a ressenti la pointe d'ironie dans la voix juvénile du pontife. Aussi se redresse-t-il immédiatement, déployant son grand corps tel un aigle blanc ouvrant ses ailes avant son envol. Velours et soie de ses vêtements se gorgent de lumière. Il domine Borgia de plus d'une tête et l'attaque de front d'un large sourire.

Puis, montrant d'un coup de menton les condottieri, le musicien et les pages :

– Que Sa Sainteté me pardonne ; j'aurais pensé qu'elle me recevrait en privé. Car je comptais lui demander de me confesser !

– Vous confesser ? Si je m'attendais à cette requête ! Soit, venez…

Borgia entraîne Léonard à l'écart, lui prenant le bras comme s'il s'agissait d'un ami de longue date. Ils marchent un instant en silence, empruntant une allée ombrée par de magnifiques ifs.

Enfin, Borgia dit :

– Il y a, plus loin, un belvédère où je pourrai vous écouter en toute discrétion. Néanmoins, je pensais plutôt que nous parlerions de mon cousin, ce petit docteur… dont j'ai oublié le nom !

– Ritello. Urbino Ritello !

– Oui, c'est cela. Eh bien, il m'a écrit pour me dire qu'il craignait que vous ne vous en preniez à lui… Vous doit-il quelque somme d'argent ? Comptez-vous le poursuivre ?

– Il s'agit en effet d'une dette… Une certaine créance qui réclame une sanction !

Borgia chasse une mouche invisible d'un geste dédaigneux.

– La belle affaire ! jette-t-il. Traînez-le devant les tribunaux et qu'on oublie cette peccadille !

– Lorsque vous m'aurez entendu en confession, Saint-Père, vous changerez sans doute d'avis !

Les deux promeneurs ont atteint le belvédère. Le pape s'assied sur un banc à l'ombre d'un pin aux odeurs sucrées. Léonard poursuit :

– Il est bien vrai, n'est-ce pas, que tout ce que dit le pénitent en confession est placé sous le sceau du secret ?

– Nul ne saurait violer ce principe, Léonard. Surtout pas le pape !

Le Vinci met un genou au sol, joint les mains sur sa poitrine et, se penchant légèrement en avant, commence à parler…

Durant près d'une heure, le *voleur de visage* parle. Et César Borgia, qui n'a pas hésité à faire supprimer bon nombre d'ennemis s'étant opposés à son intention d'établir une principauté en Romagne, lui, le pape machiavélique, empoisonneur, sanguinaire, s'effondre devant tant d'horreurs.

– Mon Dieu, balbutie-t-il. Mon Dieu… Ces trois hommes, vous leur avez arraché la figure ! Ce monstre dont on m'a parlé, c'est vous !

Le jeune pontife s'affaisse sur lui-même et considère longuement le visage christique du pénitent agenouillé à ses pieds, que le soleil en son midi auréole d'un nimbe translucide.

– Bénissez-moi, père, demande Léonard, car j'ai péché et je vais pécher une quatrième et dernière fois en prenant le visage de votre cousin.

Borgia répond d'une voix très basse :

– Seul Dieu est en mesure de vous pardonner… puisqu'il ne pourra vous arrêter dans votre entreprise !

Le maître se relève. Borgia se sent incapable de bouger. Anéanti, il se contente de redresser le buste et de soutenir le regard limpide de son interlocuteur.

– Si Dieu avait été présent autrefois, je n'aurais pas été obligé de me substituer à Lui pour punir ces quatre hommes ! Mes respects, Saint-Père…

Léonard se retire, laissant le pape sur son banc. Borgia le regarde partir. Le vin qu'il a bu en trop grande quantité lui bat maintenant dans les tempes et lui soulève le cœur. Une irrésistible envie de vomir gagne sa gorge.

Il lui faut se lever, pourtant… Il ne doit pas laisser s'en aller ainsi cet homme qui s'est affranchi des lois morales, religieuses et sociales.

Au prix d'un terrible effort, Borgia abandonne son siège et hèle le Vinci :

– Maître Léonard !

Léonard se retourne à peine, donnant le sentiment de se douter qu'il serait appelé. Borgia le rejoint.

– Maître Léonard ! Nous avons beaucoup en commun… Vous avez vos raisons pour tuer, bien que vous usiez d'un procédé que je réprouve. Quant à moi, la politique m'oblige parfois à faire verser le sang. J'aimerais vous prendre à mon service ; cela vous plairait-t-il ?

– J'y réfléchirai, Saint-Père. Peut-être lorsque j'aurai achevé ma mission. Peut-être…

Resté seul, César Borgia se casse en deux pour dégurgiter le contenu de son estomac. Du vin. Rouge.

Semblable à du sang souillant l'herbe verte.

AUTOUR DE LA VIERGE ET DE L'ENFANT JÉSUS

Une semaine après son entrevue avec César Borgia, le Vinci fait de nouveau ses malles et quitte Rome avec Salaï afin de gagner Florence. Ils emménagent dans une dépendance du couvent des frères servites, qui commandent au maître un tableau devant décorer l'autel de l'Annunziata.

Comme il est désormais inutile de cacher la petite silhouette à Salaï, Léonard convie celle-ci à son domicile, lequel est suffisamment éloigné du monastère pour qu'elle ne soit pas remarquée par les frères. Un vaste jardin planté d'ifs entoure la propriété, isolant ses occupants du monde.

Le Vinci rechigne un peu à reprendre les pinceaux, préférant consacrer la majeure partie de son temps à construire sa vis volante dans l'atelier souterrain qu'il a aménagé sous la villa.

Les servites le pressent, ainsi que quelques nobles auxquels il a promis des peintures.

Devant gîte et pitance à la générosité des frères, Léonard se décide enfin à ressortir palettes, brosses et couleurs de leur coffre, engage momentanément deux élèves, et entreprend un carton de *La Vierge, sainte Anne et l'Enfant Jésus*.

Le résultat est si éblouissant que le père supérieur organise une exposition publique de l'ébauche dans le réfectoire. Outre le carton, le maître a tenu à présenter toutes ses esquisses préparatoires, succombant à la fierté qu'il éprouve à leur égard.

Ce mardi de juin, une foule se presse pour admirer *La Vierge, sainte Anne et l'Enfant Jésus*. La réputation du Vinci a désormais conquis Florence, alors que cette dernière n'avait guère témoigné d'intérêt au peintre durant sa jeunesse.

Cette fois, les Florentins se font caudataires, et leurs hommages ne sont plus que sucre aux oreilles du maître, qui va d'un groupe à un autre, vêtu de lumière, d'or et de rose.

Léonard rayonne, brasille, irradie, cueillant les fleurs aux lèvres de ses admirateurs.

Salaï, qui l'observe de loin, s'amuse fort de sa vanité ; il s'en réjouit, appréciant que son père oublie pour un temps l'épouvantable mission qu'il s'est assignée naguère, et qui, depuis, a obscurci son âme.

Soudain, l'ostentatoire sourire du Vinci disparaît quand, dans son dos, une voix familière le surprend.

– Maître Léonard, vous voici honorant Florence de votre génie.

Le peintre se retourne lentement, prenant sur lui pour ne pas manifester son trouble. Mais, se connaissant trop bien, il sait que les deux rides de son front se sont creusées et que l'éclat de ses yeux s'est terni.

– Prévôt Vittore ! Vous avez délaissé vos affaires milanaises ?

Le taureau épais, sombre et bourru, hoche la tête.

– Non, non… Ce sont justement elles qui m'amènent ici. Mon cher ami, le conseiller de justice Ernesto Govian, a bien voulu m'offrir son hospitalité le temps que durera mon enquête dans cette superbe cité.

Léonard a pris une longue inspiration. Il se ressaisit et parvient à recouvrer l'esquisse d'un sourire.

– Une enquête, dites-vous ?

– Je suis un homme entêté, maître… Et je suis venu éplucher les archives de cette ville. Saviez-vous que les victimes du *voleur de visage* avaient toutes fait leurs études à Florence ?

– Ma foi, comment l'aurais-je appris ?

Léonard fait deux pas ; Vittore le colle… Ombre poisseuse, importune.

– Elles avaient votre âge, à peu près… Et vous étiez alors vous-même apprenti ! Il vous aurait été possible de les croiser dans quelque taverne.

Léonard avise un petit homme maigre, habillé de pourpre. Il l'a reconnu… Il sera son repli.

– Maître Verrochio n'appréciait guère que ses élèves fréquentent les bouges, annonce-t-il en tentant de se diriger vers l'individu qu'il désigne au prévôt en ajoutant : Excusez-moi, je vois là monsieur Biagio, le secrétaire de la duchesse de Mantoue, avec lequel je dois m'entretenir.

– Je vous en prie… Nous nous reverrons sans doute très prochainement.

Vittore rejoint Menanzzo plongé dans l'observation d'un dessin annoté par le maître en personne.

– J'ai connu le Vinci moins émotif, dit le prévôt. Il a été fort tourmenté de me retrouver.

– Pardi, il ne s'attendait pas à ce que vous lui tombiez dessus et l'asticotiez comme vous l'avez fait !

Salaï s'est approché au plus près des deux hommes et tente de surprendre leurs propos malgré le brouhaha régnant dans la vaste salle.

– Un certain docteur Ritello a souhaité me rencontrer demain, dit Vittore. Il m'a fait savoir que c'était en rapport avec notre tueur.

– Tiens ! Ritello ?... Ce nom me dit quelque chose.

– Naturellement, précise le prévôt, nous l'avons croisé dans les registres. C'était un ami des trois victimes !

De son côté, Léonard est irascible. Sa discussion forcée avec le secrétaire de la duchesse de Mantoue l'horripile manifestement, et il ne fait même aucun effort pour paraître aimable.

– Oui, seigneur Bagio, je sais ! articule-t-il sèchement. Je suis en retard et la marquise attend son portrait ! Oui, elle m'a versé trente florins d'arrhes ! Oui, c'est une somme rondelette... Je sais !

Le malheureux petit homme, qui tente de défendre les intérêts de sa maîtresse, est dans l'embarras. Les joues aussi pourpres que ses habits, il triture nerveusement son col.

– Messer, comprenez-moi, bredouille-t-il. J'ai été chargé de vous sergenter un peu. Contre mon gré, croyez-moi... Il n'empêche que je dois m'acquitter de ma tâche ; il me serait fort désagréable de perdre mon emploi. À mon âge, on ne trouve plus aussi facilement une situation !

Léonard jette un œil sur sa droite ; le prévôt et son jeune lieutenant ne cessent de l'observer.

Bagio reprend :

– Si vous tardez de la sorte, la marquise, quoique très jolie femme, risque de ne bientôt plus ressembler au portrait que vous avez commencé.

– Eh bien, j'ajouterai des fils blancs dans sa chevelure et lui friperai un peu le cou ! Bonsoir monsieur.

Puis Léonard tourne les talons, excédé, plantant là son interlocuteur, et, accrochant Salaï par le bras, se rue vers la porte du réfectoire.

– Allons, suis-moi, mon garçon. Nous rentrons !

– Mais père, vous avez encore du monde à voir ! Quelques civilités à respecter ! Que vont penser de vous tous ces gens ?

À l'extérieur, Léonard frappe le pavé de ses talons.

– Ce chien de Vittore ! Le voici s'accrochant de nouveau à mes mollets !

– Des preuves, père ! Il n'a pas de preuves !

Longues enjambées. Silence durant la traversée du jardin protégeant la villa.

La petite silhouette apparaît dans le vestibule que son amant franchit, renfrogné, ruminant.

– Vous êtes déjà de retour ? s'étonne-t-elle.

– Mauvaise soirée... Mauvaise humeur ! répond Salaï, qui, en quelques mots, résume la confrontation entre le maître et le prévôt.

Aussitôt, la petite silhouette court rejoindre Léonard qui s'est vautré dans un fauteuil, les doigts parcourus de contractions, les ongles griffant les accoudoirs.

– Salaï m'a dit… Vittore est à Florence. Ne devrais-tu pas renoncer à ton dernier projet, mon amour ?

Il lui tend un bras. Elle se laisse enlacer et porter, pareille à une poupée. Léonard l'installe sur ses genoux. Toute petite chose fragile et sombre disparaissant dans la soie blanche et dorée, se recroquevillant dans la chaleur et le tumulte de cet homme agité et anxieux.

– Le Potard doit mourir comme les trois autres, lui murmure-t-il à l'oreille. Rien ne m'empêchera de le tuer. Ni personne !

Il dépose un baiser sur la tête dégarnie.

L'ANGOISSE DE RITELLO

– Es-tu certain de ce que tu as entendu hier soir ?

– Oui, père. Le sieur Ritello a demandé une audience à cette vieille carne de Vittore.

– Soit. Attendons… Je veux voir à quoi ressemble ce vilain archiatre, désormais.

– Viendrait-il chercher du secours au palais seigneurial ?

– C'est à craindre. Mais il taira une partie de la vérité en dissimulant son crime.

Avisant deux cavaliers, un gros homme au buste court et un géant barbu, Léonard s'exclame : « Voici notre crapule, Salaï ! Il a bien changé… La graisse le boursoufle et lui donne l'aspect d'un vilain crapaud, les années lui ont froissé son affreux visage, mais, à n'en pas douter, c'est lui !

– Que faisons-nous ?

– Rien pour le moment. Nous le suivrons quand il ressortira ; je veux connaître ses habitudes. Tiens-toi prêt avec les chevaux.

Ritello et son garde du corps ont mis pied à terre. Ils pénètrent dans le bâtiment en quelques rapides foulées.

Le garde du corps accompagne son protégé au deuxième étage, jusqu'à la porte du cabinet du conseiller de justice.

Le médecin entre en trombe, en proie à une grande agitation.

– Ah, monsieur le conseiller, monsieur le prévôt… Vous seuls pouvez encore m'aider ! Ma vie est en danger… Vous seuls, n'est-ce pas ? Vous pouvez, bien sûr !

Ernesto Govian, assis à son bureau, adresse un regard étonné à Vittore qui se tient debout près d'une fenêtre donnant sur la place.

– Reprenez vos esprits, docteur, conseille Govian. Tentez d'être moins confus si vous souhaitez que nous comprenions vos propos.

Ritello s'est planté devant le bureau, sautillant sur place, s'épongeant le front à l'aide d'un large mouchoir.

– Oui, oui, excusez-moi… C'est la peur ! Le… Le *voleur de visage* qui a frappé à Milan et Venise, eh bien, je serai sa prochaine victime… Ici, à Florence ! Il est ici…

Vittore abandonne la fenêtre pour s'approcher du petit homme transpirant une sueur salée et âcre, passant maintenant d'un pied sur l'autre comme s'il était pris d'une soudaine envie d'uriner.

– Docteur, pourquoi vous sentez-vous menacé ? demande-t-il. Et par qui ? Connaissez-vous l'identité du criminel ?

Ritello se tourne sur le prévôt. Cou tendu. Mouvement bref de dindon. Les yeux effarés roulant dans leurs orbites.

– Une amitié de jeunesse me liait aux précédentes victimes, et… j'ai tout lieu de croire que le tueur élimine un à un les membres du petit groupe que nous formions alors.

– Cela ne nous suffit pas, avance Govian. L'assassin n'agit sans doute pas sans motif. Lorsque vous évoquez les membres de ce groupe, parlez-vous de maître Cristoforo Di Rodrigo, du négociant Cosimo Vollone et du capitaine Draguere ?

– Mon Dieu, se lamente le médecin. Vous me mettez à la torture… Certaines choses ne peuvent être dites ! Je suis malheureusement dans l'incapacité de vous en apprendre plus, messieurs… Malgré tout, pourriez-vous intercéder auprès de la police florentine pour attacher quelques agents à la surveillance de mon domicile ?

Govian lance un nouveau regard à son ami Vittore et laisse délibérément passer plusieurs secondes avant de rétorquer :

– J'en sais trop peu pour présenter cette requête.

Ritello manque de s'effondrer. Il s'accroche au bureau, les jambes fléchissant sous le poids de son torse. Pitoyable noyé agrippé à un misérable radeau.

– Je vous en supplie, balbutie-t-il, la voix hachée de spasmes.

Le prévôt se porte à son secours :

– Allons, conseiller, accordons-lui deux ou trois hommes auxquels j'ajouterai mon brave Menanzzo pour faire bon poids !

Le docteur recouvre sa respiration, lâche le bureau, se précipite sur Vittore pour lui prendre les deux mains et les serrer en les agitant vivement.

– Ah ! merci ! Merci ! Soyez loué pour votre bonté ! Merci ! Merci…

Il abandonne le prévôt, se dirige vers le conseiller de justice, auquel il prodigue les mêmes remerciements, tout aussi fiévreusement, riant et pleurant à la fois.

Puis il quitte les lieux, pareil à un gros ludion montant et descendant dans son bocal, distribuant un *merci* à chaque bond, refermant brutalement la porte derrière lui. Disparaissant.

– J'ai bien cru que cet *agité* allait succomber d'une syncope ! observe Govian.

– L'homme mourait de peur. Il est persuadé qu'il sera la prochaine cible du *voleur de visage*. Le seul lien unissant les acteurs de ce drame est la ville de Florence. Ils y ont tous fait leurs études à la même époque. Mais dans des académies différentes. Tout comme le Vinci !

– Toujours votre fumeuse théorie, Vittore ! Maître Léonard n'a rien à voir dans cette sordide affaire. Vous vous égarez en le considérant comme suspect, et risquez de vous attirer de graves déconvenues. Avez-vous conscience de mettre en cause l'honorabilité et la notoriété d'un véritable génie ?

Front bas, prunelles sombres, poings serrés, Vittore acquiesce.

– Son talent ne le dédouane pas de sa folie, mon ami.

– Comme vous y allez ! Courez clamer par tous les vents que le Vinci est un dangereux aliéné, et vous verrez alors de quelle manière l'on vous recevra ! Il n'est pas exempt de certaines manies que d'aucuns pourraient juger cocasses, il s'habille le plus souvent dans des couleurs essentiellement féminines, il se teint les cheveux en blond, ne fréquente guère le sexe opposé, voyage beaucoup… Mais sont-ce là des tares l'accusant d'effroyables crimes ?

Vittore, qui est retourné à la fenêtre regarder distraitement la place, ne peut s'empêcher de railler le conseiller :

– Le saint homme original que vous me dépeignez se trouve actuellement en bas… Sans doute n'est-ce là que le fruit du hasard ?

– Pardon ? s'étonne Govian en se levant.

– Voyez vous-même. Tenez… Il monte à cheval avec le jeune noiraud qui ne le quitte jamais. On jurerait qu'il a l'intention de suivre le sieur Ritello. À moins que cela ne soit que pure interprétation de ma part…

Le Florentin, à la vue de Léonard et de Salaï prenant le docteur et son garde du corps en filature, se rembrunit et se doit d'admettre :

– En vérité, la chose est singulière !

– N'est-ce pas…

– Prévôt, je perçois dans votre ton une note de victoire qui possède un arrière-goût de vinaigre. Je reconnais que je mérite la leçon… Il n'empêche que je ne me résous pas à affubler maître Léonard d'une défroque de criminel !

Le prévôt frappe dans ses mains avant de se les frictionner, signe, chez lui, d'un grand contentement.

– Désirez-vous parier ? propose-t-il.

– Êtes-vous sérieux, Vittore ?

– Pardi ! Parions vingt florins que je vous apporte avant six mois la preuve de ce que j'avance… Je démasquerai le *voleur de visage* au cours de ce délai.

– Vingt florins, misez-vous ? Défi tenu, mon ami ! Topons là !

* * *

Non loin du pont Santa Trinita se dresse un imposant palais construit au treizième siècle par Geri Spini qui fit édifier une haute tour sur son aile gauche. Le docteur Ritello en fit l'acquisition en mille quatre cent quatre-vingt-deux, opération financière rendue possible grâce à l'opportun décès de son beau-père, un banquier atrabilaire qui se laissa dévorer le foie par les indomptables variations des cours de l'or, du riz, de la soie, des épices… Autant de valeurs qui firent de lui un personnage très riche et très malade.

Dès l'annonce de la mort de maître Vollone, tué par un monstre amphibien, Ritello a fait aménager un appartement au sommet de la tour, insistant auprès des menuisiers et des serruriers pour que portes et fenêtres résistent à toute attaque.

De retour du palais seigneurial, le docteur refuse sèchement la collation que lui a préparée son épouse, une belle femme brune aux traits légèrement épais, mais aux formes sensuelles. Tout en rondeurs charnues, gorge gonflée par le savant laçage d'un corsage froncé, lèvres roses et humides, Quartilla sermonne fort tendrement son acariâtre époux :

– Tu te conduis comme un sot ! Tu n'as guère le caractère de quelqu'un souhaitant se mettre à la diète, et pourtant tu jeûnes depuis deux jours… Je t'ai moi-même cuisiné cet excellent bouillon de poule dont tu raffoles, habituellement.

– Les goûts changent ! Tu n'auras qu'à donner cette lavure aux chiens.

Le géant Marco se tient en retrait, bras croisés sur le torse, une pointe de sourire dans la barbe.

– Le page de la comtesse Corella est venu te demander, dit la femme. La malheureuse souffre d'un fort mal de poitrine.

– Et après ? jappe Ritello en levant les yeux au ciel. Qu'elle se fasse soigner par un autre ! Ce ne sont tout de même pas les praticiens qui manquent dans cette ville ! Sans compter les rebouteux et autres charlatans.

– Voyons, c'est l'une de tes plus vieilles et plus fidèles patientes !

Ritello, se dirige vers une porte donnant sur un escalier :

– Qu'elle aille en enfer, elle et sa fluxion ! Je monte à la tour et n'en sortirai plus avant longtemps... « Il » est dans Florence, prêt à frapper ! « Il » est là... Je le sais... Je le sens !

Quartilla émet un long soupir, repose le bol de bouillon encore fumant sur une commode et se laisse tomber sur une chaise qui craque un peu sous son fessier poupard.

Marco s'approche d'elle, attristé de lire autant d'affliction sur son visage rond et traditionnellement jovial.

– Mon Dieu, la folie de mon époux empire chaque jour un peu plus. De qui voulait-il parler ? *« Il » est dans Florence, prêt à frapper...*

– Je l'ignore, madame. Le comportement de votre mari est des plus curieux. Ces derniers temps, le moindre bruit le fait sursauter et pâlir. Il transpire abondamment, tremble souvent des mains, est pris de vertiges, marmotte, le nez dans son col !

– Mon Dieu, répète Quartilla, qui peut l'effrayer de cette manière ? Qui peut inquiéter un homme aussi généreux et dévoué ?

* * *

Ritello referme la lourde porte en chêne de son appartement, une grande pièce pourvue d'une antichambre et d'un étroit cabinet de toilette. Une large et haute fenêtre à trois vantaux donne sur un balcon.

Ce refuge est devenu son antre ; nul autre que lui n'y pénètre. Ni Quartilla ni les domestiques. Ni même Marco.

C'est son ermitage. Avec son désordre, son odeur de sueur, sa lumière permanente, des bougies et lampes à huile ne cessant de brûler.

De la clarté. Toujours, la peur naissant de l'obscurité. Les cauchemars mouillant leurs racines dans les ténèbres. Dans le passé.

L'angoisse ressemble à un lierre entêté, parasite indestructible accrochant ses milliers de tentacules ligneux au plus profond de la chair.

Le docteur avise un coffret en ivoire, sur un buffet rouge. Il réfléchit, fait un pas, s'arrête, puis en accomplit un deuxième. Et un troisième enfin, pour ouvrir la cassette et en sortir fébrilement une fine chaîne à laquelle est passé un médaillon.

Il élève le bijou à hauteur de ses yeux embués de larmes et articule entre sanglots et hoquets :

– L'Ange… L'Ange ne nous a donc jamais oubliés… L'Ange accompagné de son démon exterminateur ! L'un et l'autre sont venus voler mon visage… Moi, le dernier des quatre !

DIALOGUE ENTRE DEUX PARIEURS

– Je vous écoute, mon ami. Mais je tiens à préciser en préambule que je ne souscris toujours pas à votre version. J'ajoute même que je prends celle-ci pour une véritable obsession ! Je pense gagner assez aisément les vingt florins…

– Vous ne devriez pas manifester une telle certitude, Ernesto. Je ne suis pas homme à m'engager aveuglément sur une piste que je n'ai d'abord flairée. J'approche de la vérité ; j'en ai l'intime conviction.

– Une conviction, si intime soit-elle, ne remplace pas une preuve solide ! Je ne m'imagine pas plaider à charge contre le Vinci à partir de vos conjectures, prévôt ! Mon discours ne me rapporterait que quolibets… J'y perdrais mon honneur

– Cristoforo Di Rodriguo étudiait le droit, Cosimo Vollone, le commerce, Antonio Draguere était à l'académie militaire, Urbino Ritello apprenait la médecine…

– Et Vinci, la peinture ! Nous savons tout cela ! Fils illégitime de ser Piero, il ne pouvait espérer prétendre un jour hériter de l'étude notariale de son géniteur. C'est pourquoi il fut placé dans l'école de ce brave et talentueux Verrocchio. On se débarrasse des bâtards comme l'on peut, n'est-ce pas ?

– Le même âge ! La même ville ! Un groupe d'amis ! Deux meurent à Milan ; Vinci est à Milan…

– Poursuivez, vous êtes plaisant à entendre !

– Le troisième meurt à Venise ; Vinci est à Venise !

– Coïncidence !

– Le quatrième redoute d'être tué à Florence ; Vinci est à Florence !

– Nouvelle coïncidence, le maître est voyageur !

– Coïncidence aussi qu'il n'y ait actuellement en Italie qu'un seul homme réunissant tant de talents ? Peintre, musicien, sculpteur, ingénieur, chirurgien… Capable d'inciser la peau d'un visage pour la décoller des muscles ! Capable de construire des machines permettant de voler ou de traverser un fleuve !

– Vous savez vous faire convaincant, prévôt ! Mais, par le diable, me faire avaler que Léonard est un ignoble assassin !

– Voyez-vous, dans une enquête, lorsque les coïncidences de ce type se répètent trop souvent, elles se mettent à ressembler à de solides suspicions… qui ne sont plus très loin de devenir des preuves !

– Fichtre, je ne parviens pas à me figurer pour quelle raison Vinci tuerait !

– Je l'apprendrai bientôt, mon cher conseiller ! Bientôt. Chaque homme possède sa part d'ombre… Seraient-ce des ténèbres pour le maître ?

– Je préfère en rester à mes coïncidences.

– Cela vous arrange sans doute. Je considère plutôt ce que vous appelez *coïncidences* comme des *concours de circonstances !* Le vocable est plus approprié en ce qui concerne le Vinci. Je ne suis pas un adepte de la doctrine attribuant les événements au hasard, et, de ce fait, ne compte pas la contingence dans la panoplie de mes outils d'enquêteur.

– Pourtant, vous dites ne pas bénéficier de la moindre imagination, et vous évoquez maître Léonard, bras ailés, griffes sorties, fondant du ciel pour s'abattre sur sa proie !

– En effet, c'est ainsi que je le vois. De plus, j'affirme sans rougir qu'il n'est point question de chimère ou d'affabulation !

– Pensez-vous ! Un gaillard de la taille du Vinci planant au-dessus de Milan et jouant à la chauve-souris entre les flèches du Duomo est tout bonnement d'un naturel évident… D'un commun !

– Moquez-vous, Ernesto ! Moquez-vous tant que vous en avez encore les moyens ; je vous livrerai rapidement le *voleur de visage* dans ce bureau. Il aura les cheveux blonds, sera vêtu de rose ou de blanc… Léonard de Vinci en personne !

– Ah ! Sera-t-il velu ? Ses pieds seront-ils palmés ? Portera-t-il une queue fourchue ? Une crête ? Devrai-je le mettre en prison, en cage, en bocal ?

– C'est bon, vous me brocardez ; j'accepte le jeu. Je saurai prendre ma revanche.

– Oui, vous me faites rire, mon cher ami… Le combat que vous livrez avec acharnement à maître Léonard n'est rien d'autre qu'un combat vous opposant à vous-même.

– Soyez plus précis ; je ne saisis pas la finesse de votre propos.

– Mon analyse est pourtant fort simple et crève les yeux. Vinci est un géant orgueilleux à qui rien ne résiste. Les princes, les rois, les gens d'Église, se courbent devant lui, l'admirent, l'adulent… Son génie a traversé les frontières, accompagné de ces petits mystères piquants dont les braves gens couronnent les êtres d'exception. Vous l'avez dit plus tôt, avant lui nul ne conjugua tous les arts avec un tel pouvoir, une telle aisance…

– Je ne vois toujours pas !

– Allons, prévôt, vous comprenez parfaitement…

– Puisque je vous dis…

– Maître Léonard apparaît face à vous quand vous vous regardez dans un miroir. Il réfléchit l'image de celui que votre éducation, votre culture, votre catéchisme et votre manque d'imagination ont étouffé ! Vous, mon cher ami, mon très bon ami, vous êtes le contraire de ce reflet et vous le regrettez. Vous, honnête, respectable, pondéré, concevez la vie comme une équation mathématique ou comme une règle de grammaire ! L'icône blonde et éblouissante, nimbée de démesure, de songe et de lumière, vous attire malgré vos règles de vie austères et dogmatiques. Et vous succombez à son charme en vous maudissant… Et vous le haïssez pour avoir mis un genou en terre par sa faute ! Cependant, ce n'est que la partie occulte et prisonnière de votre âme qui est responsable de votre ressentiment. Je crois qu'en cherchant à abattre le Vinci, vous tentez d'étrangler ce démon admirable sommeillant en vous, au plus profond de votre être…

– Devrais-je m'offusquer de ce que vous venez de proférer ?

– Mon Dieu, pas le moins du monde ! Je n'ai pas achevé mon exposé…

– Eh bien ?

– Nous tous, nous les hommes austères et laborieux, nous aimerions habiter dans la peau et l'esprit de maître Léonard. Un rêve…

– Ah, je vous pardonne ; j'ai cru un instant que vous me charcutiez l'âme à l'aide de tisons.

– Vittore, je vous apprécie trop pour risquer de vous offenser !

– Vous y êtes pourtant parvenu en partie…

– N'avez-vous pas deviné qu'en réalisant cette pochade je me décrivais aussi ?

– Ma foi, si vous le dites, je l'accepte.

– Il n'existe qu'une certaine différence entre nous…

– Laquelle, conseiller ?

– Vingt florins !

LE VIEILLARD

Ser Piero est assis sous la pergola du jardin de sa spacieuse villa, via Ghibelina. Auprès de lui, son onzième enfant, qui n'a pas encore atteint ses deux ans, joue sur le sol avec de rudimentaires animaux en bois confectionnés par le plus âgé de ses frères.

Ces derniers temps, ser Piero est sujet à de soudains endormissements. De lourds assoupissements le surprennent à n'importe quelle heure de la journée, l'abandonnant ensuite hors de la réalité durant de longues minutes, l'esprit engourdi, les membres glacés.

Lucrezia, sa quatrième épouse, une jeune femme dévouée, attentionnée et affectueuse, s'inquiète de la santé de son mari, ce dernier ayant atteint soixante-quatorze ans…

Elle interroge le docteur Michelozzo lors des visites qu'il répète de plus en plus souvent, se souciant des symptômes manifestés par son patient.

– Je crains que ser Piero ne soit atteint d'une dégénérescence mentale, a-t-il coutume de dire.

– Rien ne peut-il en contrarier l'évolution ? demande alors Lucrezia.

– La nature, madame... La nature ne se combat plus quand la vieillesse s'abat sur vous !

– Mon époux ne verra-t-il pas grandir ses petits ?

– Ses yeux les regarderont encore un peu, oui... Mais son esprit comprendra-t-il que ces enfants sont les siens ?

Ce jour-là, il est près de quinze heures lorsque maître Léonard se présente via Ghibelina, faisant la connaissance de sa nouvelle belle-mère, sa cadette d'une douzaine d'années.

Elle le reçoit chaleureusement, lui exprimant l'admiration qu'elle lui voue, heureuse de le connaître enfin, si fière, intimidée, et parlant sans reprendre sa respiration tant elle est émue. Elle évoque les onze enfants de ser Piero, vivant en harmonie sous le même toit. Onze filles et garçons s'aimant tous...

– Onze ? reprend le Vinci. J'avais oublié que mon père était le géniteur d'une telle famille...

– J'aurais dû dire douze, bafouille Lucrezia en se mordant la lèvre inférieure et faisant une grimace.

– Non, vous avez raison ; mon père héberge en effet onze enfants sous son toit. Il est normal de ne pas me compter dans sa progéniture. Je ne porte pas son nom et ne suis qu'un bâtard errant.

Les joues de la jeune femme s'empourprent ; elle se hâte de conduire son hôte dans le jardin, n'osant plus prononcer la moindre parole durant la traversée de la grande demeure.

– Laissez-moi seul avec lui, demande doucement Léonard en s'approchant de la pergola, découvrant de dos le vieillard assis, tassé sur lui-même.

– Bartolomeo ! appelle Lucrezia à voix basse.

Le bambin lève le nez de ses jouets, sourit à sa mère et se dresse pour courir jusqu'à elle, ignorant ce demi-frère immense aux cheveux d'or.

En trois enjambées, Léonard atteint le fauteuil. Son père y somnole, le menton tombé sur la poitrine, un mince filet de bave brillante glissant de ses lèvres pâles.

Le visage est ravagé, lézardé comme un antique crépi, sillonné d'une multitude de ruinures, jaunâtre. Maladif. Front haut, luisant de sueur. Paupières épaisses de tortue. Nez osseux.

– Père ! dit Léonard en s'asseyant sur la margelle d'un carré de fleurs.

Aucune réaction. Le vieil homme dort profondément, sa poitrine à peine animée d'un souffle lent.

– Père !

Le fils pose sa main sur le poignet maigre veiné de traits noueux, gras et noirs. À ce contact, le corps est saisi d'un infime sursaut, la bouche de saurien se tord.

– Père, c'est moi, Léonard.

Ser Piero ouvre les yeux et sourit. Un visage de Christ ceint de lumière lui fait face. Un visage familier. Cependant si lointain.

– Vous souvenez-vous, père ? Nous nous sommes encore écrit, le mois dernier. Vous vous plaigniez de fortes migraines et m'assuriez que vous faisiez le nécessaire pour soigner ces désagréments. Je vous disais que mes pas me ramèneraient à Florence et que je ne manquerais pas de venir vous embrasser… Souhaitant vous retrouver en bonne santé…

– Léonard, articule le vieillard. Léonard, l'enfant de Caterina…

– Sans doute… C'est la première fois que vous prononcez le prénom de ma mère.

– Caterina, réitère ser Piero. Est-elle morte ?

– Je l'ignore.

– Oui, elle n'est certainement plus de ce monde… Sais-tu qu'elle avait épousé Andrea Di Giovanni Butti ?

– Non, mon père. Vous ne m'avez jamais parlé de cette époque. J'ai passé ma petite enfance chez grand-père Antonio et grand-mère Lucia. Je ne vous voyais guère…

– Elle est morte… Lucrezia lui ressemble parfois… As-tu été présenté à Lucrezia ?

– Je l'ai saluée et nous avons échangé quelques mots. Je l'ai trouvée très jeune et fort jolie. Je suis certain qu'elle se conduit en conjointe aimable pour vous combler jour et nuit. J'ai aussi croisé Bartolomeo, qui doit être votre dernier fils… Vous avez d'ailleurs oublié de m'en parler dans vos courriers.

– Bartolomeo ? s'étonne ser Piero en mâchonnant sa salive.

– L'enfant brun qui jouait à vos pieds, à l'instant…

– Je ne me rappelle plus. Bartolomeo, dis-tu ? J'avais un clerc de ce nom, dans mon étude, autrefois… Dieu, comme j'ai sommeil ! Est-il tard ?

– Oui, mon père, il est très tard, ment Léonard. Je vais vous laisser dormir. Je vis à Florence, désormais. Je vous l'ai dit, je passerai vous voir régulièrement.

Les paupières du vieillard tombent de fatigue. Son regard se voile.

– C'est cela, dit-il. Tu viendras avec Caterina, la prochaine fois.

Léonard se lève du rebord de la margelle, se penche sur son père qu'il baise au milieu du front.

– Je ferai comme vous me le demanderez, assure-t-il.

– Il est tard, n'est-ce pas ?

– Très tard, père. Pour moi autant que pour vous…

Le maître tourne les talons. Une serre retient brutalement sa tunique, ses griffes plantées dans le velours. Son père l'accroche et le tire à lui avec une force insoupçonnée, l'obligeant à se baisser, l'oreille près des lèvres blêmes et craquelées.

Un souffle. Des mots enroués.

– L'aimes-tu encore ?

Un frisson glacé transperce l'estomac du Vinci. Le regard de ser Piero brûle d'une intense lucidité. Fragile instant de conscience que le vieillard maintient en un effort éprouvant.

– L'aimes-tu encore ? Aimes-tu ton bel Ange ?

– Oui, messer, je l'aime toujours.

Léonard ne peut lui avouer le reste.

Ne pas lui dire la vérité… D'ailleurs, la main de son père retombe déjà, lâchant son vêtement. Les paupières s'abaissent sur des pupilles dilatées. Le menton glisse sur la poitrine.

Ser Piero se rendort. Au seuil de la mort.

LE COUCHER

C'est une nuit tiède, parfumée par les essences d'arbres des nombreux jardins de Florence. Un petit vent d'ouest frisotte sur l'Arno. La lueur d'un quartier de lune pétille sur les premiers adobes des faubourgs.

La ville s'est endormie.

Donnant sur le pont Santa Trinita, le massif palais du docteur Ritello est gardé par Menanzzo et trois policiers qui, inlassablement, font le tour de la demeure, surveillant scrupuleusement toutes les issues.

Parfois, à l'étonnement de ses compagnons, Menanzzo scrute le ciel en tendant l'oreille, puis reprend sa ronde, haussant les épaules et bougonnant.

Quartilla, épouse complaisante, tarde à gagner sa chambre.

– Mon époux a-t-il mangé un peu, ce soir ? s'inquiète-t-elle auprès d'une servante.

– À peine, madame. Et je me dois de vous dire qu'il était d'une humeur exécrable ! Il m'a presque jeté au visage le plateau que je lui avais préparé et m'a réclamé son traitement soporatif. Mais il ne s'est pas couché immédiatement ; tandis que je ramassais la vaisselle brisée et les restes de son souper, je l'ai entendu déambuler derrière la porte et parler tout seul, ce qui est désormais une habitude chez ce malheureux.

– Mon Dieu, se lamente Quartilla, je ne sais plus comment réagir ! Par quel côté prendre ce fol animal ?

La servante, compatissante, saisit les mains de sa maîtresse pour lui proposer :

– Madame, sans doute conviendrait-il de confier le docteur à l'un de ses confrères, habitué à traiter ce genre de perturbation mentale ? Je comprends que vous soyez déchirée à l'idée de le placer dans un asile… Mais je vous l'assure, il est indéniable que messer Ritello est atteint d'une fort vilaine billebaude qui lui met les esprits en grand désordre. Il se pourrait qu'il commette un acte irréversible.

– Seigneur ! Vous pensez qu'il mettrait fin à ses jours ?

La servante, lâchant sa maîtresse :

– La chose est fort probable. J'ai entendu parler d'un cas similaire dans ma paroisse. Le malade ne sortait plus de sa chambre, refusait de boire et de s'alimenter en jurant que vin, eau et mets étaient empoisonnés. Il a tenu ainsi jusqu'au jour où il s'est pendu à une solive. Et c'est un bien maigre cadavre que son épouse et ses enfants ont porté en terre !

Quartilla se rassure :

– Urbino ne manque pas de graisse ; il peut encore jeûner…

– Sans aucun doute, concède la servante, néanmoins il vous contrarie beaucoup ; j'ai peur qu'il ne vous fasse cailler le sang, à la longue.

– Je monte le voir, décide Quartilla.

– Désirez-vous que je vous accompagne ? demande la domestique.

– Je vous remercie ; c'est inutile.

Aussitôt, Quartilla se dirige vers l'escalier conduisant au sommet de la tour.

En quelques minutes, à peine essoufflée, elle atteint le palier et frappe à la porte de l'appartement de son mari.

– Qui est-ce ? demande la voix agacée de Ritello après un temps.

– C'est moi, la compagne que tu délaisses !

– Déguerpis ! Je n'ai ni les burettes ni l'esprit disposés à la bamboche…

– Qui te parle d'une fricassée de museaux ? Ne pouvons-nous pas simplement discuter ? Il est de mon devoir de me tracasser à ton sujet.

– Oui, oui… C'est naturel.

– Eh bien ouvre-moi.

– Aucunement ! J'ai avalé ma potion ; je vais dormir…

Quartilla insiste, cogne à nouveau à la porte.

– Dis-moi ce qui te tourmente de la sorte. Tu donnes à tous le sentiment d'être possédé par un démon. Et voici que des gardes déambulent sous nos fenêtres pareils à des sorciers conjurant le sort !

– C'est en effet d'un démon qu'il s'agit, lance la voix effrayée du médecin. Un démon de la pire espèce qui a déjà mâchuré trois de mes amis !

– Par la Sainte Vierge, que me jabotes-tu là ?

– Fiche le camp, femme ! Tu ne dois pas savoir…

Quartilla abandonne la partie, lasse de discourir avec le bois de la porte. « Ma servante a mille fois raison ; la place d'Urbino est à l'hospice ! Des fantômes hantent son esprit malade ! »

Dans la chambre, le docteur s'est assis au bord du lit. En chemise de nuit, son ventre rebondissant sur ses cuisses, ses mollets maigres dénudés, ridicule et pitoyable, il fond en larmes, ses épaules secouées par de gros sanglots muets.

Puis il se calme, renifle grassement à plusieurs reprises, se mouche dans sa manche et se glisse entre ses draps. Il n'a pas soufflé toutes les chandelles ; une partie de la pièce demeure éclairée. Les ombres projetées des objets tremblotent sur les murs, quelques recoins s'estompent, le cabinet de toilette disparaît…

C'est encore la vie. Le grésillement des flammes, l'insistante note métallique produite par un moustique, le chant sourd et lointain d'une colombe nichée dans les combles.

Le dormitif composé par ses soins l'entraîne lentement dans le sommeil. Racine de valériane concassée, fleurs de tilleul et d'oranger longuement macérées dans un épais jus de houblon, pétales secs de coquelicots réduits en poudre et pavot somnifère… « *Papaver somniferum* », murmure Ritello, la respiration apaisée, les bras étendus le long du corps, les paumes à plat sur le drap qui s'attiédit sous sa chair.

C'est encore la vie. Le sang battant dans les tempes, le ronflement engourdi émis par les bronches, la nitescence des chandelles devinée derrière les paupières.

La narcose, enfin… La drogue emprisonne les sens du docteur et les fige dans une torpeur proche de la mort.

Urbino Ritello n'entend plus.

La vis volante du Vinci vient de se poser sur la terrasse.

LE QUATRIÈME VISAGE

Le sifflement fut à peine perceptible. C'est Menanzzo qui l'entendit. Il leva les yeux et vit une sorte de coléoptère géant s'envoler de la terrasse de la tour pour passer nettement devant la lune. Il comprit immédiatement, donna l'alerte, demanda à Quartilla Ritello le double de la clef de la chambre de son époux, gravit l'escalier de la tour et ouvrit la pièce. Là, sur le seuil, il ne put contraindre son estomac, et vomit sur ses chaussures.

Puis tout se passa très vite. Dans un désordre nerveux que seule l'arrivée du prévôt Vittore, accompagné du conseiller de justice Govian, calma un peu.

Hurlements de Quartilla, jurons de Marco qui tirait sur sa barbe à s'en arracher de grosses touffes, piaillements de la chambrière qui fit une syncope, voisins réveillés qui surgissaient en meutes…

Et Vittore, maintenant. Sombre et immobile devant le lit sur lequel gît la dépouille à moitié nue, les muscles du visage à vif, ses yeux sans paupière éberlués plus que terrifiés.

– Des huîtres...

– Pardon, prévôt ?

– Ses yeux ressemblent à des huîtres hors de leur coquille.

Menanzzo est pris d'un haut-le-cœur.

– Je vous en prie, messer, implore-t-il, j'ai déjà rendu tout mon souper ; il ne me reste plus que de la bile à cracher, et je souhaiterais l'éviter !

Le conseiller Govian renchérit :

– Je présume que vous êtes habitué, Vittore. En ce qui me concerne, ce spectacle me dégoûte au plus haut point... Un tel carnage !

– Oui, concède le prévôt en tournant lentement sur lui-même, fidèle à sa méthode d'observation.

Govian s'adresse à Menanzzo :

– À quelle danse se livre mon ami ?

– Vous allez vous en rendre compte rapidement. Le prévôt reconstitue les événements tragiques qui se sont déroulés rien qu'en considérant objets, meubles et cadavre ! Et, pour opérer, il lui est obligatoire de pratiquer cet étrange ballet. Mais je vous assure que vous serez bientôt fort surpris d'écouter ses conclusions.

– Par ma foi, chuchote Govian, la situation ne serait pas si morbide, j'en rirais de bonne humeur !

Menanzzo met son index devant sa bouche et prononce à voix basse, se penchant sur le conseiller :

– Ne surtout pas le déranger tandis qu'il manœuvre de la sorte ! Regardez-le soulever la carpette, flairer les rideaux...

– Assurez-moi qu'il n'est pas en transe.

– Je ne puis rien vous affirmer.

Tous attendent. Marco sur le palier, Quartilla dans les bras de sa servante près du cabinet de toilette, les domestiques dans l'escalier...

Soudain, le prévôt Vittore frappe dans ses mains et se les frictionne aussitôt en lançant :

– Voici comment le drame s'est passé !

La sueur perle à son front ; il s'essuie d'un rapide revers de manche, examine une dernière fois l'huis fracassé séparant la chambre de sa terrasse, toussote afin de s'éclaircir la voix et poursuit :

– Le docteur Ritello s'est mis au lit après avoir ingurgité une substance dormitive, attestation que j'apporte grâce aux réponses données plus tôt par son entourage, ainsi qu'à l'observation de cette coupe dont j'ai reniflé le fond... Un violent narcotique ! Tellement puissant que messer Ritello n'a pas entendu son agresseur forcer la porte qu'une solide serrure défendait cependant.

– Permettez-moi de vous arrêter, dit le conseiller Govian. Il me semble que vous passez un peu trop vite sur le moyen utilisé par le criminel pour atteindre l'encorbellement.

– J'y reviendrai plus tard, répond le prévôt en chassant la question d'un geste de la main. Poursuivons... Le meurtrier ne réveille pas sa future victime ; il pénètre dans la chambre et prend son temps, certain qu'il n'a pas été repéré, qu'il dispose de toute sa liberté pour accomplir ce qu'il n'a pas fait chez la première et seule personne tuée à son domicile, le notaire Cristoforo Di Rodrigo, le négociant en riz et le capitaine vénitien ayant été massacrés à l'extérieur. D'ailleurs, Menanzzo va nous dire de quoi il s'agit.

– Pardi ! s'exclame fièrement le jeune lieutenant. Notre occiseur a fouillé l'appartement du docteur.

Vittore sourit à son second et reprend :

– Je me doutais que cette particularité ne t'aurait pas échappé. Assurément, le tueur a agi différemment… Cette fois, il est venu pour exécuter deux forfaits : arracher le visage du docteur et lui voler quelque chose.

Quartilla, de sa place, précise :

– Mon époux ne conservait aucune richesse en ces lieux. Il avait laissé l'argenterie, l'or, les meubles de valeur et les tableaux dans la maison, et n'avait monté dans ce refuge que le nécessaire !

– Certainement, madame, admet le prévôt. J'ai noté la présence d'une armoire contenant des vêtements qui n'ont pas intéressé le voleur, celui-ci s'étant contenté de les inspecter distraitement… J'ai vu, comme chacun, ce grossier vaisselier auquel il ne paraît manquer ni assiettes ni couverts… En revanche, mon attention s'est arrêtée sur ce buffet rouge plutôt banal où sont posés un coffret en ivoire, une lampe à huile, un flacon de parfum et un peigne.

– Eh bien ? s'impatiente le conseiller Govian.

Ménageant ses effets, le prévôt se dirige lentement vers le meuble pour désigner le baguier, seul objet possédant de la valeur dans cette pièce.

– L'intrus s'est tenu là un long temps. Là, à cet endroit précis, devant ce meuble.

– Allons, jette le conseiller, vous nous offrez un tour de divination ! Comment pouvez-vous imaginer que cela s'est passé de la sorte ?

Vittore fronce ses épais sourcils noirs ; son regard s'assombrit.

– Je n'imagine pas, Ernesto ! Je constate… Je vous ai dit que l'assassin avait pris son temps ; il est entré calmement, à en juger par la carpette devant la porte de la terrasse qui n'a pas été froissée ni même déplacée. L'homme y a posé le pied sereinement. Il est passé devant le lit, a entrepris une exploration minutieuse, cherchant sans aucun doute un objet de petite taille, celui-ci se trouvant sur le buffet dont le plateau est revêtu de cire.

Menanzzo s'approche, se penche.

– Je crois comprendre, souffle-t-il.

– Fichtre, tu comprends car tu ouvres enfin les yeux ! lui rétorque le prévôt. Et, si tu soulèves le couvercle du coffret en ivoire comme je l'ai fait il y a peu, tu t'apercevras qu'il est vide !

– Certes, convient le conseiller, mais je ne saisis toujours pas par quelle magie vous affirmez que l'homme est demeuré un certain temps à cette place.

– Penchez-vous à votre tour, Ernesto, recommande Vittore. Observez les empreintes de deux paumes de mains laissées dans la cire à cause de la transpiration… Voyez comme elles sont précises, preuve que le meurtrier n'a guère bougé. De plus, le fait que la cire ait été attaquée par l'acidité de la sudation nous informe que quelques minutes se sont écoulées avant que les mains soient retirées.

– Vous êtes un redoutable enquêteur, Vittore ! complimente Govian. Cependant, cela ne nous explique pas pour quelle raison le mystérieux *voleur de visage* est resté planté là ! Avez-vous une idée ?

L'œil du prévôt s'éclaire à nouveau.

– Je crois…, commence-t-il. Je crois qu'il pleurait !

– Seigneur ! éclate Govian. Comme vous y allez ! Ce monstre aurait versé des larmes de remords ?

Le prévôt pointe son index sur de petites taches circulaires qui ont marqué la cire entre les deux empreintes.

– J'ignore si ce sont des larmes de remords qui ont causé ces macules, mon ami. Par contre, je l'affirme : le tueur a pleuré… Le docteur Ritello vivait encore, plongé dans un sommeil hypnotique. Il n'entendait pas les sanglots de celui qui allait le défigurer et lui planter un poinçon dans le dos.

– Racontez-nous, le prie Govian avec une impatience non dissimulée.

– C'est très clair… Le *voleur de visage* ouvre la cassette…

Le prévôt s'interrompt, se tourne vers Quartilla et lui demande :

– Au fait, madame, savez-vous ce que contenait cette boîte ?

– Non, Excellence. Urbino l'a achetée le mois où il a décidé de s'installer dans la tour.

– Vous n'avez jamais eu la curiosité d'y jeter un œil ? Vous possédiez bien le double de la clef de cet appartement ?

Les joues de la femme s'enflamment.

– Faites un effort de mémoire ! lui intime Vittore avec un sourire de dogue.

– Vous me torturez !

– Absolument pas, madame. Je vous convie seulement à me dire la vérité.

La femme baisse la tête pour marmotter :

– J'avoue que je suis entrée une fois dans cette pièce.

– La franchise est une vertu que j'apprécie, exulte le prévôt. Continuez, je vous prie.

– Un matin, il y a une quinzaine de jours, j'ai profité de ce qu'Urbino honorait ses visites en ville pour voir comment il vivait dans sa retraite, s'il ne manquait de rien… Vous me comprenez ? J'étais guidée par l'inquiétude et non point par l'indiscrétion. Naturellement, je n'ai pas pu m'empêcher d'ouvrir ce coffret en ivoire… Je fus bien étonnée d'en sortir un médaillon représentant le buste d'une très jeune et jolie fille nue portant dans le dos les ailes d'un ange. Je remis le bijou à sa place et abandonnai la chambre l'esprit chamboulé et le cœur chagriné…

Comme si Vittore venait d'écouter un vulgaire rapport de police, il revient à son récit, qu'il peut maintenant agrémenter d'une importante précision :

– Le *voleur de visage* ouvre la cassette… Il se saisit du médaillon sur lequel est peinte une jeune fille nue, le pose sur le buffet pour l'observer – ou le met dans sa chemise –, place ses mains comme je vous l'ai dit plus haut, se courbe certainement un peu sous le coup d'une peine violente qui lui arrache des sanglots. Il reste longuement dans cette position avant de se ressaisir, marche jusqu'au lit, monte dessus, se met à califourchon sur le corps du docteur…

– Et opère celui-ci ! tranche Menanzzo qui regrette aussitôt ce trait d'humour échappé trop vite de sa gorge.

Avec un soupir et un hochement de tête, le prévôt poursuit :

– L'acte est commis vivement, précisément et scientifiquement. Quelques secondes tout au plus avant que le dard métallique du poinçon ne traverse le cœur du supplicié. Le *voleur de visage* s'en retourne alors tout aussi calmement qu'il est arrivé.

– Et ? interroge le conseiller.

– Et il s'envole de la terrasse ! articule fortement Vittore.

Un épais silence suit ces mots. Tous les protagonistes regardent le prévôt qui attend un long temps avant de souligner :

– D'ailleurs, Menanzzo, un témoin dont je ne me permettrais pas de mettre la parole en doute, a observé un gigantesque coléoptère émettant un sifflement. C'est ce phénomène qui l'a alerté et lui a commandé de monter à la tour.

– Pardi ! s'écrie le lieutenant. Je me suis souvenu de l'amphibien et de la chauve-souris de Milan, ainsi que du crabe géant de Venise !

Parlant très bas en direction de Vittore, Govian prononce lentement :

– Je crains que vous ne pensiez au Vinci, prévôt.

Ce dernier ne répond pas. La sueur est réapparue sur son front, ses yeux se sont voilés de tristesse et il se tord nerveusement les doigts.

Alors, à la surprise générale, il se jette précipitamment sur le lit en disant :

– J'aurais dû le voir plus tôt !

– Quoi encore ? s'enquiert le conseiller de justice.

– Menanzzo ! appelle le prévôt. Donne-moi un coup de main pour déplacer le corps.

– À vos ordres. De quelle manière procédons-nous ?

– Mettons-le sur le côté droit. N'as-tu rien noté de particulier ? Regarde attentivement le flanc gauche…

– Un peu de sang !

– Plus que cela, mon jeune ami… Regarde mieux !

Le prévôt et son lieutenant ont installé le docteur en chien de fusil, hanche droite reposant sur le drap, rendant ainsi son dos visible à tous.

Quartilla pousse un long cri aigu et manque de s'évanouir ; sa servante la retient, puis l'aide à s'asseoir sur un tabouret. Le conseiller Govian s'est approché et s'est signé en lisant le message que le *voleur de visage* a gravé dans la chair de sa victime en lui écorchant la peau.

Six lettres.

Angelo

LA DEUXIÈME PREUVE

– Vous n'avez pas cessé de répéter que le *voleur de visage* ne s'était pas hâté, pourtant ce « g » inversé prouve le contraire, Vittore. Cela va à l'encontre de votre analyse.

– Détrompez-vous, Ernesto. Je pense même que les vingt florins que nous avons misés volent actuellement vers ma bourse.

– Je ne les entends pas tinter, en ce qui me concerne.

– Ne vous en déplaise, je puis affirmer maintenant que les suspicions dont je vous ai fait part à plusieurs reprises sont devenues des preuves cette nuit !

– Vous n'allez tout de même pas me reparler du Vinci ! Comment vous faire comprendre, Vittore, qu'il est hors de question d'importuner l'homme le plus respecté, le plus adulé d'Italie ? Le plus grand génie que l'art ait engendré !

– Ne vous emportez pas… N'oubliez pas ce « g » retourné !

– Eh bien quoi ? Il n'est point utile d'être grand clerc pour énoncer que le tueur possède un esprit dérangé.

– Sans aucun doute ; mais admettez aussi que ce monstre est un lettré !

– J'en conviens. En insistant sur ce point, vous me demandez d'admettre que nous ne sommes pas en présence d'un vulgaire écorcheur.

– En effet. Nous le savions déjà ; l'homme est un anatomiste expérimenté, un ingénieur inspiré... D'une taille qui dépasse de loin la moyenne, robuste, sportif... Avouez que je ne vous brosse pas le portrait d'un *jacques* qui passerait ses journées cassé en deux sur son champ !

– Je partage cette description ; il n'est nullement question d'un paysan, d'un voyou des bas-fonds ou d'un vulgaire sicaire dans cette affaire.

– À la bonne heure ! Nous nous entendons enfin...

– Ne chantez pas victoire trop tôt, prévôt. Le Vinci n'est pas obligatoirement le seul géant érudit de Florence.

– C'est vrai, je pourrais en trouver quelques-uns si je cherchais bien... Toutefois, ce serait une perte de temps. Il me suffit d'établir des rapprochements. Un petit exercice que je vous ai déjà livré, rappelez-vous.

– Oui, oui... La présence de maître Léonard lors de tous les crimes... Milan, Venise et ici, à Florence !

– Vous oubliez de préciser qu'à chaque fois le criminel a agi en utilisant une machine. Cette petite omission, Ernesto, n'est pas digne de vous ; je vous imaginais honnête homme.

– Me vexer ne servira pas votre cause, Vittore ! Puisque vous avez endossé la robe du procureur, il est légitime que je revête celle de l'avocat. C'est donc le défenseur du Vinci qui souligne que vous n'apportez à la cour que de vagues supputations, de hasardeuses conjectures et même de piètres présupposés. La cour envisagerait différemment votre fumeuse théorie si vous lui soumettiez des preuves attestant que le maître et le *voleur de visage* ne font qu'une seule personne.

– Je reconnais que la pièce d'étoffe noire trouvée dans la main fermée du sieur Vollone ne constitue pas un indice formel, bien que j'aie la certitude que ce morceau de toile cirée appartenait à la membrane alaire d'une machine volante. Vollone a déchiré l'aile au cours d'un corps à corps avec son assassin… Passons sur cet indice, puisque vous ne le retiendrez pas.

– Je le confirme !

– Dans ce cas, je livre à la cour une deuxième preuve…

– Ne gâchez pas votre salive si le second critérium est de la même eau !

– Lors de l'exposition du carton de *La Vierge, sainte Anne et l'Enfant Jésus* et des esquisses du Vinci au couvent des servites, j'ai remarqué quelques annotations du maître sur certaines de ses épures…

– Oui ?

– Des lettres, parfois des mots entiers, étaient écrits à l'envers ! Vinci souffre manifestement d'un léger problème psychologique que ce malheureux Ritello, s'il était encore en vie, saurait nous décrire savamment… Une forme de confusion mentale que le maître s'oblige sans aucun doute à corriger quand il rédige un billet ou un message destinés au public, mais qui transparaît parfois indépendamment de sa volonté.

– Miséricorde ! Cette fois, vous me troublez réellement. Je ne puis nier que j'avais ouvert un large espace de probabilités… Et vous venez de l'étrangler d'un coup.

Il serait déraisonnable d'envisager que plusieurs individus – des suspects – partagent de semblables caractéristiques.

– En réalité, mon ami, ce serait impossible. Il n'existe sur cette terre qu'un génie répondant à toutes ces spécificités… Léonard de Vinci ! Le plus beau et le plus laid des hommes.

Le silence s'installe alors dans la salle à manger. Le conseiller de justice écarte sa chaise de la table pour allonger les jambes et prendre ses aises, ouvrant son col et retroussant ses manches sur ses avant-bras.

Le prévôt Vittore, à force de parler, a la gorge sèche. Il se verse une coupe de vin malgré l'heure tardive, se doutant que cela l'empêchera de dormir. Mais aurait-il pu trouver le sommeil ? Une pensée tourmente son esprit, insistante et mystérieuse.

Reposant sa coupe, il rompt le silence en disant :

– Il fait bon vivre dans votre demeure, Ernesto.

– Je vous remercie, mon ami.

Madame Govian est partie se coucher depuis longtemps ; une domestique a servi les deux hommes. Une jeune femme au visage ingrat, mais dotée d'un superbe regard vert irisé d'or. Un corps gracile et souple. Ses gestes sont légèrement indolents, très lents, comme fatigués.

Vittore, célibataire au cœur racorni et au sang froid, à l'âme sèche et pierreuse, s'est surpris à ressentir une émotion inconnue en présence de cette servante dont un discret parfum exhale des senteurs de menthe sauvage.

– Je pensais…

– Oui, prévôt ?

– Le mot que maître Léonard a gravé dans la chair de messer Ritello…

– Je pensais sans aucun doute comme vous, mon cher ami. Vous l'associez à l'image peinte sur le médaillon qui a été volé ?

– Nous sommes hommes de logique ; c'est le moins que nous puissions faire ! Il me revient un événement que m'a rapporté mon homologue vénitien, Mancini, qui m'a écrit à la suite du meurtre du capitaine Draguere. Il a consigné dans son rapport – fort circonstancié – qu'une certaine Isota, maîtresse du militaire, lui avait dit que ce dernier aurait évoqué un ange… Il aurait dit : « *Tout cela, c'est à cause de l'ange !* » en faisant allusion aux meurtres de ses amis.

– Vous disposez d'une excellente mémoire !

Les joues de Vittore, déjà rosées par le vin, s'enflamment sous le compliment. À moins que l'arrivée de la servante venant débarrasser la table n'en soit plutôt la cause.

Les deux hommes se taisent durant le temps que met la jeune fille à empiler assiettes et coupes sur un plateau.

– Evelina ne vous laisse pas insensible, dit Govian lorsqu'elle s'en est retournée.

Vittore sent le feu embraser les moindres veines de son visage. Il doit trouver une diversion immédiatement, ou ses tempes vont exploser.

– Revenons plutôt à cet *ange*, conseiller !

– Je préférerais vous décrire toutes les qualités de cette remarquable domestique ; revenir à cet *ange*, c'est revenir à Vinci, ce qui me contrarie grandement. Des amis peuvent parfois parler des femmes ; la conversation gagne beaucoup en délicatesse et en subtilité quand on aborde ce sujet.

– Allons, Ernesto, vous n'ignorez pas que je m'avouerais rapidement vaincu dans un tel débat. Je n'entends rien au commerce des femmes et je ressemble à un vieux chien pataud. Le crime est plutôt mon affaire ; je nage avec aisance dans son sillage, alors que je m'emmêle les jambes dans celui des jupons.

Govian émet un long soupir de lassitude et de résignation.

– Puisque vous y tenez tant, parlons du Vinci…

Le conseiller de justice devine à regret que sa vie, jusqu'ici joyeuse et insouciante, vient de perdre de sa lumière. Ce damné cabochard de prévôt lui a mis une tumeur en tête en lui prouvant que l'homme le plus prodigieux que l'humanité ait engendré n'est rien d'autre qu'un assassin dégénéré.

LA DÉCISION DU PRÉVÔT VITTORE

Au cours des jours suivants, le prévôt Vittore apprend que maître Léonard a licencié ses élèves et qu'il ne sort plus guère de la demeure que les frères servites lui ont allouée. Il ne se montre plus en ville ni même au couvent, où Menanzzo, qui fait ses premiers pas d'espion, recueille des informations prouvant que le peintre a repris un travail assidu sur la composition de *La Vierge, sainte-Anne et l'Enfant Jésus*, ayant promis à ses commanditaires qu'il serait très prochainement en mesure de leur présenter l'œuvre achevée.

Quant à messer Bagio, revenu timidement évoquer le portrait de la duchesse de Mantoue, il s'est fait éconduire par Salaï, monté en grade pour l'occasion, et devenu secrétaire du Vinci.

Le conseiller de justice Govian, déconcerté par l'implacable démonstration de son ami milanais, est devenu un personnage taciturne et silencieux ; son entourage s'en étonne, sa femme s'en inquiète. On le dit bientôt malade, atteint de *taedium vitae*, s'il faut en croire la Faculté. Le terme étant peu connu, le mal n'en doit en être que plus terrible.

Le docteur Ritello est enterré en grande pompe. Lors de la cérémonie, de nombreux discours ennuyeux et fort bien tournés sont lus par des amis montrant avec beaucoup de sincérité combien ils sont affligés ; un somptueux panégyrique est prononcé par un savant médecin à l'âge si avancé que la tombe ouverte à ses pieds reflète son proche avenir. Madame Ritello, qui a su ne pas effacer sa ronde sensualité dans ses vêtements de deuil, échauffe la convoitise de certains célibataires considérant tout le profit qu'ils tireraient en consolant cette appétissante veuve dotée d'un héritage conséquent, son époux grisâtre s'étant comporté en pingre notoire tout au long de son existence.

Florence parle du *voleur de visage.* Ses rues, avenues, places, auberges, laissent filocher le récit du monstre dépeçant la figure de ses victimes. Et, l'imagination populaire étant un sang qui se régénère sans cesse, la chronique se mue en une légende effroyable où le diable en personne est venu semer l'épouvante sur terre, tantôt gorgone, tantôt griffon ignivome… Ou phénix. Ou hydre… Bref, une créature dont la mission est de conclure ce que n'ont pu mener à terme ni les guerres ni les épidémies, c'est-à-dire réduire en poussière toutes les créatures.

Le *voleur de visage* affronte Dieu, assurément. Satan s'est mis dans l'esprit de collectionner des enveloppes humaines !

Cette assertion, colportée par des apôtres de mauvais augure, bénéficie au clergé, qui voit ses églises s'emplir de nouveaux fidèles pressés de redonner un peu d'harmonie à leur âme, afin de n'être point trop démunis de sainteté s'il leur arrivait de périr prochainement sous les griffes et les crocs de cet écharneur…

– Balivernes, stupidités et insanités ! s'exclame le prévôt Vittore lorsque lui reviennent aux oreilles les rumeurs florentines.

– Il n'empêche, dit Menanzzo, tant que l'auteur des crimes ne sera pas arrêté, les divagations les plus folles circuleront à travers le pays tout entier.

– J'en conviens ; c'est pour cette raison qu'il est de mon devoir de mettre un terme à cette ignoble tragédie !

– Votre avis est donc fait, prévôt !

– Depuis longtemps. Ah, si je pouvais mettre la main sur l'une de ces machines volantes…

– Pour cela, vous devriez pénétrer chez le maître. Je serais étonné que l'on vous offre les moyens de pratiquer une perquisition avec un régiment.

– Dieu de Dieu, non ! On ne me le permettra pas…

Vittore repense au conseiller de justice. Tout bon ami qu'il soit, Govian n'osera pas demander qu'une enquête soit diligentée.

– Léonard peut dormir en paix et poursuivre son immonde accumulation de portraits !

– Vous disiez, prévôt ?

– Je marmonnais…

– Il me semble avoir compris que la justice ne tentera rien contre le Vinci, n'est-ce pas ?

– Évidemment ! lance Vittore en frappant du poing sur la table.

L'aubergiste, un oiseau tout recroquevillé, lève un sourcil plumeux et secoue le bec.

Le prévôt déteste les mastroquets. Mais il a dû se résoudre à en choisir un pour y établir son bureau afin de discuter en toute liberté avec son adjoint. Cet estaminet, tenu par son frêle propriétaire, lui a paru suffisamment convenable ; il a payé une somme rondelette pour réserver une table – toujours la même – durant une période indéterminée, ainsi qu'une chambrette aménagée dans les combles à l'intention de Menanzzo.

Vittore, pour sa part, prend tous ses soupers et dort chez le conseiller Govian. Ce dernier, a-t-il remarqué, évite ces derniers temps de parler de l'*affaire Vinci*. Et de bon nombre d'autres sujets… Morose, renfrogné, ce fonctionnaire traditionnellement gai et charmeur sombre dans une maladie mélancolique. *Taedium vitae !*

– Il y aurait bien un moyen, avance le prévôt.

– Tiens, tiens ? s'intéresse le jeune lieutenant en mettant ses coudes sur la table pour poser son menton sur ses mains croisées.

– Il suffirait que je prenne seul le risque de m'introduire chez ce criminel…

– Pardi ! Rien que cela !

– Tu ne m'en crois pas capable ?

– Je vous crois capable de tout tenter quand il s'agit du Vinci, prévôt. Je me permets néanmoins de vous mettre en garde. Entrer dans la caverne de l'ogre est une chose, en sortir entier en est une autre ! Nous n'agissons pas dans notre paroisse, ne l'oublions pas.

Vittore réfléchit. Menanzzo respecte sa méditation en silence. L'aubergiste, volatile boitillant, apporte un ragoût à la table de trois militaires éméchés qui accueillent le plat en lançant des cris de joie.

– Maudit assommoir que ce lieu ! ne peut s'interdire de jeter Vittore en décochant un regard noir aux joyeux convives qui lui répondent par des gestes obscènes, avant-bras dressés.

Le prévôt hausse les épaules.

– De quelle manière comptez-vous procéder ? s'inquiète Menanzzo.

– J'opérerai de nuit, bien sûr.

– Comme un voleur ?

– Je t'en prie, mon garçon.

– Vous devrez tout de même triturer quelques serrures !

– De toute évidence.

– Et visiter la maison en pantoufles…

– Manifestement.

– La surveillance que j'ai exercée sur la villa du maître m'a conduit à penser qu'il n'a pas de domestique… Sauf, peut-être…

– Oui ?

– Outre la présence de ce moricaud – ce Salaï –, une troisième personne habite les lieux. Une créature fort discrète qui ne se conduit absolument pas comme une gouvernante ou une servante.

Le prévôt se penche par-dessus la table et baisse la voix pour demander :

– Est-ce une femme ? Un homme ?

Les exclamations des soldats affamés appréciant le ragoût de l'aubergiste au bec de crabier interdisent un instant à Menanzzo de répondre.

– Je l'ignore, messer, dit-il enfin.

– Quoi, tu l'ignores ? Ne me dis pas que tu es incapable de discerner une femme d'un homme !

– Pour autant que je l'aie vue, ce n'était qu'une silhouette couverte de linges noirs… pas bien grande.

– Un enfant ? hasarde Vittore.

– Je vous répète que je ne l'ai aperçue que peu de fois. Il y a deux jours, pourtant…

Le prévôt se couche littéralement sur la table, les oreilles tendues. Un gros chien à l'affût.

– Il y a deux jours, dis-tu…

– La silhouette – qui a tout d'un spectre – s'est aventurée dans le jardin aux simples pour cueillir du thym. Vous vous rappelez du vent qui soufflait fort ?

– Peu nous importe ! Poursuis…

– J'étais parvenu à m'approcher d'assez près, me dissimulant derrière un épais laurier, et je pouvais examiner à loisir cette lugubre apparition qui dissimulait son visage sous un capulet.

– Elle cachait son visage ? s'étonne le prévôt. Et pourquoi, Seigneur ?

– C'est ce que font les lépreux, messer !

Un frisson glacé parcourt l'échine du prévôt.

– Un lépreux, répète-t-il. Léonard hébergerait un ladre secrètement en dépit de la loi interdisant tout commerce avec eux ? Décidément, l'homme est encore pire que je ne le soupçonnais. En es-tu certain, au moins, Menanzzo ?

– Je vous disais que le vent était rude ; à un moment, il a rabattu la capuche de la silhouette. Cette dernière se tenait de trois quarts par rapport à moi et j'ai juste eu le temps d'apercevoir son cou, une joue et son crâne… Ce fut une affreuse vision, mon maître. Affreuse ! Par contre, je ne saurais vous dire si j'étais en présence d'une femme, d'un homme ou d'un enfant.

Vittore s'agrippe à la table, donnant le sentiment de vouloir la soulever et la projeter à travers l'auberge. Il bondit brusquement de sa chaise, frappe dans ses mains et décide :

– Cette nuit, Menanzzo… C'est cette nuit que je m'introduis chez le Vinci !

– Disons plutôt que cette nuit vous rendez visite au diable en enfer !

LE VISITEUR

Jamais Menanzzo n'aurait imaginé que son supérieur puisse être aussi souple. C'est même, doit-il avouer, avec une grande aisance et un naturel indéniable que ce taureau musculeux vêtu de noir, après avoir franchi la frontière d'ifs, traverse la petite vigne et le verger de belle herbe haute où poussent des pêchers noueux.

Le jeune homme suit le prévôt comme son ombre. Parvenus à la hauteur du bosquet de lauriers, ils cessent de progresser et s'accroupissent.

– Ne voulez-vous pas que je vous accompagne ? Le lascar est plus féroce qu'un loup.

– Tu restes ici à m'attendre, et, si je tarde trop, tu amènes la troupe pour investir la demeure, tout Vinci qu'il soit !

– Sortez votre dague et ne craignez pas de vous en servir.

Vittore se redresse sans dégainer son arme et s'engage dans le jardin aux simples soigneusement entretenu. Menanzzo enrage : « Tout de même ! Je serais plus rassuré s'il avait une épée en main. »

Le prévôt aborde une allée de gravillons ; les mules de velours qu'il a pris soin d'enfiler n'émettent aucun bruit. Son corps râblé s'est allégé dans l'action. En deux bonds agiles, il a franchi un remblai de terre et atteint une fenêtre.

Les volets ne sont pas clos. Il s'apprête à fouiller dans sa besace pour y chercher les outils qui lui permettront d'ouvrir la croisée quand tous ses muscles se tétanisent.

– Je vous attendais, prévôt !

Il se retourne lentement. Ses os grinçant, le sang lui battant aux tempes.

Léonard se tient sur le seuil de sa porte, archange immense invitant l'intrus à approcher d'un geste amical.

– Vous allez perdre beaucoup de temps à forcer cette fenêtre, mon ami. Venez plutôt par ici ; vous paraîtrez moins ridicule en entrant chez moi par ce vestibule.

Le prévôt obéit, son énergie soudainement anéantie. Quel surprenant coquillard fait-il, d'un coup ! Il est pris au piège, gourmandé tel un gamin surpris en train de chiper du miel dans le buffet. Les larmes lui viendraient presque, tant son cœur les lui boule dans la gorge à l'en étouffer. Penaud. Voilà ce qu'il est. Un lourdaud honteux. Vaincu par ce géant dont les cheveux d'or parviennent à briller même dans la nuit.

Mais le Vinci l'accueille avec complaisance et bonté de sa voix chaude, profonde et chantante.

– Je vous ai attendu toutes les nuits en regrettant votre absence à chaque fois. Je sais que vous avez compris… Du moins avez-vous découvert l'écume de mon histoire.

Léonard s'écarte pour laisser entrer son hôte qui lui demande :

– Comment avez-vous décelé ma présence ?

Le maître désigne un grand miroir dans l'antichambre. Il s'y reflète une partie de l'allée qu'un autre miroir lui envoie, lequel sert de relais à un troisième miroir lui-même témoin d'un quatrième… La vigne, le verger et le jardin en sont truffés. Tous sont dissimulés dans des bosquets, sur des arbres, dans l'herbe, et peuvent être mus par un mécanisme qui les relie les uns aux autres. De son poste de surveillance, Léonard les oriente à loisir.

– Le clair de lune est suffisant pour attraper l'image d'une présence étrangère ! Comme la vôtre, prévôt… Et celle de votre fidèle lieutenant qui vous attend sagement derrière les lauriers.

– En venant ici, j'étais vaincu d'avance. Mon ami, le conseiller de justice, m'avait mis en garde : l'on ne s'attaque pas au Vinci !

– Cela vous réconforterait-il de savoir que je ne vous ai jamais considéré en ennemi ? J'ai d'ailleurs souvent regretté nos conversations milanaises. Votre esprit pragmatique m'a beaucoup manqué…

Tout en discourant, le Vinci s'approche du prévôt, qui ne se méfie pas. Le peintre porte une bague à la main droite. Il en a relevé discrètement la pierre pour libérer une minuscule pointe d'acier. Un dard microscopique qu'il plante d'un geste rapide dans la nuque du policier. Ce dernier, stupéfait, cherche à réagir… Mais une torpeur l'envahit aussitôt. La tête lui tourne ; il croit qu'il va s'évanouir. Léonard lui donne le bras et le rassure :

– La drogue que je vous ai administrée est de ma composition ; elle n'a pas pour vocation de tuer.

Vittore ne possède plus aucune volonté. Plus la moindre réaction physique. Son esprit conserve quelques facultés : il peut voir et entendre... Par contre, la parole lui est interdite. Aucun son ne sort plus de sa bouche.

Il entend...

– Ce remède paralyse une partie de vos fonctions motrices, vous transformant en un hôte très docile, prévôt... Un spectateur muet !

Salaï apparaît pour aider Léonard à conduire le prévôt dans l'atelier. On lui fait descendre un escalier ; Vittore avance comme un automate, les jambes raides, les yeux exorbités...

Il entend...

– Vois-tu, Salaï, notre invité a certainement hâte de connaître les raisons qui m'ont poussé à commettre quatre meurtres.

– Est-il bien nécessaire de lui tendre la corde qu'il vous passera ensuite au cou, père ?

– Ai-je oublié de préciser que l'une des vertus de mon orviétan est d'effacer la mémoire récente ? Ce que le prévôt apprendra cette nuit sera aussitôt oublié ! Il aura cependant approché cette vérité qu'il cherchait tant...

Une large cave voûtée aux murs couverts d'esquisses d'inventions, d'épures de machines... Le sol est jonché de maquettes d'appareils étonnants... En bois, métal, verre...

La vue de Vittore est nette. Douloureuse, néanmoins. Le peu de lumière régnant dans ce lieu l'éblouit et lui déchire le cerveau.

On le maintient toujours, l'aidant à marcher, le traînant plutôt. Les gestes sont amicaux.

La nausée s'est lovée dans son estomac. Une douleur aiguë a pris possession de ses mâchoires soudées. Un voile froid a enveloppé son cœur.

Il regarde. Regarde encore… Avec la volonté de tout retenir.

Il voit deux chevalets recouverts d'un drap blanc.

Il y a aussi une petite silhouette assise dans un fauteuil. Elle se lève quand il est introduit dans la cave. Elle fait plusieurs pas vers lui, toute tremblante. Et s'arrête à quelques mètres, près des deux tableaux masqués.

« Le lépreux ? »

Vittore cherche à comprendre. Ses yeux saillants interrogent les trois protagonistes de cette scène hallucinante.

Alors, répondant à sa demande silencieuse et épouvantée, Léonard se met à parler…

L'ANGE

Le prévôt Vittore a conscience d'entendre la voix du Vinci. Déformée, altérée par les effets de la drogue, elle parvient néanmoins à pénétrer son esprit drogué, se frayant un chemin dans la douleur pointue qui s'y est ancrée.

La vérité... La voici enfin. Vous allez la posséder aussi peu de temps que j'ai possédé le bonheur ! Écoutez...

Demeurera-t-il toujours ainsi ? À la lisière de la mort... Vittore hurle en lui-même. Une terreur glacée coule dans ses veines. Il se noie lentement.

En mille quatre cent soixante-dix, j'avais dix-huit ans, j'entrais comme apprenti dans l'atelier de maître Andrea Del Verrocchio...

La voix décrit, évoque, peint...

Les yeux très bleus du maître plongent leur regard aqueux dans ceux, sombres et atterrés, de Vittore. Ce dernier, incapable de se dégager de leur emprise, semble absorber les images formées dans le pneuma de son tortionnaire. Un magma incandescent qui aspire son âme.

Je tombai rapidement amoureux d'une jeune Florentine qui servait de modèle aux élèves. On l'avait appelé l'Ange, tant sa beauté était pure, son sourire, apaisant et doux, tant il émanait de toute sa personne une grâce quasi surnaturelle…

* * *

Léonard agit à peine sur sa main gauche. Le fusain que tiennent délicatement son index et son pouce, et que le majeur supporte docilement, glisse sur la grande feuille de vélin sans qu'il cherche particulièrement à en diriger le trait.

Une caresse. À peine effleurée sur le papier dont le charbon cendre légèrement le grain, appelant la lumière d'une épaule à joindre l'ombre du velours tendu derrière le modèle.

Du drapé lourd et empâté de l'épais tissu surgissent de rondes lignes ambrées. Chair dorée de soleil que le jour blanc, entrant dans l'atelier en une écume cristalline, fait frissonner parfois d'un rien… Du regard trop insistant d'un apprenti, d'une mouche bourdonnante que Verrocchio chasse de ses mains, d'un imperceptible vent coulis. D'un rien. Ou de ces seuls yeux qui l'émeuvent, évaluant ses proportions, estimant la plénitude de sa gorge, jaugeant courbures et galbes de son corps, appréciant la carnation de ses lèvres… Les yeux presque blancs de ce garçon aussi blond qu'une femme.

– Tu la regardes plus que tu ne la croques, Léonard ! se moque un élève.

– Si tu te voyais ! siffle un deuxième. Tu as des étoiles qui dansent dans les prunelles !

Léonard sourit en coin, les joues roses. Il laisse tomber l'averse, sa bonne humeur ne le quittant pas, continuant de dessiner, patient. Il serait capable de reproduire le portrait de l'adolescente de mémoire, paupières closes

– Comment as-tu fait pour la séduire ? Personne n'est jamais parvenu à charmer Mona avant toi ! C'était une véritable vierge de glace.

– Lui as-tu joué de la lyre ? Ou récité tes poésies ?

– Ou livré l'une de tes devinettes insolubles ?

Le Verrocchio écoute ses *petits* en faisant mine de les ignorer. « Ils peuvent le railler ! Le *bâtard* serait en mesure de corriger toutes leurs esquisses. Ils burinent, alors que lui, il cisèle ! »

La jeune fille devine leurs chuchotements et en soupçonne la teneur. Elle se retient d'intervenir. Le maître lui adresse un signe, prouvant qu'il sait…

« Que sait-il réellement ? Que Léonard l'aime. Qu'elle aime Léonard… Oui, il a deviné depuis qu'elle est venue poser pour la première fois dans son atelier. »

– J'ai surtout évité de me conduire comme les gros pataudss que vous êtes tous ! lance Léonard suffisamment fort pour que Mona l'entende.

– C'est que messire Léonard a de belles manières, lui !

– Des manières apprises à la campagne, au cul des vaches !

– C'est sans doute pourquoi il se parfume comme une donzelle… L'odeur de la bouse est tenace !

Léonard ne se fâche pas. Jamais. Les lazzis qu'il essuie ne sont que jeux et nargues d'amis. Taquineries adolescentes exprimant jalousie et admiration d'envieux compagnons d'études admettant l'infériorité de leur charme.

– À mon avis, ce ne sont guère les manières de notre confrère qui ont séduit la fille, mais surtout son beau minois de chérubin. Le veinard !

Verrocchio toussote et rappelle sa marmaille à l'ordre, tentant une nouvelle fois, en vain, de donner de la gravité à ses trente-cinq ans.

Le silence revient en une vague lente, effaçant quelques derniers marmottages, puis les apprentis achèvent de parfaire leurs études.

Enfin, le maître claque dans ses mains ; le jour commence à décliner ; il doit libérer son modèle.

L'Ange vivait modestement avec sa mère en dehors de Florence, le père étant mort d'une vilaine fièvre trois ans plus tôt.

Après avoir empoché ses gages, elle saluait Verrocchio, traversait l'atelier en passant devant mon chevalet et me souriait. Elle m'attendrait comme tous les jours deux rues plus loin, près d'une fontaine... Naturellement, bon nombre de garçons tournaient autour d'elle, cherchant en vain à obtenir ses faveurs ; aussi me hâtais-je de replier mes affaires et de ranger fusains, fil à plomb, feutres d'estompe et mie de pain[1] *dans mon casier. Puis je prenais tantôt le balai, tantôt la chamoisine – selon l'attribution des corvées hebdomadaires –, et, aidé des autres apprentis, je me*

1. La mie de pain pétrie en une petite boule faisait office de gomme.

dépêchais de nettoyer l'atelier, notre maître exigeant que nous le laissions à notre départ tel que nous l'avions trouvé au matin. C'est-à-dire plus propre que s'il avait été entièrement rénové au cours de la nuit !

Elle attend Léonard, assise sur la margelle du puits, allongeant et repliant ses jambes pour en chasser les crampes que sa longue séance de pose a apportées à ses muscles.

Le soir glisse ses premières ombres entre les façades des maisons qui enclosent la place circulaire. Des cris et des rires retentissent soudain, gras et vulgaires. L'Ange hausse les épaules et perd son sourire ; elle va devoir affronter quatre potaches qui la chahutent souvent, profitant des quelques instants où elle est seule. Quatre amis étudiant respectivement le droit, le commerce, la stratégie militaire et la médecine, se réunissant en fin d'après-midi pour boire et parier sur lequel d'entre eux parviendra à séduire l'Ange…

Les voici qui surgissent d'une ruelle, titubant plus qu'à l'ordinaire. Braillant et gesticulant. Ils sont âgés de dix-huit à vingt ans. Le maigre Cristoforo Di Rodrigo, que le temps engraissera, la peau déjà bourrelée comme celle d'une écorce d'orange… Le gommeux Cosimo Vollone aux yeux d'enfant buté, aux oreilles décollées, qui se veut sérieux dans ses vêtements d'abbé, qui n'est que ridicule… Le bel Antonio Draguere avec la moustache qu'il arbore comme son premier trophée d'adulte, se dandinant, parlant haut pour dégoiser d'insipides banalités ou d'obscènes expressions… Le court et épais Urbino Ritello et ses joues cramoisies, la sueur au front, les mains blanches, qui jure de devenir un célèbre chirurgien, mais que ses compagnons surnomment le Potard, ne lui prédisant qu'une banale carrière d'apothicaire…

Quatre étudiants parmi les centaines que compte Florence… Un freluquet, un petit-maître, un bellâtre et un godelureau…

Puis une toute jeune fille, enjeu de leur pari…

Un ange.

* * *

– Est-il bien vrai que les anges n'ont pas de sexe ? interroge Di Rodrigo en s'approchant de Mona.

– Il suffit d'aller y regarder de plus près, les amis ! propose Vollone.

– L'idée me séduit, dit Draguere. Moi, je vous parie dix florins que cet ange-là possède un joli petit « fendu » aussi doux qu'un pétale de rose.

Écarlate, le Potard ajoute :

– J'ai bien l'intention d'exercer ma science en l'examinant de près afin de vous confirmer ce que nous présumons ; cette mouflette possède encore son pucelage ?

Une voix forte au lent phrasé les surprend. Ils se retournent. À l'entrée de la place, Léonard les défie, mains sur les hanches, solidement campé sur ses jambes écartées dans la position du lutteur souhaitant en découdre.

Ritello fait la grimace et recule d'un pas.

– Quant à moi, articule calmement Léonard, je vous parie mille florins que je vous rosse tous les quatre et que je vous arrache vos braquemarts pour vous les enfoncer dans vos gosiers de porcs !

Draguere émet un rot qui lui brûle la gorge, esquisse deux pas flageolants, bombe le torse et lisse les pointes de sa moustache entre l'index et le pouce en jetant :

– Je me disais bien que ça sentait la merde, compères ! Cette merde aux effluves si particuliers est annonciatrice des culs-terreux... Voyez-vous ce corniaud qui veut nous faire la leçon ?

Ritello tente une conciliation ; d'une main pâle et tremblante, il essaye de retenir son ami en lui prenant l'avant-bras, et conseille :

– Ne te fie pas à son air efféminé ; on dit dans le quartier que ce bâtard aime se battre et qu'il est plutôt adroit !

Draguere repousse le Potard en éclatant de rire.

– Tu n'es qu'un couard ! Nous sommes quatre contre ce cambroussard. Quatre ! Ce qui signifie une armée s'opposant à un cafard !

Léonard patiente, battant la semelle, et souriant à Mona qui s'inquiète pour lui, connaissant sa vanité et son orgueil.

Draguere, que le vin a mû en capitaine, que la moustache rend viril et suffisant, que l'exercice qu'il pratique quotidiennement dans la cour de l'académie militaire a aguerri, se rue sur cet uraniste à chevelure de femme...

Il n'en doute pas, un coup de poing fermement projeté au menton réduira dans la seconde les prétentions de ce barbouilleur.

Il en éprouve encore la certitude alors que part son poing et que Léonard n'esquisse pas la moindre réaction. Les prunelles injectées de sang du beau Draguere s'enflamment d'un triomphe aussi bref que le mouvement de Léonard réduisant une victoire annoncée en un grotesque fiasco.

Feinte du torse, esquive de la tête, pied gauche soulevé du sol et bottant violemment les génitoires de l'Adonis. Léonard a réalisé la parade en moins d'une seconde ; nul n'a réellement compris par quelle magie il a procédé.

Draguere, se tenant les parties comme s'il cherchait à leur interdire de se séparer de son bas-ventre, se roule dans la poussière en couinant, le visage livide, les yeux emplis de larmes.

La défaite de l'un des leurs vient d'apporter le déshonneur à la confrérie de potaches réduite à trois combattants peu expérimentés, mais ils fondent néanmoins sur l'auteur d'un affront qui ne se lave que dans le sang !

La bravoure étant une vertu à densité variable selon les individus, Ritello préfère se positionner en force de renfort. Il court, certes. Il court sur Léonard, mais quelques pas derrière ses camarades.

Le choc entre les combattants est rude. Mona pousse un cri ; Léonard a été propulsé à plus d'un mètre de la position qu'il espérait pouvoir conserver bravement. Il se reçoit sur le dos, crache un juron, puis, à la surprise de ses assaillants, se redresse plus aisément qu'un chat pour distribuer horions, gifles, bourrades et clefs…

Il reçoit de son côté quelques taloches, griffures et roustes. Légère grêle mouillant à peine. Vent sans danger.

On tente de le saisir au cou, il s'efface comme une anguille. On veut le frapper à l'œil, son visage disparaît. On lui attrape un bras, c'est sa manche que l'on arrache…

Les hurlements ont alerté quelques apprentis du Verrocchio qui ont accouru pour assister à la bataille. Certains se demandent s'il ne serait pas charitable de prêter main-forte à Léonard, d'autres affirment que celui-ci n'a guère besoin d'appoint. Le spectacle qu'il leur offre le leur prouve.

Cristoforo Di Rodrigo se tient l'estomac et se casse en deux pour vomir en hoquetant ; le talon de Léonard lui a frappé l'abdomen avec une force inouïe.

Le jeune juriste dégurgitant bruyamment, le bellâtre moustachu bramant en se frottant les animelles, déclenchent l'hilarité des peintres que Mona a rejoints ; la crainte qu'elle éprouvait plus tôt a disparu.

Son champion achève Vollone en lui tire-bouchonnant le nez qui se met à pisser le sang, et assène au peureux Ritello une paire de claques d'une telle violence que le Potard vrille sur lui-même avant de s'effondrer pour rebondir sur son cul gras de verrat.

Sous les quolibets et les sarcasmes, les quatre vaincus trempés de sang, de vomi et de sueur, crottés, poussiéreux, déchirés, battent en retraite. L'un s'épaule à l'autre. Celui-ci garde ses bourses dans ses paumes. Ce dernier avance, le ventre en feu… Troupe en déroute. Humiliée.

Léonard est applaudi et porté par ses pairs qui chantent sa force, son courage et sa beauté en lui faisant faire le tour de la place.

– Suis-nous, mon ange… Suis-nous ! invite le héros.

Et Mona emboîte le pas à la joyeuse compagnie au cœur de laquelle est hissé un César blond qui lève les bras au ciel, riant à en pleurer. Riant en produisant de hautes notes claires, enfantines.

Des voisins réclament le silence. Des volets claquent.

Les apprentis du Verrocchio continuent cependant de courir autour de la fontaine, portant toujours Léonard qui pavoise et étreint la nuit claire s'élevant à l'est.

Là, soulevé par les siens, empereur d'un soir, le bâtard de ser Piero est un héros que rien n'arrêtera jamais. Il épousera l'Art, la Gloire, l'Amour et l'Éternité. Il le jure en le clamant. Haut et fort. Tous l'entendent s'engager à peindre et sculpter avec mille fois plus de talent que maître Verrocchio, à aimer Mona du temps de sa vie et de sa mort.

– Je ferai de toi un portrait si beau que Dieu me jalousera !

L'Ange lui sourit. Elle ne le croit pas… Nul ne surpassera jamais le talent du Verrocchio. Et si on la juge belle, c'est que Dieu l'a faite ainsi. Aucun pigment ne restituera l'œuvre du Créateur.

« Qu'est-ce qu'un tableau, après tout ? Rien d'autre que des couleurs étalées sur une planche de bois plus ou moins soigneusement ! »

Néanmoins, elle sourit à Léonard, qu'elle aime malgré son arrogance et sa crânerie. Un sourire que l'ombre de la nuit attriste légèrement.

LE MÉDAILLON

Ils s'en sont allés, la queue entre les jambes, bassets souffreteux et boiteux, ruminant leur colère. Leur haine.

Ils sont entrés dans la taverne qu'ils fréquentent habituellement pour noyer leur humiliation dans le vin. Pintes abondantes. Absorbées sans respirer. Dans le silence, larmes aux yeux.

Puis c'est Draguere qui a parlé le premier, le front livide, les lèvres bleuies ne cessant de trembler et de se crisper. Des insanités lui gonflant la langue. Des obscénités lui râpant la gorge, le vin lui tournant l'estomac :

– Je sais où habite cette salope… Je les ai suivis, elle et son peintourlou, un soir… Une petite ferme de bouseux… À l'écart de la ville… Je les ai vus se lécher la poire ! Car c'est tout ce qu'il sait faire aux gueuses, ce bâtard ! Que pensez-vous que le blondin puisse donner aux garces ? À mon avis, l'éphèbe ne possède pas plus d'outil au milieu des cuisses que cette pécore… Il travaille de la langue et des mains ! Rien que cela !

Le Potard lève une paupière lourde, émet un renvoi acide et remarque en raillant :

– C'est sans doute la raison pour laquelle il t'a écrasé les noix !

Di Rodrigo, à demi couché sur la table, ajoute :

– Le bougre est peut-être un sodomite… N'empêche, il a séduit la plus belle fille de Florence ! Sans posséder ta superbe moustache, Antonio !

– Et sans la soie, le satin et les broderies de nos vêtements ! précise Cosimo en se versant une nouvelle pinte. Il n'a guère usé de nobles effets pour conquérir ce morceau de choix…

Di Rodrigo reprend :

– L'Ange est l'une de ces jouvencelles qui conservent leur fleur comme un trésor pour n'en ouvrir les pétales qu'à leur époux.

Draguere frappe du poing sur la table et aboie :

– Eh bien, mes amis, je vous propose de dévaluer le capital de cette mijaurée. Je me fais fort de lui brouter le pistil et de lui déchirer la membrane !

Le Potard sursaute :

– Ai-je bien entendu ? Tu envisages une action punitive, Antonio ?

– Pardi, un soldat digne de ce nom n'accepte pas la défaite tant qu'il tient encore droit dans ses bottes !

– As-tu un plan ? s'enquiert Di Rodrigo.

Draguere se lève, vacille durant quelques secondes, cherche son équilibre, donne le sentiment de vouloir vomir, et, faisant un geste ample pour porter la main à sa poitrine, déclame :

– Oui, compagnons… Oui, j'ai un plan ! Une bataille à livrer qui nous rendra notre honneur, outragera cette pucelle et bafouera ce morveux de peintre !

Vollone se dresse à son tour.

– Vengeance ! éructe-t-il.

Puis les deux autres jaillissent enfin de leurs chaises, renversant pintes et bouteilles.

– Vengeance ! reprennent-ils en chœur.

Di Rodrigo crache un nouveau jet de bile, l'abdomen encore douloureux.

– Tu viens de dégueuler sur mes chaussures ! lui dit le Potard.

– J'en suis sincèrement désolé, répond le malade en dénouant le lacet de sa braguette.

– Nom de Dieu ! s'exclame Ritello. Que comptes-tu faire ?

– Nettoyer tes magnifiques souliers, explique Di Rodrigo en urinant sur les pieds de son camarade.

* * *

– Tu trembles ?

– Ces quatre garçons, ce soir… Ils m'ont fait si peur ! Ce n'est malheureusement pas la première fois qu'ils m'importunent, mais ils n'avaient jamais été aussi entreprenants. Le plus grand… Celui qui porte une moustache…

– L'échalas que j'ai frappé entre les cuisses ?

– Oui, celui-là. Il me tourne autour, même quand il est seul. Je le crains plus qu'un chat sauvage. Il s'arrange toujours pour approcher de moi afin de me murmurer des grossièretés à l'oreille. La semaine dernière, il m'a abordée alors que je me rendais au marché pour vendre des œufs…

Léonard prend le menton de Mona entre ses longs doigts ; il relève son visage triste et inquiet. La jeune fille esquisse un bref sourire.

– Je serai toujours là pour veiller sur toi, mon ange… Tu as vu comme je les ai étrillés ! Nous autres, les *compagnons* du Verrocchio, nous sommes plus habitués à nous battre que ces culs cousus d'or !

Puis, fouillant dans sa chemise, il sort une chaîne à laquelle pend un médaillon.

– Regarde ce que je t'ai fabriqué ce matin, lui dit-il en lui tendant l'objet. Considère que c'est un talisman qui te protégera éternellement.

– Il est très beau… Mais c'est mon portrait !

Elle rougit légèrement en découvrant que Léonard a peint son buste nu et qu'il l'a doté d'ailes blanches dans le dos. Des ailes de cygne.

– Il est magnifique. Quelle surprenante mémoire que la tienne ! Car tu l'as fait en dehors de l'atelier, n'est-ce pas ?

– Je t'assure n'avoir aucun mérite. Si je ferme les yeux, tu m'apparais aussitôt… Ton image a imprégné mon esprit avec une telle intensité que je peux reproduire le moindre de tes traits rien qu'en me laissant guider par le souvenir.

La contrariété a définitivement abandonné le visage de Mona. Les derniers feux du couchant nacrent subtilement son regard brun, la commissure gauche de ses lèvres s'étire tandis que s'arquent ses fins sourcils.

La lumière décline et s'attarde un temps sur la peau ocrée qu'elle accuse délicatement de quelques touches rubescentes.

Léonard l'admire ainsi. En cet instant éphémère qu'il immortalise par la force de son amour. Il impose au temps sa propre perception, le contraignant à ralentir son cours de manière que Mona passe autour de son cou en un geste alangui et sensuel le pendentif qu'il lui a offert, le médaillon venant se nicher entre ses seins.

– Je le porterai toute ma vie, Léonard. Je te le jure.

La nuit s'effrange maintenant à l'occident. La brume d'un canal voisin absorbe les ultimes chaleurs du jour.

– Je te le jure !

Ils sont assis dans l'herbe. La jupe de Mona est retroussée sur ses cuisses. Léonard pose une main sur la peau tiède et soyeuse en se penchant, approchant ses lèvres de celles de son amie qui s'entrouvrent déjà, brillantes et humides.

Ils se joignent, unissant leurs regards. C'est l'eau et la terre qui s'étreignent. L'intense clarté des prunelles du garçon, la profonde obscurité de celles de la jeune fille.

Leurs respirations se sont accordées, poitrine contre poitrine, cœur à cœur, bouches épousées en une gourmande tendresse.

– Mona ! Mona !

Se séparer. À regret, mais sans tristesse. La mère de Mona appelle.

– Je te promets de te donner un plus long baiser demain pour te remercier de m'avoir offert ce talisman, Léonard. Un très long baiser !

– Que demain arrive vite !

– Mona !

– Je viens, maman…

Un dernier geste ; leurs mains se frôlent. Une caresse vivement estompée. Et Mona court sur l'étroit chemin qui conduit à la ferme. Quelques mètres à peine… Dans l'épaisse ombre des pins déjà imprégnés de nuit qui bruissent sous un souffle de fraîcheur.

Elle frissonne, passe la barrière, traverse une courette en passant devant la grange et atteint le seuil de la maison où attend sa mère.

– Tu étais avec Léonard ?

– Oui, maman… Regarde ce qu'il a peint pour moi.

Mona lui montre le médaillon. La femme fronce les sourcils, plisse les yeux.

– C'est très ressemblant, dit-elle. Ah ! il t'a planté deux ailes dans le dos ! Quelle étonnante idée !

– N'oublie pas que je suis un *ange*, maman…

La mère hausse les épaules en souriant.

– Je l'étais aussi à ton âge, petite. Vois ce que les années et le veuvage ont fait de moi.

– Tu n'es pas si vieille.

– Quarante et un ans, tout de même !

Elles entrent dans la cuisine. Sur la table, des oignons, des courgettes et des poivrons attendent d'être épluchés. Mona s'assied, prend un couteau et commence à peler un gros oignon roux.

– Je vais encore pleurer, dit-elle.

L'AGRESSION

Draguere frappe violemment à la porte.

Ritello élève la lampe à huile ; sa main tremble.

– As-tu peur ? lui demande Vollone.

Le Potard avale une boule de salive aussi poivrée que du piment.

– Non point, répond-il crânement en haussant le menton.

La porte s'ouvre enfin et la mère de Mona apparaît, tenant une chandelle. Les quatre garçons ont recouvert le bas de leur visage d'un foulard ; la femme s'effraie et recule d'un pas.

Draguere l'empêche de refermer et la bouscule.

– Où caches-tu ta fille, la vieille ?

– Que lui voulez-vous ? balbutie-t-elle.

Une gifle la déséquilibre ; elle s'effondre sur le sol.

– Lui offrir ce que nous n'avons nulle envie de donner à une carne comme toi !

La paysanne tente de se relever ; Di Rodrigo l'assomme d'un coup de pied à la tempe.

Descendant de l'étage, Mona hurle.

– Regardez, l'Ange tombe du ciel !

La jeune fille n'est vêtue que de sa chemise de nuit. Le lin grossier épouse ses formes que soulignent des ombres crues. La lueur de la lanterne traverse le linge entre ses cuisses.

– Un ange à la fente auréolée !

– C'est un buisson ardent qui ne demande qu'à être arrosé !

Ils empestent le vin et titubent. Malgré les foulards, Mona les reconnaît. Ce sont les quatre étudiants qui l'importunent souvent, et que Léonard a mis en déroute. Mais elle ignore leurs noms.

Un réflexe conduit ses doigts agités au médaillon peint par Léonard.

– Viens avec nous… faire une fête dont tu te souviendras toute ta vie, ma belle mijaurée !

Vollone passe sa main sur sa braguette et roule grossièrement des hanches en poussant de petits cris stupides.

Draguere a déjà grimpé trois marches et empoigné sa proie.

Ils l'entraînèrent hors de la maison pour la conduire dans la grange, où ils la jetèrent sur une charrette comme l'on se décharge d'un sac de farine. Ils lui arrachèrent sa chemise en l'injuriant. Plus elle se débattait, plus ils la frappaient. Plus ils l'insultaient. Quatre corbeaux affamés chantant pouilles à une colombe !

Puis ils la maintinrent sur le sommier de bois, bras et jambes écartées, crucifiée.

Ils riaient.

Ils riaient quand l'un des quatre la pénétra…

Draguere l'écrase de son poids en la déchirant, son sexe à peine dur poisseux du sang virginal, cherchant un plaisir que trop d'alcool absorbé dans la taverne rend difficilement accessible.

Mais il crache enfin sa laitance d'adolescent en émettant un râle aigu et ridicule.

Ensuite, ils la prennent chacun leur tour, dissimulant leur maladresse sous la violence. Leur ignominie sous l'invective.

Ils la tuent quatre fois.

Sa queue rabattue, court organe piteux, Ritello se retire d'elle le dernier. La tête lui tourne ; il va tomber. Draguere le retient en le raillant :

– Eh bien, le Potard, ton cœur a-t-il propulsé tout son sang dans ton dard ? Tu es plus pâle que cette traînée...

Le timbre de la voix est faux. Il sonne de manière artificielle.

– Je rentre chez moi, dit sèchement Vollone qui semble soudainement dégrisé.

Le Potard lui emboîte le pas en rajustant sa culotte ; bientôt suivi de Di Rodrigo.

Seul demeure Antonio Draguere, qui considère le corps nu lacéré de leurs griffes, trempé de sueur, de sang et de foutre, écartelé dans la charrette. Et qui ne bouge plus, respirant à peine.

Le jeune homme réalise alors que leur victime n'a pas geint, ne s'est jamais plainte, n'a pas crié lorsqu'ils l'ont violée.

Il s'approche à nouveau.

– Baisse les yeux, lui commande-t-il.

Elle ressemble à une morte.

– Baisse les yeux ! répète-t-il.

Mais Mona a accroché son regard à celui de son bourreau. C'est au tour de la jeune fille de pénétrer en lui. De plonger dans son âme fangeuse. D'y déposer mépris et haine…

Draguere se penche, arrache la chaîne de son cou et dit encore :

– Baisse les yeux !

Elle n'obéit pas. Profanée, flétrie et souillée, elle est encore belle.

Elle le fixait de sa vue de sainte meurtrie, le toisait comme pour lui faire prendre conscience de sa honte… Il ne put soutenir longtemps ces iris dilatés qui le maudissaient. Il s'empara d'une lampe à huile qu'il lui jeta au visage. Les cheveux et les chairs prirent feu immédiatement et l'Ange lança un cri déchirant tandis que l'homme prenait la fuite à son tour.

Revenue de son évanouissement, la mère sortit de la maison au moment où sa fille surgissait de la grange. C'était une torche vivante qui battait des bras en criant de douleur.

La femme tenta d'étouffer les flammes avec ses propres vêtements…

– Tu as tardé, Antonio, dit Vollone. Que lui as-tu fait pour qu'elle gueule de la sorte ? N'avais-tu pas ton compte ?

– On aurait cru un cochon que l'on égorge ! souligne Di Rodrigo.

– Allons, rentrons, souffle Draguere, je suis bien las…

Puis, se retournant sur Urbino Ritello pour lui donner le pendentif volé :

– Garde cela, le Potard… Il te rappellera la nuit où tu as baisé la plus belle fille d'Italie ! Je serais étonné que tu trouves une épouse aussi jolie, avec tes jambes en arceau et ta gueule de renard !

Ritello empoche le bijou en bougonnant :

– Tu n'aurais pas dû m'appeler le Potard devant elle… Nous nous étions promis de ne pas nous nommer.

Draguere lui assène une bourrade dans le flanc.

– Le Potard… Ce n'est pas ton nom, que je sache ! Tu es le célèbre Urbino Ritello, l'illustre médecin des princes et des grands de ce monde qui, d'un unique coup d'œil, livre un diagnostic infaillible ! Du moins est-ce ton rêve…

– Quand même, poursuit Ritello, nous venons de commettre un crime, et…

– Et tu chies dans ton froc, le coupe Draguere. Tu chies de frousse, car tu as trempé ton braquemart dans le ventre chaud d'une vierge ! Allons, mon ami, ce n'était qu'une vulgaire paysanne… Penses-tu que des garçons de notre extraction seront inquiétés pour si peu ?

– Tu viens de dire que ce *n'était* qu'une vulgaire paysanne, le reprend l'étudiant en médecine. Pourquoi as-tu employé ce mode ? Tu ne l'as tout de même pas tuée ? Ce cri que nous avons entendu… Mon Dieu, Antonio, jure-nous que tu ne l'as pas achevée !

– Va au diable, couard de médicastre !

Ritello se plante devant Draguere et lui fait un barrage de son corps.

– Jure-nous, Antonio…

– Je t'ai dit d'aller au diable, lui jette Draguere en le repoussant pour poursuivre sa route.

Le Potard s'en prend alors aux deux autres.

– Il l'a tuée ! Je vous dis qu'il l'a tuée ! Il l'a égorgée… Ou étranglée ! Vous avez entendu comme elle a hurlé ! Il l'a tuée…

Ritello s'effondre, ses genoux frappant lourdement la terre du chemin. Il joint ses mains sur sa poitrine et se met à pleurer à gros sanglots d'enfant, incapable de retenir cette peine infamante qui a planté ses crocs dans sa poitrine.

Vollone et Di Rodrigo rejoignent Draguere en silence.

Le Potard, tout crapauté sur lui-même, ses épaules montant et descendant au rythme de ses pleurs, se frappe maintenant le cœur en hoquetant un *Pater noster* d'une voix plaintive…

LES PLAIES

Le Verrocchio logeait ses élèves dans un dortoir situé au-dessus de son atelier. Je dormais profondément lorsque mon maître me secoua doucement l'épaule en me murmurant :

– Léonard, réveille-toi, mon petit…

J'ouvris les yeux, étonné de le voir penché sur moi, un bougeoir à la main. Son visage exprimait de la tristesse et de la compassion.

– Tu dois être fort ; il est arrivé un grand malheur à Mona. Elle t'a fait demander… Habille-toi vite.

– Que s'est-il passé ? demandai-je en sautant du lit pour attraper mes vêtements.

– Sa mère va t'expliquer…

Je le suivis par l'escalier, prenant soin, tout comme lui, de ne pas faire craquer les marches afin de ne point troubler le sommeil de mes camarades. Je retrouvai la mère de Mona dans la rue, se tordant les mains sur son ventre, les yeux gonflés de larmes.

– Par Dieu, criai-je presque, allez-vous me dire ?

La bile me remontait dans la gorge, et la nuit me parut glaciale.

La femme dit :

– Quatre inconnus ont forcé notre porte… Seigneur, ils ont violenté ma fille ! L'un d'eux lui a jeté une lanterne au visage… Elle a pris feu comme une torche… Elle vit… Elle vit, mais dans quel état ! Que la Vierge m'en soit témoin, il est bien cruel de la voir telle qu'elle est devenue.

Mes jambes ne me soutenaient plus ; je dus m'accrocher à la ceinture du Verrocchio qui me prit affectueusement contre lui, passant un bras autour de mon cou.

– J'ai fait chercher un médecin qui doit déjà être en route. Rendons-nous auprès de cette malheureuse enfant.

Le maître me garda sous son aile ; il me portait quasiment, mes pieds ne parvenant plus à trouver l'équilibre.

Nous avons marché ainsi jusqu'à la ferme, le Verrocchio m'étreignant, la mère de Mona sanglotant à mon côté, traversant les ténèbres et leur froidure sépulcrale. Sans échanger un seul mot.

Puis j'entrai dans la pièce où reposait Mona. Sa mère l'avait allongée sur une table.

– Je ne l'ai pas couverte… Je crois que l'on doit procéder ainsi en cas de graves brûlures, n'est-ce pas ?

– Vous avez fort bien agi, la rassura le maître.

Une sinistre lampe à huile éclairait à peine le lieu.

– Est-ce toi, Léonard ?

– Oui, mon ange.

– J'ai demandé à maman de ne pas mettre trop de lumière…

Je m'agenouillai devant la table comme je l'aurais fait au pied d'un autel. Malgré l'ombre épaisse, je vis les plaies ignobles qui avaient ravagé le buste et le visage de ma bien-aimée. Sa face n'était plus qu'un masque hideux ; les flammes lui avaient arraché le nez et dévoré ses jolies lèvres… Ses cheveux avaient grillé comme de la paille ; il n'en demeurait que des mèches rares, striant son crâne boursouflé. Son cou ressemblait à celui d'une momie, les tendons à vif. Ses seins ronds, doux et velouteux évoquaient désormais des fruits trop cuits au four, leur peau gercée de craquelures noires.

Je posai mes mains sur son ventre. Je le sentis se contracter, puis se détendre aussitôt.

– Je souffre le martyre, balbutia-t-elle. Dans toute ma chair... Si tu savais ce qu'ils m'ont fait !

– Le médecin ne va plus tarder.

– Il ne saura pas me rendre mon visage... Approche-toi plus près...

Je me redressai pour me pencher sur elle, mon oreille à sa bouche meurtrie. Elle pleura un long moment avant de prononcer :

– Je t'ai perdu, mon chéri... Tu ne m'aimeras plus ! Comment le pourrais-tu ? Ils m'ont souillée et m'ont volé ma beauté !

– Tu te trompes, lui affirmai-je en mettant dans mon regard toute la sincérité dont j'étais capable. Je jure que je n'aimerai jamais plus que toi. Je te verrai telle que je t'ai toujours vue... Je te le promets, mon bel ange.

Le médecin entra à ce moment. Il me pria de m'écarter pour examiner la blessée à son aise.

Une main me saisit au poignet ; c'était le Verrocchio qui m'attirait à l'extérieur de la maison. La mère se lamentait sur le seuil. Je ne me souviens plus, aujourd'hui, de ce qu'elle ressassait. J'avais déjà posé un pied sur le nouveau chemin qui s'ouvrait à moi. Celui de ma folie...

– Je vais attendre avec toi, me dit le Verrocchio en s'asseyant sur un vieux banc de bois vermoulu et en m'invitant à l'imiter.

Nous allons patienter tous les deux, mon enfant… le temps que le docteur nous livre son diagnostic.

– Je redoute que celui-ci ne soit calamiteux ; avez-vous remarqué les lésions de Mona ?

– Je les ai aperçues, en effet. De fort vilaines ulcérations… Néanmoins, elle vivra ; j'en ai la certitude. Par contre, elle risque de souffrir plus douloureusement de ces effroyables blessures invisibles qui consument les âmes, pires que les flammes. Sauras-tu la chérir suffisamment pour la soulager de ce calvaire ? En auras-tu la force, Léonard ?

– Oui maître. Je m'y engage et vous prends comme témoin de ce serment.

Le Verrocchio mit sa main sur la mienne et l'y laissa. Sa paume était chaude, rassurante. Paternelle.

– Que d'amour dans ta voix ! prononça-t-il très bas. Un amour qui m'effraye ! ajouta-t-il en levant les yeux au ciel.

Je compris qu'il priait.

Lui, il priait. Moi, je ne pus m'y résoudre. Ni ne sus pleurer. Je m'envolai… Je quittai ce banc humide, cette cour de ferme, cette bâtisse où un Ange aux ailes brisées endurait une infernale torture, cette terre maudite… Ce monde…

La haine me portait, me hissait au-delà de la réalité. Mon cœur battait avec violence, mon sang charriait un tourment aussi nocif qu'un venin, mon esprit explosait comme une noix entre enclume et marteau…

Je volais.

Je cherchais quatre hommes sur lesquels j'exercerais ma vengeance. Et la vengeance de Mona.

– Léonard ! disait le Verrocchio. Reviens à toi ! Réveille-toi…

Je m'étais évanoui. Mon maître me tapotait les joues, ma tête reposant contre sa poitrine.

– Ah ! tu m'as fait une telle peur !

Son odeur me pénétrait. Un suave et sucré parfum de rose qu'il était le seul homme de la ville à porter. Délicieuse saveur féminine que le poivre de sa sueur corrompait un peu.

Ses doigts caressaient désormais mon front, y faisant renaître la vie.

– Toute cette horreur, commença-t-il. Toute cette douleur… Par Notre Seigneur Jésus-Christ, comment supporter tant de malheurs ? Outrager la beauté dans ce qu'elle possède de plus innocent est un sacrilège qui mérite la sanction de Dieu.

Je ne bougeais pas, l'écoutant parler, mon oreille absorbant les battements de son cœur qui m'apaisaient. Cependant, je décidai de refuser à Dieu le droit de punir les quatre criminels. Qu'ils fuient, je les traquerais ma vie entière. J'y consacrerais toute mon énergie et mon génie. J'inventerais les armes nécessaires, ferais fortune, lancerais des espions à travers l'Italie pour découvrir leurs noms, les retrouver…

Et leur voler le visage !

CE QUI N'A PAS EXISTÉ

Vittore cherche à parler. En vain. Sa langue est paralysée. Les mots ne peuvent sortir de sa gorge. Commisération, pitié… Pitié…

Léonard se dirige vers l'un des deux chevalets. Il enlève le drap qui le recouvre.

– Regardez, prévôt. Contemplez la grâce, la délicatesse et le charme magiques de l'Ange !

Le tableau reproduit une jeune femme brune au sourire à peine esquissé, assise, la main droite recouvrant délicatement le poignet de la main gauche… Le portrait offre des teintes douces, comme éclairé par une lueur provenant des yeux mêmes de son modèle, pourtant noirs. En fond, une étroite route encaissée forme un lacet et conduit vers une forêt incertaine, un ciel jaunissant… Et cette femme semble considérer le prévôt avec une infinie bonté. C'est l'image de celle que Léonard aime depuis ses dix-huit ans. Mona Lisa…

Puis, doucement, en un geste d'une grande tendresse, Léonard, qui s'est rapproché de la petite silhouette, abaisse son capuchon sur ses épaules.

Les yeux…

Les yeux sont les mêmes que ceux du portrait. Sombres et sages. Mais le visage n'est qu'une croute ignoble, un masque grotesque. Une face hideuse dont la bouche écorchée semble ricaner en un rictus caillé. L'âge est venu cicatriser les plaies, reformer quelques chairs tant bien que mal, de manière anarchique, apporter un semblant de lèvres, emplir un peu les joues. Mais ce n'est plus là qu'une pauvre petite pomme fripée et gâtée. Un fruit talé.

– Je vous présente ma femme, dit le Vinci, l'unique amour de ma vie… Nous n'avons eu nul besoin de prêtre pour nous unir. La souffrance nous a mariés.

Désignant le tableau, il poursuit :

– J'ai consacré la plupart de mes nuits à reconstituer de mémoire le visage saccagé de mon ange, à le reproduire dans le moindre de ses détails… À la perfection !

« Et l'autre, sur le second chevalet ? » se demande Vittore.

Répondant à sa question muette, Léonard retire le deuxième drap. Comme il s'y attendait, le prévôt découvre que le peintre, dans sa démence, a brossé une copie de l'œuvre initiale. Le décor y est semblable. Le chemin serpentin et les rochers l'enserrant, la forêt se confondant avec les cieux qui se teintent de ses verts tendres et de ses jaunes légèrement acides… Une duplication précise à l'exception du visage de Mona Lisa.

Cette fois, la jeune femme aux chairs contuses grigne un sourire qui déchire le bas de sa face boursouflée. Un sourire triste comme celui d'une gargouille.

– Le moment est venu, Salaï, notre hôte aura bientôt récupéré l'usage de ses sens.

– Bien, père.

Salaï décroche les deux toiles, les remballe dans les draps et disparaît par une étroite porte, au fond de l'atelier.

Le maître replace le capulet sur la tête de Mona Lisa.

– Tout est fini, lui dit-il, nous avons désormais droit au repos.

– Sois béni pour ce que tu as fait, Léonard. Pour l'amour que tu me donnes depuis cette nuit maudite…

Les doigts du prévôt, fourmillant, se mettent à trembler. Il déglutit mieux, respire plus aisément et sent la chaleur revenir dans ses veines.

Le Vinci s'est emparé d'une lampe à huile. Il la jette sur une pile de papiers qui s'enflamme aussitôt.

– Rien de cela n'a jamais eu lieu, Vittore. Il ne restera aucune preuve de mes crimes ! D'ailleurs, étaient-ce réellement des crimes ?

Le feu se love aussitôt dans les toiles et les ramures de bois des maquettes. Vinci et la petite silhouette prennent le prévôt par les bras.

* * *

Voyant les flammes jaillir des fenêtres de la maison du Vinci, Menanzzo bondit de sa cachette pour crier après son supérieur.

– Prévôt Vittore, où êtes-vous ?

Le prévôt apparaît. Silhouette hagarde se découpant en ombre chinoise sur la lumière du brasier. Forme trapue avançant pesamment.

Menanzzo le rejoint.

– Par Sainte-Marie, Mère de Dieu, vous voici ! Je me suis fait un sang d'encre… Que s'est-il passé ? Qu'avez-vous fait de maître Léonard ?

Vittore semble sortir d'un long rêve. Il porte une main à son front et s'accroche de l'autre à son lieutenant.

– Me raconterez-vous, messer ? Qui a déclenché cet incendie ?

L'enquêteur plisse les yeux, fouille ses souvenirs, cherche…

– Ma tête…, articule-t-il péniblement. J'ai si mal ! Je ne me souviens de rien ! J'ai l'impression qu'une partie de ma mémoire est aveugle. Comme déchirée ! Un vague souvenir, pourtant… Un visage superbe… un sourire doux et serein.

– Toutes les preuves que vous espériez partent en fumée !

Une cloche résonne sourdement dans leur dos, battant l'alerte au feu. Des moines surgissent, sortis brutalement du lit et vêtus en hâte, apportant des seaux.

Le prévôt Vittore regarde brûler la demeure, l'esprit empreint d'un sentiment confus qui entremêle des images brouillonnes.

– Suis-je entré dans cette bâtisse, Menanzzo ?

– Pardi, prévôt ! Vous y êtes resté le temps que je me morfonde et me tracasse à votre sujet.

– Devais-je m'entretenir avec maître Léonard ?

– À l'évidence ! Votre intention était même de le confondre, fort de votre certitude qu'il est le *voleur de visage !* Je crains que ce diable d'homme, que l'on dit aussi alchimiste, ne vous ait forcé à boire quelque potion qui vous aura mis l'esprit en charpie. Ne vous rappelez-vous rien ? Vraiment ? Avez-vous vu le lépreux ?

– Je l'ignore, regrette le prévôt

– Nous ne saurons donc jamais…

Tandis que les moines, ayant formé une chaîne, passent les baquets d'eau de main en main et luttent en un dérisoire effort contre l'incendie grandissant, Vittore s'en retourne, la démarche encore gauche, tous les membres gourds.

– Prévôt ! l'appelle Menanzzo.

Vittore poursuit son chemin.

– Prévôt, vous abandonnez ?

Une charpente craque, s'effondre. On crie. Indifférent, le fonctionnaire milanais continue d'avancer de sa foulée lourde, la tête entrée dans les épaules, ses épaisses mâchoires serrées à l'en faire souffrir.

Il a conscience qu'un secret lui a été confié par le Vinci. La voix de ce dernier résonne en lui en un écho indistinct.

Vittore ne peut se remémorer qu'un sourire angélique, à peine profilé dans la pâleur ocre d'un visage fantomatique.

L'ADIEU

– Après avoir servi au Vatican, conclut le roi François, Léonard entra à mon service, où il habita le manoir du Cloux. Mona Lisa était décédée dans l'année qui précéda le départ de Florence. Léonard me dit que sa femme, désormais vengée, avait désiré se retirer de la vie et l'attendre dans l'Éternité.

Un long silence s'ensuit.

Les chandelles ont fondu. L'abbé Antoine Pierre ne les a pas remplacées une seconde fois, et l'ombre a envahi la pièce avec la fraîcheur de la nuit.

– Je prierai pour ces deux amants et implorerai la clémence de Dieu pour le repos de leur âme, dit l'ecclésiastique.

– Vous êtes mon ami, l'abbé ; c'est pourquoi vous conserverez ce secret. Léonard, que j'appelais *mon père*, devra rester à la postérité tel un homme exemplaire. Un homme de démesure, certes, mais un personnage d'exception.

– Il en sera ainsi, Majesté.

Puis, se retournant vers le portrait défiguré de l'Ange, l'abbé ajoute :

– Je porterai moi-même ce tableau en un lieu où il sera oublié… Comme le seront les quatre meurtres du maître.

– Vous y gagnerez ma reconnaissance.

– Quelle étrange histoire d'amour vous m'avez contée, Sire… C'est sans doute la raison pour laquelle je ne vois plus de laideur dans cette œuvre ! Je comprends tant de choses, désormais… Léonard a pu enfin donner un visage à son Judas, n'est-ce pas ?

– Il acheva le dernier repas du Christ dans la salle du réfectoire de Santa Maria delle Grazie… Judas y portera à tout jamais les traits conjugués des quatre victimes du Vinci… C'est à partir de cette époque qu'il se laissa pousser la barbe et cessa de se teindre les cheveux. Son entourage le vit vieillir subitement… Certains trouvèrent même ce changement surnaturel, tant la personnalité du génie se métamorphosa ! Beaucoup de sottises furent prononcées à ce propos. On disait par ici que le philtre de jouvence dont il avait usé jusqu'alors avait perdu ses propriétés, on disait par là que Léonard était mort et qu'un frère jumeau avait pris sa place ! Les légendes couraient les cours d'Europe… Qu'était devenu le géant athlétique ? S'était-il réellement mû en ce vieillard amaigri qui se donnait désormais des allures d'ermite ?

– Oui, oui… Je comprends tant de choses, répète l'abbé. En mourant, Mona Lisa emporta la jeunesse de Léonard dans sa tombe… Et qu'est-il advenu de l'opiniâtre prévôt Vittore ?

– L'homme s'est acquitté des vingt florins perdus à la suite du pari fait avec messer Govian, puis a repris ses fonctions à Milan en se consacrant à sa population avec altruisme et humilité, restant un incurable célibataire. J'ignore s'il est encore en vie…

– Maître Léonard lui a joué un fort vilain tour en lui livrant une vérité impossible à révéler…

Le roi se lève.

– Je vous ai tout dit, l'abbé ; je regrette de devoir partir.

Quittant son siège à son tour, Antoine Pierre demande :

– Vous reviendrez me voir, n'est-ce pas ? L'appartement que je vous ai fait aménager reste à votre disposition…

– Je reviendrai, en effet… Mais nous ne reparlerons plus des crimes de Léonard. Nous évoquerons plutôt sa peinture, sa musique…

L'abbé Antoine Pierre raccompagne François Ier jusqu'à son carrosse. Les deux hommes marchent épaule contre épaule très lentement, retardant volontairement le moment de leur séparation.

Parvenu devant la voiture, l'abbé remarque la silhouette assise, immobile dans son manteau de coton gris.

– Vous étiez accompagné, s'étonne-t-il. Et cette personne a attendu tout ce temps !

– Ne vous en inquiétez pas, c'était sa volonté. Bonsoir, mon cher ami.

Le prieur étreint le jeune monarque. Les gardes remontent à cheval. Le roi s'assied dans le carrosse.

Et le convoi s'ébranle. La nuit estompe les bruits. Sabots des chevaux. Roues écrasant les mottes de terre. Voix du cocher… Sons émoussés qui s'éloignent de l'abbé demeurant sur le seuil de la double porte cintrée de l'abbaye et priant déjà pour deux âmes qu'il imagine enlacées dans les ténèbres.

S'embrassant éternellement. S'embrassant dans l'attente que Dieu leur offre sa chaude et miséricordieuse Lumière en pardon.

* * *

Dans le carrosse. Le roi s'adresse à l'inconnu en se penchant légèrement. Un furtif rayon de la lune éclaire à peine quelques traits… La ligne d'un nez. L'arête d'une pommette, une peau brune…

– C'est fait, dit François Ier. L'oubli entame son travail.

– J'en suis heureux. Je vous remercie, Majesté.

– Votre décision est prise ? Vous retournez en Italie ?

– Oui. Je m'installerai à Milan, dans la demeure qui m'a été léguée par Mona Lisa…

– Je vous regretterai, soupire le roi. Les longues conversations que nous avions pris l'habitude d'entretenir, vous, Léonard et moi, me manqueront.

– Nous nous écrirons, Sire…

L'inconnu a détourné la tête et regarde à l'extérieur.

– Qu'observez-vous ainsi, Salaï ?

– Cette chauve-souris, Sire… Elle n'a pas cessé de voltiger autour du carrosse alors que je vous attendais. Et la voici qui nous accompagne. Je me plaisais à penser que ce pouvait être l'âme de mon père…

– Allons, Salaï ! se moque aimablement le roi. Allons ! Léonard, s'il devait se réincarner, choisirait une blanche et rose colombe ! Le noir n'était pas une couleur qui lui convenait, car c'était un homme de grande clarté… Un soleil rayonnant !

Salaï observe cependant le petit mammifère ailé volant par vives saccades, disparaissant tantôt pour réapparaître tout aussi soudainement et tournoyer longuement avant de se laisser porter par un courant d'air…

Dans la mémoire de l'homme mûr qu'est devenu Salaï, un chéiroptère géant flotte entre les innombrables flèches du Duomo. C'est l'hiver ; la neige a recouvert Milan et le gel a caillebotté le canal Martesana…

– Vous rêvez, Salaï ?

– Oui, Sire.

– Ah… Voyez, la chauve-souris est partie.

– En effet, constate Salaï.

L'animal s'en est allé, tel un petit spectre nocturne.

– Adieu.

– Qu'avez-vous dit, Salaï ?

– Rien, Sire. Rien…

Salaï porte la main à sa poitrine, cherche le médaillon sous sa chemise, le saisit entre son index et son pouce, en effleure la patine. Il peut le *voir* ainsi. Rien qu'en le touchant. En aveugle. Car il en connaît les plus infimes aspérités, la douceur du poli, le moelleux de la peinture…

Au cours de ses interminables nuits d'insomniaque, ses doigts ont redessiné une infinité de fois ce jeune ange en le caressant.

C'est la seule œuvre qu'il ait conservée de son père adoptif.

Ce médaillon représentant une jeune fille à la gorge nue, peinte avec un peu de maladresse et beaucoup d'amour.

Le plus précieux des héritages. Un portrait qu'il est désormais inutile de regarder, la mémoire l'ayant conservé à tout jamais avec une inaltérable précision.

Un sourire clair et innocent.

Une grimace misérable. Une griffure, aussi…

VOLER ET ÉCRIRE

Les hommes dresseront leurs plumes vers le ciel ainsi que font les oiseaux.

Lorsqu'ils écrivent à la plume.

(Léonard de Vinci)

Photocomposition Nord Compo
Villeneuve-d'Ascq

Impression réalisée par
CPI BRODARD ET TAUPIN
La Flèche

pour le compte des Éditions Fayard
en août 2010

Imprimé en France
Dépôt légal : août 2010
N° d'impression : 58987
36-33-0764-5/01